LA MAIN MORTE

Ancien grand reporter, Philippe Huet est l'auteur de deux autres romans noirs : *Quai de l'oubli* (1992) et *La Nuit des docks* (1995).
Il est également auteur, avec Elizabeth Coquart, d'un récit consacré au débarquement du 6 juin 1944, *Le Jour le plus fou*, et de deux biographies : *Bourvil et la Tendresse du rire* et *Mistinguett, la reine des années folles*.
Tous ces ouvrages ont été publiés chez Albin Michel.

Paru dans le Livre de Poche :

QUAI DE L'OUBLI

PHILIPPE HUET

La Main morte

ROMAN

ALBIN MICHEL

Il fait si sombre à l'intérieur de moi-même que je m'arrête sur le seuil.

Antoine BLONDIN.

1

Julien posa sa main sur la barrière blanche. Il n'hésita pas à la pousser, pas vraiment... mais il la poussa lentement, très lentement. Il s'accusa de vouloir gagner du temps, se trouva minable... mais avança quand même sur les dalles claires. Il nota la pelouse tondue à ras, les fleurs fraîchement écloses, les parterres soignés. Tout était impeccable. Aussi impeccable qu'« avant ». Christian avait toujours été méticuleux...

– C'est au printemps que tout se décide, disait-il. Même avant. Début mars. Si tu te laisses déborder, t'es foutu...

Il a dû trouver quelqu'un pour son jardin, pensa Julien.

Pas pour le potager. Là-bas, dans le fond, son « oasis de dix mètres carrés », comme il l'appelait, était à l'abandon. Un arrosoir surnageait dans les hautes herbes, gisait comme un jouet égaré. Julien sentit une boule se durcir au creux de l'estomac : il s'était assez foutu de lui, de ses pois de senteur, de ses tomates, de ses laitues...

Le silence était décourageant. Julien avait espéré d'autres visiteurs, les gosses auraient pu jouer dans le jardin, il aurait pu y avoir des rires, des cris, de la vie, Hélène aurait pu l'accueillir... il se souvint qu'elle l'avait prévenu :

– Tu seras le premier, tu sais. Depuis cinq mois, il n'a voulu voir personne. Il ne veut même pas décrocher le téléphone.

Il s'arrêta devant la porte. S'accorda une nouvelle hésitation. La famille était sûrement basée de l'autre côté, loin des regards et des voisins. Basses et trapues, serrées sur les hauteurs de la ville, les maisonnettes étaient toutes identiques, s'imbriquaient les unes dans les autres, en L, en T, en U, selon l'alphabet d'architectes étriqués. Rapiécées par des rustines de gazon, couturées par des kilomètres de haies taillées au carré, elles abritaient des vies à balancier, réglées comme des calendriers, coincées entre le barbecue d'été et le feu de bois d'hiver, les week-ends VTT et les rosiers. Julien avait toujours été surpris du choix de son copain, mais Christian n'avait pas été peu fier d'arracher la dernière bicoque du lot : « Unique », prétendait-il sans rire... parce qu'elle s'écartait un peu du rang, s'évadait en bout de piste. La façade principale s'ouvrait ainsi sur une nature en friche. Derrière le paravent de verdure, les lotissements ne poussaient pas encore dans les champs. Ça n'allait sans doute pas tarder...

– Mais en attendant, rigolait Christian, si ma femme et moi on a envie de s'envoyer en l'air dans l'herbe, personne n'est là pour nous reluquer...

Julien eut une pensée gênante, dérangeante : oui, mais maintenant ?

Il actionna le bouton vissé au milieu de la porte. Ses mains tremblaient toujours. Il entendit retentir la sonnerie musicale et aigrelette. À moins qu'il n'y ait personne, songea Julien lâchement. Hélène s'est peut-être trompée, elle s'est trompée de jour, elle...

– Entre !

Le choc ne fut pas celui qu'il attendait : tout le côté droit paralysé, avait prévenu Hélène. De la tête aux pieds. À peu de chose près, c'est tout ce qu'il avait retenu. Pendant des semaines, elle l'avait assommé de détails techniques, de termes médicaux auxquels il n'avait rien voulu comprendre : les six heures d'opération qui avaient sauvé Christian lui avaient été contées par épisodes. Il vivrait, et c'était déjà un miracle. C'est la suite qui, jour après jour, s'était révélée clopin-clopant. La balle de 9 mm qui avait foudroyé Christian laisserait des séquelles qui ne le lâcheraient plus jamais. Pas une nuit, pas un jour, pas un instant. Hélène lui rapportait en vrac bilans, pronostics, espoirs et inquiétudes. Julien s'était vite lassé de ces diagnostics fuyants à déclinaisons ésotériques, de cette armada d'hypothèses contradictoires, d'autant qu'Hélène, paniquée ou rassurée selon les nouvelles, entretenait la confusion. Julien avait laissé tomber. Par lassitude. Ou négligence. Il n'enregistrait plus rien. Depuis la funeste nouvelle, il pensait à son vieux pote avec un entêtement d'ignorant, avec dans la tête l'image définitive de l'ami diminué et défiguré, coupé en son milieu par une ligne imaginaire, figé et cimenté en une moitié...

Ses traits étaient intacts. Julien lui trouva même plutôt bonne mine, le visage poupin, presque rajeuni, sous le duvet des cheveux qui repoussaient à peine.

Christian surprit le regard de son copain :

– L'opéra... l'opération, mon pauvre vieux, dit-il en se passant la main gauche sur le crâne. La boule à... à zéro pour passer sur le billard...

– Salut, Chris ! C'est pas trop tôt...

– Valait mi... mieux, je n'étais pas très présentable, tu sais...

– Même pour moi ?

– Même pour toi.

– Je t'ai pourtant vu dans de drôles d'états...

– Oui, mais... oui mais là, comme gueu... gueule de bois...

Julien nota le léger bégaiement. Hélène ne lui en avait pas parlé. Mais il vira prestement le blindage frileusement endossé quelques instants auparavant. Il s'en voulait d'avoir eu si peur. Il avait redouté le pire, s'était propulsé dans une séquence d'épouvante, remake de *Johnny got his gun* version soft... et dès la première seconde il retrouvait son copain comme s'il l'avait quitté la veille, reprenant une conversation interrompue bêtement il y avait un peu plus de quatre mois maintenant. Il l'avait quitté un soir, à la rédaction... et le retrouvait sans problème. Même le ton, cynique et railleur, y était. Depuis leur jeunesse, Christian et Julien cultivaient en chœur ce qu'ils appelaient pompeusement « la dérision verbale profonde »...

C'est alors que Christian actionna la machine, l'ignoble engin de métal brillant. Le fauteuil roulant avança sans bruit sur la moquette, mais un cliquetis infernal éclata dans la tête de Julien. Il eut soudainement une vue plongeante sur la naissance d'une grande cicatrice, un grand trait luisant qui partait du milieu du crâne, qui l'éclaboussait, l'étoilait de sa couleur rose, impudique... Là encore, il ne se rappelait que très vaguement les explications d'Hélène :

la balle était entrée derrière l'oreille, mais plutôt que de s'enfoncer dans la tête pour y provoquer des dégâts mortels, elle était ressortie vers le haut du crâne, sans remplir totalement sa mission... Frissonnant d'appréhension, Julien s'avança comme un automate vers la main tendue. La gauche. Il mit une demi-seconde avant de réaliser qu'il devait tourner le poignet afin de faire se rencontrer les deux paumes et comme Christian, déjà habitué, avait pris la même initiative, leurs doigts se heurtèrent maladroitement, en aveugle. Pour faciliter la manœuvre, Christian s'était redressé sur son fauteuil et, sous l'effort, le bras droit glissa mollement de l'accoudoir. Hypnotisé, Julien le vit pendre comme une manche vide, inerte, à la verticale, doigts tendus jusqu'à frôler la moquette. De l'autre main, Christian ramena prestement la chose flasque et désobéissante à sa place. Plus que tout, c'est la couleur qui impressionna Julien : un rouge sombre, virant au violet au niveau du poignet. Christian rangea soigneusement les cinq doigts bien à plat, les aligna sur l'accoudoir, les lissa et les tapota doucement, pensivement, comme s'il pouvait ainsi les ranimer, les ramener à la vie.

– On appelle ça un handicap, dit-il sans lever la tête, une sacrée salop... saloperie, oui...

– Ça finira par s'arranger, Chris, un peu de patience et...

Christian leva sa main gauche avec lassitude. Julien comprit sans peine que c'était le genre de propos qu'on lui servait à pleines brouettées. Il s'en voulut. Cela faisait des semaines qu'il cherchait à revoir Chris : il s'était cru plus malin, plus fort, plus proche surtout. Il allait savoir trouver les mots... et il était aussi con que les autres... Son meilleur ami vivait une tragédie et il ne trouvait rien d'autre à dire que d'affligeantes banalités pour visite d'hôpital...

– Hélène est par... partie conduire les gosses à... à l'école. Elle va revenir tout de suite. En atten... en attendant, sers-toi un verre...

– Et toi ?

– Rien. Termi... terminé. Je n'ai plus envie. Plus d'al... alcool, plus de cigarettes. Ça au moins, c'est po... po... sitif...

– Les toubibs ?

– Non, non, c'est moi. Je ne sens plus r... plus rien. Plus de goût, plus d'odeur. Ça aussi, c'est provi... pro... provisoire, paraît-il. Ça va revenir, ajouta Christian, sarcastique. Mais sers-toi, démerde-toi, tu connais la maison. Je t'att... je t'attends sur la terrasse.

Julien obtempéra en silence. Il trouva quelque chose de changé dans la maison. Les pièces lui parurent moins encombrées, moins surchargées. Ce n'était pas qu'une impression. On avait poussé les meubles, les fauteuils et les tables contre les murs, bloqué les obstacles dans les coins. Il avait fallu faire de la place à l'invalide et à son fauteuil roulant...

Julien salua l'arrivée d'Hélène comme une bénédiction. C'était une petite brune piquante et pétulante, aux cheveux courts et raides coiffés en casque. Elle avait, selon Julien qui adorait les références cinématographiques, quelque chose de Françoise Arnoul au temps de sa splendeur. En moins fin et moins félin sans doute, mais elle avait, comme l'actrice, ce regard d'impudeur qui avait chaviré les mâles des années soixante...

Hélène avait l'habitude – presque un tic – un peu agaçante de répéter qu'elle ne perdait jamais le moral, ce qui n'était sans doute qu'une manière de masquer le contraire... et aujourd'hui, elle chargeait à fond, comme à Reichshoffen : elle virevoltait, fraîche et pimpante, d'humeur printanière. Mais c'était l'une de ces gaietés furieuses, torrentielles, que les bien-portants fabriquent autour d'un lit de malade en agitant fleurs et bonbons, l'une de ces allégresses forcenées qui se veulent contagieuses et qui ne font qu'isoler un peu plus le déshérité sur son oreiller. Hormis deux ou trois banalités se voulant amusantes, Julien ne tenta pas de se mettre au diapason. L'ombre agacée qu'il avait cru déceler sur le visage de son copain l'en avait dissuadé, mais il ne put s'empêcher de penser également avec indulgence qu'après tout, la joie d'Hélène pouvait ne pas être totalement forcée et artificielle. Pour la première fois, son bonhomme acceptait de rompre leur isolement. Il connaissait assez Christian pour deviner que ces derniers mois n'avaient pas dû être roses pour son entourage. Hélène avait toujours eu une voix qui portait haut, un peu agaçante dans ses aigus. Aujourd'hui, elle forçait encore un peu plus la note, comblait précipitamment le plus petit silence, s'enivrait toute seule, s'amusait pour elle-même, tournoyait comme une héroïne d'opérette dans son décor pastel. Julien la trouva émouvante. Plus encore que pour Chris peut-être, la porte s'était entrouverte pour elle...

Le temps superbe donna d'abord un peu d'air à l'atmosphère du repas pris sur la terrasse. Hors des quatre murs d'un appartement, mêlées aux bruits extérieurs et aux cris des oiseaux, les tensions se font moins dures et moins pesantes. Christian parlait peu, apparemment préoccupé par une gymnastique qui ne lui était pas encore familière : le bras droit rangé dans une écharpe – « comme ça, il est moins lourd », s'était-il excusé... –, il coupait ses tranches de viande froide d'une seule main, équipé d'un couteau spécial dont le maniement n'était manifestement pas évident. Mais Julien se rendit bientôt compte avec angoisse que le mutisme de son ami avait une autre raison : ses troubles d'élocution apparaissaient bien plus profonds qu'il ne l'avait cru à son arrivée. Chris avait dû faire un effort surhumain pour masquer son bégaiement. Mais là, il ne pouvait plus. Il devait longuement préparer ses phrases, les mettre en ordre avant de s'exprimer, et cette précaution ne suffisait pas toujours : des mots qui n'étaient pas à leur place, qui n'avaient rien à voir parfois avec ceux qu'il voulait prononcer, sortaient de sa bouche en bouillie. Quelque chose s'était déréglé, fissuré dans le cerveau, qui ne reliait plus complètement la pensée à la parole...

– Bordel de merde, je deviens gâteux !

Il devait tellement se les dire et se les répéter, ces mots, qu'il n'avait éprouvé aucune peine à les aboyer. Christian jeta son couteau dans l'assiette et frappa la table d'un poing rageur. Il avait voulu prendre des nouvelles du journal, savoir ce qu'on pensait de son coup dur et de son absence surtout. Il s'inquiétait : son poste de responsable des éditions locales ne pouvait rester longtemps vacant, il en avait bien conscience, même si la direction avait voulu le rassurer en lui faisant savoir que rien ne pressait...

Julien connaissait l'anxiété naturelle de Christian, l'insouciance du verbe masquait un tempérament d'inquiet, qui ratissait les soucis en tout genre et de tous calibres. Se voir aujourd'hui cloué sur un fauteuil d'infirme le faisait immanquablement sombrer dans un pessimisme noir. Le tourment devint si visible que Julien tenta de le rassurer. Mais Chris s'énerva encore un peu plus, comme humilié...

– Faut pas me prendre pour un con, on ne va pas m'a... m'a... m'at... tendre... cent... cent... cinquante...

Il ne put aller plus loin. Le reste de la phrase se perdit dans un gargouillis inintelligible, il aurait fallu remplir les blancs, remettre le puzzle en ordre. Julien fut sur le point de l'aider, de le mettre sur la voie, mais la souffrance morale de son copain le rendait muet lui aussi...

– Ne t'énerve pas, chéri, ça va revenir peu à peu, les médecins te l'ont dit : il faut être patient...

Malgré sa tristesse, Julien fut tenté de sourire. Elle aussi...

– On voit bien que ce n'est pas toi !

Tournée vers Julien, Hélène encaissa sans même un battement de cils, fit comme si elle n'avait pas entendu. Malgré le regard noir de son mari, elle se lança dans une sorte d'inventaire, d'état des lieux de la zone sinistrée : tout le côté droit du visage était effectivement devenu insensible...

D'un geste désespérément provocateur, Christian se pinça violemment la joue entre ses doigts valides.

– Foutu... je ne sens rien, tu pourrais me la découper en tranches, je ne sen... sen... sentirais rien...

Mais il y avait pire : l'œil droit était atteint lui aussi...

– Provisoi... provisoi... provisoirement, railla encore Christian.

– Il refuse de faire un effort : pas un bouquin, pas un magazine. Il ne lit que les gros titres du journal. Et encore. Même la télé, il ne la regarde pas, se désolait Hélène. Il dit qu'il ne peut pas se concentrer, mais il va pourtant falloir qu'il se remue...

– Me remu... me remuer. C'est la meilleure...

Excédée, au bord des larmes, Hélène baissa la tête. Julien observa furtivement son copain et lui trouva une expression cruelle. Il se rendit compte également que, tout à son soulagement de ne pas se tenir face à une doublure de Frankenstein, de ne pas avoir à affronter un physique tordu, malaxé par les rictus, il n'avait pas remarqué cette étrange fixité de la partie droite de son visage...

– Et ta jambe ? se décida-t-il à demander.

Dans sa jeunesse, Christian avait été le meilleur nageur du collège. Une année, il avait même été champion d'Académie : « Un sacré battement de pieds », disait de lui le prof de gym...

– Comme le reste...

– Pourquoi tu dis ça ?...

Hélène s'était redressée brutalement, prête à l'affrontement :

– Les toubibs assurent au contraire que tu as toutes les chances de remarcher un jour...

Elle se tourna à nouveau vers Julien :

– Seulement, là aussi, il va falloir qu'il bosse. La rééducation, elle ne se fera pas toute seule...

– Un boi... un boiteux !

– Arrête, s'il te plaît ! explosa Hélène.

Ils étaient tous les deux agressifs et désespérés. Et Julien se sentait inutile et paumé. Presque étranger. Ces trois heures ne s'étaient pas déroulées comme il l'espérait. Pas comme il le redoutait non plus. Restait une impression mitigée, sans réelle consistance. La conversation avait été celle des non-dits. Cette première visite s'était limitée à une partie de cache-cache. Julien avait passé son temps à éviter des écueils réels ou supposés. En fait, il n'avait pas osé. Il avait attendu que Christian donne le signal, et Christian était resté dans sa coquille, recroquevillé sur son fauteuil, assis sur son malheur. Il n'était pas prêt à parler, encore moins à se livrer. À la première alerte, son humour lance-flammes grillait instantanément toute tentative de discussion sur son état, sur son présent, et plus encore sur son avenir. Hélène elle-même s'y était brûlée. Son exubérance du début s'était doucement effilochée. Elle était visiblement à cran maintenant et, d'une démarche pressée, nerveuse, multipliait des allées et venues non obligatoires entre la cuisine et la terrasse...

Vaguement déprimé, Julien en eut bientôt assez d'avoir des pulsions malsaines de voyeur. Il jeta un coup d'œil à sa montre et feignit la surprise. Il savait pertinemment qu'il était plus de seize heures.

– Faut que j'aille au moins faire acte de présence au canard, dit-il en refusant une seconde tasse de café et un digestif.

– Je t'accompagne jusqu'à la barrière... de toute manière il est presque temps d'aller chercher les gosses à l'école.

Julien comprit qu'Hélène voulait lui glisser quelques mots en tête à tête.

– Je vais avec vous. Cela va me faire du bien de changer de côté.

Soupçonneux, Christian avait déjà fait reculer son fauteuil du bord de la table et l'orientait vers la porte-fenêtre. Il voulait se hâter, mais ne pouvait s'aider que d'une seule main, et soufflait fortement, la bouche ouverte. Il paraissait crevé. Julien se souvint qu'Hélène lui avait confié que les médicaments, assenés à doses massives, épuisaient son mari.

Chris et son fauteuil naviguaient péniblement dans la pièce, n'évoluaient que par à-coups besogneux. Il cogna son engin de malheur contre la table basse et jura sombrement. Julien fut presque heureux de cette maladresse et de cette hostilité : elles révélaient que son copain n'avait pas encore assimilé la machine, qu'il répugnait à toute familiarité, à toute intimité avec elle, qu'il subissait sa présence à contre-cœur : juste ce qu'il fallait, pas plus... Qu'il n'y avait pas cette complicité résignée, ce corps à corps repoussant, contre nature mais indispensable, que tout infirme doit avoir avec son soutien mécanique. Chris ne possédait pas – pas encore ? – cette aisance souple et silencieuse des handicapés chevronnés qui slaloment en virtuoses. Il refusait l'accouplement, se tortillait sur son fauteuil comme sur un cactus, galérait sans élégance à grands coups de boutoir, peinait sur la moquette, éraflait meubles et murs...

Julien ouvrit la porte de derrière, la retint contre le mur. Elle lui parut étroite, il redouta que Chris ne se coltine encore furieusement avec l'un des montants. Il remarqua une bonne demi-douzaine de rayures sur la peinture. Ce ne serait sans doute pas la première fois. Hélène et lui avaient pris deux ou trois mètres d'avance.

– Tu sais, ce n'est pas facile, lui souffla-t-elle brièvement.

– Et pour moi, tu crois que... que... que... c'est facile ?

D'une ruade, Christian s'était brusquement retrouvé sur leurs talons. Hélène eut un rire nerveux :

– Par contre, les oreilles, pas de problème !

Pour la première fois, Julien intervint timidement :

– Faut t'accrocher, Chris... Il n'y a pas d'autre solution, vieux...

Il s'interrompit. Christian balayait négligemment l'air de son bras valide...

– Ouais, ouais...

Julien jeta l'éponge aussitôt :

– Au fait, les copains m'ont demandé : ils peuvent venir maintenant ?

Christian agita la tête en signe de refus :

– Non, non, pas encore... Toi bien sûr, quand tu veux. D'ailleurs, tu n'as qu'à leur... leur... raconter ce que tu as vu...

Julien ne releva pas le sarcasme :

– OK, vieux, comme tu veux.

Il ouvrit la barrière blanche. Parvenu près de sa voiture, il se retourna. Hélène était déjà rentrée, mais Christian n'avait pas bougé : immobile dans son fauteuil, en survêtement bleu ciel, baskets aux pieds, il caressait sa main et le regardait partir. Julien s'installa rapidement au volant de sa 405. Si pressé de s'évader qu'il s'emmêla dans le levier de vitesse, faisant grincer sa marche arrière. Des souvenirs communs, fêtes et déboulades de jeunesse, s'allumèrent comme des lampions, flashèrent dans sa tête. Il baissa la vitre, agita le bras en direction de l'ami qui ne répondit pas. Julien démarra en trombe, des larmes dans les yeux, un cauchemar à ses trousses : il ne pouvait pas y croire. Comment cela était-il possible ? De loin, dans son rétroviseur, il vit que Christian n'avait toujours pas bougé. Il avait l'air d'une statue de jardin posée sur le gazon.

2

Ce fut un été superbe, un été d'enfer. Durant des semaines et des semaines, la France grilla au soleil comme un steak sur un barbecue. Les flammes dévoraient le sud du pays, ce qui, somme toute, ne changeait guère des autres années… Mais il était rare de voir le nord, le nord de la Loire, s'assécher avec autant d'entêtement. La fournaise surprenait les touristes de la côte, fervents adeptes des vacances dites tempérées en bottes et cirés, et à l'intérieur des terres, les paysans de la secte du pluviomètre gémissaient comme des sinistrés. Les historiens du baromètre ne parlaient plus que de records et les chiffres de la météo s'affichaient comme ceux d'une compétition sportive. C'était, comme l'avait finement titré un journal, « le four du siècle »…

Julien ne remontait pas si loin. Il se souvenait de 1976, classée elle aussi année de la canicule. Lui qui ne retenait jamais aucune date, pas même celle des fêtes et des anniversaires, n'avait pas oublié celle-là. Ce n'était pas un hasard : un jour de juillet 1976, une furieuse discussion de spécialistes l'avait opposé à Christian sur le futur vainqueur du Tour de France de cette année-là. Chris contre Julien, c'était Van Impe contre Zoetemelk. Le petit grimpeur belge avait terminé en jaune, et le Poulidor néerlandais s'était retrouvé largué à plus de quatre minutes. Ce qui avait coûté à Julien, outre une blessure d'orgueil, une caisse de six moët-et-chandon…

Il ne risquait plus ce genre de déboires. Christian, jadis enragé de vélo au point d'aller s'essouffler le dimanche matin dans les côtes, ne s'intéressait même plus au nom du vainqueur de l'étape du jour. Julien, lui, avait changé de rubrique. En fait, il était professionnellement aux anges : pour la première fois depuis sa création – trois ans –, la page « Vacances » dont il assumait la responsabilité ne se traînait plus quotidiennement en queue de peloton. Bien entendu, *Nice-Matin* dont il feuilletait chaque matin les pages estivales le faisait toujours rêver… mais enfin, cet été qui ressemblait à un vrai été rendait ses concours de plage, ses kermesses paroissiales et ses corsos fleuris sur front de mer un peu moins ridicules. Pas de tempêtes, pas de drapeau rouge et pas de terrains de camping inondés. Photos et copies s'amoncelaient sur son bureau, et les « hors-sac » des correspondants pesaient bon poids. Évidemment, c'était toujours aussi ringard. Julien collectionnait les miss « pâtés de sable » locales et les concours de périssoires, mais cela suffisait à son bonheur. Il n'était pas obligé de tirer à la ligne pour boucher sa rubrique. Pas une seule fois il n'avait dû grossir un cliché de gosses en colo sur cinq ou six colonnes pour boucler sa page... Pas une fois il n'avait maquetté en catastrophe une pub maison pour colmater un trou béant, le soir au marbre. L'aubaine...

– Deux ou trois cols de texte en trop chaque jour, avait-il claironné ce jeudi encore aux oreilles de Christian.

Son copain connaissait le boulot, il l'avait assez vu les années précédentes se battre avec les blancs, les titres en 36 et les caractères en 9 gras pour comprendre. Mais d'un regard lourd, écrasant d'indifférence, Chris avait décapité net sa phrase. Une nouvelle fois, Julien s'était arrêté. Mal à l'aise, la conscience fautive, transpirant dans son tee-shirt comme un voleur à la tire pris la main dans le sac. En fait, dès qu'il se trouvait en présence de Chris, Julien ne savait plus que penser et, pire encore, que dire. Il venait déjeuner chaque jeudi, et plus ça allait, plus ce jour devenait pour lui jour d'appréhension difficile à assumer.

Christian n'allait pas mieux. Avec un entrain toujours aussi suspect, Hélène avait beau signaler quelques légères améliorations, annonciatrices, assurait-elle, d'autres bien plus spectaculaires... Julien ne retenait comme référence que le mauvais état visible et permanent de son ami. À deux ou trois reprises, il avait assisté au retour des séances de rééducation, il l'avait vu descendre du taxi spécial, et ce spectacle l'avait terrifié : Christian lui était apparu méconnaissable, le visage exsangue, ratatiné comme un vieillard.

– À quoi bon cette torture ? lui avait-il confié d'un ton abattu. Personne n'y croit, et moi encore moins que les autres...

Il passait ses journées sur la terrasse, enchaîné à son fauteuil roulant, abrité sous le parasol, les yeux fixés sur le gazon, tapotant et malaxant interminablement sa longue main inerte et ses doigts gonflés : « Des heures et des heures sans dire un mot, avait confié Hélène, sans même répondre à mes questions... »

C'est ainsi que Julien le trouvait chaque jeudi midi : les pieds désormais emprisonnés dans des chaussures orthopédiques – « mes espadrilles », plaisantait-il... –, de lourds godillots de cuir noir, rigides, montant très haut sur les chevilles, et un verre de pastis dans sa main valide. Car Chris, s'il ne fumait toujours pas, avait repris goût à l'alcool... et Julien s'inquiétait silencieusement des doses massives d'anis auxquelles venait se mélanger de moins en moins d'eau.

Un jour d'abandon, fin juillet, Christian accepta d'ouvrir sa porte à quelques copains de la rédaction. Ou plutôt de « sa » rédaction. Une dizaine de confrères de la « locale » vinrent ainsi faire la ronde autour de l'invalide. Ce fut sympa et sans fausse note, agrémenté des jappements joyeux du chien – un basset artésien normand – que les journalistes avaient offert en cadeau de retrouvailles. De toute évidence, Chris avait décidé de faire de cette réunion de famille un défi personnel. Sans qu'on lui en parle jamais, si ce n'était pour le rassurer, pour lui affirmer « qu'on avait le temps », il se doutait bien que le problème de son remplacement à la tête du service se posait avec de plus en plus d'acuité. Il n'avait pas tort : lors du dernier briefing, le directeur général avait surgi à l'improviste et confié aux chefs de service qu'il attendrait jusqu'à la rentrée de septembre, et qu'il faudrait alors prendre une décision. Rien qu'à l'observer, Julien avait eu le pressentiment qu'alerté par les toubibs, le patron savait déjà à quoi s'en tenir, et qu'alléchés par une promotion inespérée, deux ou trois prétendants, présents à la petite fête, piaffaient sur le marchepied. On ne pouvait leur en vouloir, mais Julien s'était rendu compte que Christian avait décidé d'épater ses visiteurs, de ne pas être le singe du zoo, derrière ses barreaux. Stupéfait, mais ravi, influencé par les appréciations enthousiastes et plus ou moins hypocrites de ceux qui revoyaient « le chef » pour la première fois – amaigri, mais « en forme » –, Julien s'était laissé bercer par l'optimisme. Il avait, par moments, en pointillé, retrouvé son copain. Peut-être était-ce l'amorce, le déclic...

Il n'avait pas fini de se poser la question qu'il dut déchanter. À peine le dernier invité eut-il le dos tourné que Christian retomba brutalement dans sa zone d'ombre et son apathie morbide. L'effort n'avait été consenti que pour paraître et donner le change. Dans les jours qui suivirent, un petit malheur accentua encore le malaise : le basset artésien, vagabond impénitent, se fit durement renverser par une voiture. Hélène le porta chez le vétérinaire, qui diagnostiqua une fracture de la colonne vertébrale et, d'une piqûre mortelle, mit fin aux souffrances du pauvre cabot. Julien eut l'impression que Christian prenait la triste nouvelle avec un fatalisme jubilatoire. Ce n'était pas la première fois : dès qu'il en avait l'occasion, il s'enfonçait avec délectation dans l'évocation d'un destin tracé au crayon noir. À plusieurs reprises déjà, il lui avait rappelé qu'il avait toujours été hanté par le spectre de la paralysie, qu'à dix-huit ans il avait pressenti ce qui lui arrivait aujourd'hui. À contrecœur, Julien avait bien été obligé d'admettre qu'il s'en souvenait lui aussi... À entendre Chris, le malheureux basset faisait donc partie de la charrette. Comme lui-même, comme tout son environnement, marqué par le mauvais sort, piqué par cette maudite balle de 9 mm comme par une aiguille de sorcellerie.

– Heureusement que je ne suis pas allé chez le vétérinaire, avait-il lancé à Hélène, il aurait pu croire que la piqûre était pour moi...

Malgré sa volonté de compréhension qu'il refusait d'assimiler à de la compassion, Julien supportait de plus en plus mal cette sorte de délectation dans la sinistrose. Il finissait par en vouloir cruellement à Christian de ne pas relever la tête. Cette abdication permanente, quasi jouissive, devant l'épreuve commençait à éclipser chez Julien le sentiment d'injustice qui, il y a peu de temps encore, dominait dès qu'il se trouvait en présence de Christian. Parallèlement, ce type de réaction déclenchait en lui un douloureux réflexe de culpabilité qui le rendait nerveux... C'est sans doute pour cette raison, mais également, devait-il avouer plus tard, parce qu'un double cognac savouré sous le soleil brûlant l'avait quelque peu allumé, qu'un jour – un jeudi – Julien éclata.

Ce fut une tirade tirée au bazooka, un discours d'exaspération portée au rouge, un fourre-tout de rage où reproches et encouragements s'enflammèrent pêle-mêle : il en avait marre de le voir se vautrer dans le malheur, de le voir s'exhiber tel un épouvantail, de le voir trôner dans son fauteuil roulant comme dans un char funèbre. Il n'avait pas eu de pot ? Et alors ? Il y avait des milliers de mecs comme lui, et d'autres milliers qui étaient bien pires ! Demain, ce pouvait être lui, Julien... un accident de bagnole, une hémorragie cérébrale... personne n'était à l'abri. De toute manière, il n'avait pas le choix : c'était arrivé, il n'avait plus qu'à se battre, qu'à batailler pour s'en tirer. Ça lui donnait quoi, de jouer les plantes vertes ? Il se faisait chier et faisait chier tout le monde avec lui...

– Bats-toi, bordel ! On est tous prêts à t'aider. Mais sans toi, on ne peut rien faire ! Je sais, je parle comme un livre. Je ne suis pas dans ta peau... je sais ce que tu vas me répondre...

Christian n'avait rien répondu. Penché vers son copain, le front ruisselant de sueur, Julien s'était transformé en un Rouget de Lisle de la béquille, avait entonné *La Marseillaise* des estropiés, glorifié la volonté des sportifs handicapés, trouvé des exemples d'hommes magnifiques, cisaillés, coupés en morceaux, qui soulevaient le poids de leur infirmité comme un sac de plumes. Il s'était frénétiquement agité sur la chaise à lattes blanches laquées, les mains accrochées dans l'air, chassant d'imaginaires obstacles. C'était un timide et un impulsif, au verbe haché, précipité. Il ne pouvait pratiquement rien entreprendre de sang-froid mais, une fois lancé dans sa rage de convaincre, ses explosions de colère l'entraînaient maladroitement bien au-delà du raisonnable. Et Julien était lancé...

– Tu ne vas tout de même pas continuer à végéter ainsi, comme une larve. Ce n'est pas la peine de vivre. Tu n'as que deux solutions : ou tu réagis, ou tu te tires une balle dans la tête...

Christian avait relevé la tête, cessé de caresser sa main morte.

– Je te remercie, c'est déjà fait...

Julien s'était senti écrasé, aplati par un rouleau compresseur. Profitant de son avantage, l'autre avait rajouté quelques kilos sur le porte-bagages :

– Mon pauvre vieux, qu'est-ce que tu en sais ? Tu ne peux pas te rendre compte...

En une seconde, Julien avait reconnu cette voix doucement attristée et cette manière mi-ironique mi-apitoyée qu'avait Christian de renvoyer l'interlocuteur dans la poussière. L'ennuyeux, c'est qu'il le faisait désormais avec lui. Il lui disait : tu la fermes, maintenant. Moi je sais, toi tu ne sais pas et tu ne peux pas savoir...

– Tu m'emmerdes, avait bredouillé Julien devenu écarlate comme un gosse pris en faute.

Il avait saisi le verre ballon chauffé par le soleil avec rage, et, d'une seule traite, comme s'il se condamnait au cyanure, avait englouti son reste de cognac. Plus jamais il ne lui ferait le moindre reproche. Plus jamais.

3

La première semaine d'août, Hélène mit les deux gosses dans l'Alfa, les bagages dans le coffre, et partit passer une vingtaine de jours de vacances chez sa sœur, près de Valence. Elle avait longuement hésité avant de prendre cette décision. Un peu tenaillée par le remords du bien-portant, mais plus soucieuse encore, pensait Julien, de l'opinion familiale qui l'accuserait de larguer traîtreusement les amarres, elle avait pris d'infinies précautions pour préparer son mari à cette courte absence. Ce qui s'était révélé bien inutile, la seule réaction de Christian s'étant limitée à une sorte d'indifférence dédaigneuse. Comprenait-il ? avait demandé Hélène avec insistance. Chris répondait à chaque fois que ça n'avait pas d'importance...

Pour sa part, Julien avait fortement conseillé à Hélène de prendre l'air. Il la voyait plier, prête à craquer. Face à l'abattement permanent de Christian, elle continuait de vouloir vivre en farandole. C'était, au physique comme au moral, un feu d'artifice : jamais elle n'était apparue aussi coquette, aussi soignée. Prise d'une véritable boulimie de fringues, Hélène semblait exister pour deux, elle rebouchait le trou que l'autre s'obstinait à creuser. Julien avait compris qu'il s'agissait d'un système de défense qui, ma foi, en valait bien un autre... mais il lui semblait également qu'étourdie par son propre forcing de gaieté fabriquée, elle finissait par décoller peu à peu de la réalité. Il la sentait glisser vers une sorte de dépression euphorique, une sorte de délire de bonne humeur qui l'isolait chaque jour un peu plus de son mari et de ses mômes, car il y avait aussi les mômes, bien sûr...

Âgés de six et huit ans, les deux gamins commençaient à souffrir de cette atmosphère cauchemardesque : pris en sandwich entre le père sur son piédestal roulant et la mère tourbillonnante, ils finissaient par s'affoler comme des mouches coincées dans un bocal. Le drame de leur père ne les avait pas vraiment frappés, si ce n'est qu'ils regrettaient de ne plus le voir les accompagner aux entraînements et aux matchs de foot... mais, de jour en jour, son comportement lointain, voire hostile, les déroutait cruellement... Ses silences et son indifférence, son absence et ses impatiences provoquaient chez eux un comportement incertain, presque craintif. Ils s'écartaient, s'éloignaient peu à peu de lui, comme d'un étranger...

Hélène s'accorda donc quinze jours de sursis. C'était le mot juste, car le retour s'annonçait redoutable : la fin de l'été signifiait également celle des illusions savamment orchestrées par un entourage outrageusement optimiste. Tout le monde divaguait autour de Christian sur ses possibilités de reprendre sa place à la rédaction. Lui-même restait muet. Sans doute sa propre opinion était-elle déjà faite. Mais une chose était de le savoir, et une autre de l'apprendre officiellement. Or, le corps médical était formel : toute reprise professionnelle était totalement exclue pour des mois et des mois. Les progrès de la motricité se révélaient insignifiants. Christian était, selon le mot de l'un des toubibs, « un patient hostile » et les résultats de la rééducation se révélaient de plus en plus aléatoires. Quant au psychologue, « commis d'office », raillait Christian qui avait quelques années de chronique judiciaire derrière lui, il cédait du terrain un peu plus chaque semaine.

– Tu vas voir que je vais finir par lui faire voir des éléphants bleus, se vantait le rebelle.

Le prochain bilan était fixé pour le début de l'année. Sans grand espoir. D'ores et déjà, il fallait se résigner à ne rien envisager avant un an au minimum.

C'est tout cela que devait annoncer Hélène à son retour. Et rien que d'en parler à Julien, sa voix était prise de tremblements.

– Viens le voir plus souvent durant ces quinze jours, lui avait-elle demandé. Essaye de le préparer, il t'écoutera peut-être un peu plus...

Il avait promis. Tout en sachant qu'il n'avancerait pas le moindre pion. Ce fut le cas. Ces deux semaines ressemblèrent aux précédentes et ses visites, si elles furent plus nombreuses, ne sortirent pas de leur routine. Julien retrouvait Christian sur la terrasse, la tête sous le parasol, les pieds enserrés dans ses brodequins, sa soupe de pastis à portée de la main…

– Je regarde passer la vie comme les vaches regardent les trains, lui avait-il dit un jour.

Julien parlait de tout et de rien, de la chaleur étouffante et de l'herbe qui jaunissait, il s'enhardissait à donner des nouvelles du journal, faisait appel à sa mémoire pour en sortir quelques frasques de leur jeunesse commune, citait des noms de copains perdus de vue depuis des années, faisait défiler les filles de leurs dix-huit ans… Chris tenait deux ou trois minutes, puis il décrochait. Son regard passait par-dessus les épaules de Julien, s'enfuyait vers le lointain, s'évadait vers un ailleurs inaccessible et sa main d'homme vivant tapotait doucement, affectueusement, celle du cadavre. Seule la présence de la mère de Christian, qui remplaçait Hélène, apportait une note mélodramatique à ces mornes rendez-vous d'une amitié décalée. Anéantie, la pauvre femme ne cessait de gémir et passait ses journées le visage enfoui dans son mouchoir…

Hélène rentra de vacances comme un bulldozer. Bronzée, gonflée à bloc, débarrassée des enfants qu'elle avait laissés à sa sœur pour quelques jours encore. L'été s'était replié, la maison s'était refermée, Christian zigzaguait à nouveau dans ses couloirs, éraflait les murs et se heurtait toujours aux meubles. Consciente qu'elle ne devait pas attendre, que quelques heures suffiraient pour lui enlever tout courage, elle ne prit même pas le temps de défaire ses valises. Indifférente aux compliments sarcastiques de Christian sur sa mine éclatante et son bronzage de star, elle attaqua. Assise sur le bout du canapé, le dos bien droit, les deux mains jointes au creux de sa minijupe. Froidement, méthodiquement. À l'opposé du personnage exubérant qu'elle s'était composé durant les dernières semaines. Elle avait préparé et répété son réquisitoire à tête reposée, elle n'en changea pas une ligne : c'était foutu pour la rentrée de septembre, foutu sans doute pour le début de l'année prochaine, et foutu pour toujours s'il persistait à capituler. Non seulement il ne progresserait pas, mais il déclinerait. Le compte à rebours était lancé et les toubibs ne s'en étaient pas cachés : sans son aide, ils ne pouvaient rien faire. Dans son cas, le mental comptait pour plus de moitié dans les chances d'amélioration. Il fallait que ça change, sinon…

– Ça va changer, Hélène, ça va changer…

La réponse sidéra la jeune femme. Un quart de seconde, elle crut à une nouvelle pointe de cynisme, mais Christian l'observait franchement. Il a sa bonne tête, se surprit-elle à penser…

– Si, si, je te jure, ajouta-t-il pour la convaincre un peu plus.

Un instant désarmée, Hélène bascula en arrière et se cala plus profondément dans le canapé. Elle s'installait pour discuter. D'un ton plus chaleureux, elle s'engouffra dans la brèche, se fit complice du changement inespéré. Pour un peu, une vie nouvelle commençait. Alors, ça y était, il se décidait enfin ? Vraiment ?

Christian l'arrêta sèchement dans son élan :

– Un peu de patience, s'il te plaît…

Puis, tournant son fauteuil, il alla se poster devant la télévision. Depuis quelque temps, il ne dédaignait plus la télé. Davantage pour s'occuper la tête, disait-il, que pour regarder…

Blessée, Hélène faillit éclater. Elle eut la tentation de retourner le fauteuil comme une crêpe, de se planter devant le tyran pour lui hurler sa révolte : elle ne recommencerait pas à se traîner devant ses caprices de rampant masochiste, elle n'avait plus la force de jouer les folles et les inconscientes. Elle ne voulait plus mendier. Il fallait en finir : « Et tout de suite »… Mais le cri se bloqua dans sa gorge. Ne pas tout foutre par terre, le laisser venir, lui laisser l'initiative. Il avait fait le premier pas. Attendre la suite…

C'est une demi-heure plus tard, alors qu'Hélène commençait à défaire ses bagages, qu'il demanda :

– Tu veux bien appeler Julien ? J'aimerais qu'il vienne à la maison. Demain si possible…

Hélène téléphona au journal, l'esprit troublé. Pour la première fois, Chris demandait à voir quelqu'un. C'était un dimanche. Julien n'en finissait pas de trier ses comptes rendus débiles de fêtes de la moisson et de battages à l'ancienne pour l'édition du lendemain. Il promit de passer lundi. En début d'après-midi.

4

C'est de ce lundi – « t'es comme les nanas avec leur régime, avait rigolé Julien, ça devait être un lundi et pas un autre jour... » – que data le spectaculaire réveil de Christian. Alors que tout le monde autour de lui redoutait un effondrement, les semaines qui suivirent furent celles d'une heureuse métamorphose. Car les nouvelles n'étaient pas bonnes : la direction du journal avait fait officiellement savoir qu'elle le remplaçait à la tête de son service dès la rentrée de septembre. Provisoirement ? Rien n'était moins sûr... S'appuyant sur les conclusions du corps médical, qui estimait Christian tout à fait incapable « dans les circonstances actuelles » de reprendre un poste de responsabilité, elle envisageait de le muter dans un autre service, voire de l'employer à mi-temps, se réservant dans l'avenir la possibilité de régler avec lui les modalités d'un nouvel emploi en « harmonie » – le terme était délicatement choisi – avec son état de santé :

– Comme ça, ils seront en règle avec la loi sur les handicapés, avait raillé Christian.

À la stupéfaction de son entourage, il encaissait le scénario catastrophe avec une insouciance de collégien, ne s'indignait pas de l'initiative de la direction...

– C'est logique, estimait-il, ce n'est pas moi qui vais empêcher de faire tourner la boutique. Je n'ai qu'à me démerder. Et puis, on verra bien...

Il acceptait. Et Julien était comme les autres : il n'en revenait pas. Son copain traversait une épreuve pénible, abominable. L'espoir de redevenir lui-même, de retrouver la plus grande partie de ses moyens et de ses facultés s'amenuisait encore un peu plus, et c'est le moment qu'il choisissait pour refaire surface. Cette réaction inespérée intriguait Julien. Ce n'était pas normal... Depuis qu'il connaissait Christian, il l'avait toujours vu réchauffer à feu doux de vieilles rancunes, et pas seulement contre ceux qui lui avaient fait des crocs-en-jambe. Quand quelque chose ne collait pas, il en voulait à tout le monde, et plus encore à la vie qui lui faisait une vacherie. C'était un tenace de la rancœur et de l'amertume qui se barricadait dans ses échecs... « T'es un ruminant », aimait à lui dire Julien. Alors là ! Tout se cassait la gueule et il mettait le paquet... À plusieurs reprises, Julien avait failli orienter la conversation dans ce sens. Mais la dangerosité du propos l'avait effrayé. La fragilité d'un tel comportement devait être extrême, et il n'était pas question de tout faire écrouler pour le simple besoin de satisfaire sa curiosité. Pas question...

Une seule fois malgré tout, gagné par l'euphorie, Julien s'était laissé aller à envisager l'avenir : finalement, ce coup dur ne serait bientôt plus qu'une parenthèse fâcheuse. Une fois refermée, tout redeviendrait comme avant.

– Te fatigue pas, avait répondu Christian, ajoutant encore aux interrogations de son ami. Il ne faut pas me raconter d'histoires. Il n'y a rien de changé. J'ai un coup dans l'aile. Et c'est définitif.

En attendant, Christian bûchait, et bûchait dur : il lisait désormais avec acharnement, regardait régulièrement la télé, s'intéressait aux nouvelles, n'envoyait plus balader les rééducateurs de la parole et de la vision. Il s'appliquait. Mieux encore, il réapprenait à écrire de la main gauche, et à ceux qui s'étonnaient de la lisibilité de son écriture il révélait qu'il était un ancien ambidextre. En moins d'un mois, les progrès apparurent foudroyants. En outre, Christian n'absorbait plus ses médicaments à doses massives, et cet allégement contribuait à lui rendre une plus grande vivacité d'esprit. Le train pensée-langage, jusque-là chaotique, déraillait de moins en moins. Julien n'éprouvait pratiquement plus la moindre angoisse au moment de pousser la barrière blanche du pavillon : son copain n'était plus cet hallucinant zombie terrassé par le mal. Il était physiquement déglingué et, en toute logique, le mental aurait dû se retrouver haché menu... Et pourtant, la vie l'habitait à nouveau. Julien le retrouvait. Il ne s'échinait plus à errer dans des conversations désertiques, ne tournait plus en solo et à vide. Tous deux faisaient partie de ces hommes qui, en vieillissant – ils étaient de la même année et venaient de passer la quarantaine –, avancent dans la vie l'œil rivé sur le rétroviseur. Ils radotaient volontiers sur leurs souvenirs... mais, plus que Julien, dont la mémoire s'exprimait à grands éclats, Chris avait toujours eu du style dans la nostalgie, une sorte de doux fatalisme, de léger désenchantement qui ondulait en surface...

Cela aussi était revenu. Débarrassé de son agressivité malsaine, Christian avait pratiquement repris son rythme normal de pensée. Au début, Julien s'était méfié de cette impression optimiste, la mettant sur le compte de la routine. Il avait beau s'en défendre, voir Chris attaché à son fauteuil roulant ne le surprenait plus... mais il y avait autre chose aussi : ses cheveux bruns et bouclés avaient repoussé, masquant enfin l'horrible balafre rose... Il s'habillait, délaissant la tenue de jogging, désolant symbole d'une convalescence interminable et, plus encore, du renoncement... et s'il avait toujours les pieds emprisonnés dans ses lourds brodequins de cuir noir, ces derniers disparaissaient maintenant en grande partie sous les revers du pantalon. Le regard de Julien n'était même plus aimanté par la main morte qui gisait sur le bras du fauteuil comme une dépouille. Il n'était plus hanté par le spectacle de l'infirme...

Sur ce plan pourtant, rien ne changeait vraiment. Christian était toujours coupé en deux. Il sauvait sa tête et faisait tout pour ça, mais le corps, le côté droit du corps, restait à la traîne. Chris prétendait volontiers que les innombrables séances de rééducation – « de torture », disait-il... – auxquelles il continuait de se soumettre finissaient par lui encombrer la vie, qu'elles l'épuisaient, qu'elles ne servaient à rien, si ce n'est à mettre en relief un cuisant échec. Mais, étrangement une fois encore, il paraissait ne plus vouloir se révolter contre son demi-poids de chair inerte...

– Tu parles si ça va mieux ! Pas avec moi, en tous les cas ! Des heures et des heures sans un mot, et quand on se parle, c'est pour s'engueuler. Quant au reste, ce n'est pas la peine d'en parler ! dit Hélène.

Gêné, Julien ne sut pas quoi répondre. Christian n'était

pas encore rentré de sa séance de « torture » et il avait profité de son absence pour s'épancher auprès d'Hélène sur le mieux-être de son copain. La réponse lui était revenue comme un boomerang :

– C'est bien simple, il me pousse dehors, ironisa Hélène avec amertume. Je ne me suis d'abord pas trop inquiétée, les toubibs eux-mêmes me rassuraient : c'était un engrenage qui s'enclenchait, tout ne pouvait pas être parfait tout de suite, il me fallait être patiente. La patience, je veux bien, je commence à connaître, mais là, c'est pire chaque jour…

Julien faisait une découverte : dans sa course au renouveau, Christian laissait sa femme sur la touche. Hélène était exclue, rejetée :

– Nous sommes comme deux employés de bureau qui se feraient la gueule et qui ne se parleraient plus que pour les nécessités du service, continuait Hélène. Le fossé se creuse tous les jours.

Maintenant qu'il y réfléchissait, des détails lui revenaient, auxquels il n'avait pas prêté attention jusque-là. Il se dit aussi que Chris n'était à l'aise et détendu qu'en tête à tête avec lui, que son attitude n'était pas vraiment la même quand elle était présente…

– On ne se dit plus rien…

– T'exagères pas un peu ? tenta d'argumenter Julien. Ce ne serait pas étonnant avec tout ce…

– Tu veux un exemple ? coupa Hélène. Deux fois par semaine, il disparaît une bonne partie de l'après-midi. Un taxi vient le chercher et le ramène deux ou trois heures après. Toujours le même, un vague copain qu'il connaissait avant. Qu'est-ce qu'il fait ? Où il va ? Je n'en sais rien…

– Tu lui as demandé ? interrogea bêtement Julien.

– Tu parles ! Tu sais ce qu'il m'a répondu ?

Julien secoua machinalement la tête.

– « Ne perds pas ton temps, tu n'en sauras rien. »

– Interroge le taxi…

– Qu'est-ce que tu crois, c'est ce que j'ai fait. Il s'est gentiment foutu de moi. « Désolé, m'a-t-il répondu, mais votre mari avait prévu votre question. Il m'a fait promettre de garder le silence. J'espère que vous comprenez… » Tu parles !

Les confidences d'Hélène mettaient Julien mal à l'aise. Elle s'agitait nerveusement devant lui, guettait les bruits qui annonceraient le retour de son mari. Elle voulait convaincre et elle était pressée…

– Ce n'est pas si grave, il prend un peu l'air…

– Ça n'a rien à voir, tout fout le camp par petits bouts. Tiens ! Dès que tu es parti, il me fait la gueule. On dirait qu'il me rend responsable, qu'il veut se venger. Tu peux me dire pourquoi, toi ?

Surpris, Julien nota le ton agacé, presque agressif, d'Hélène. Comme si elle lui en voulait. La complicité entre Chris et lui l'avait toujours amusée, au point qu'elle les avait surnommés « les jumeaux », mais aujourd'hui, elle ne s'amusait plus, elle souffrait. Julien observa attentivement la jeune femme : le regard d'ordinaire si accrocheur, si pétillant, avait perdu de son éclat. Les paillettes ne brillaient plus dans ses yeux, même pour la frime. Les soucis, les inquiétudes se dessinaient en larges cernes grisâtres. Hélène cédait peu à peu, elle ne fredonnait plus ses mots, ne s'obstinait plus à voir la vie en fleur pour mieux déguiser le malheur. Et ça ne devait pas dater d'aujourd'hui. Obnubilé par son copain, Julien ne s'était pas rendu compte que si l'un remontait la pente, l'autre la dégringolait tout doucement. Le tourbillon s'essoufflait, s'effilochait sans bruit…

Une portière de voiture claqua dans la rue.

– C'est lui…

Hélène avait déjà raflé son imper et son sac. Pressée de sortir. La même scène avait dû se dérouler sous ses yeux de nombreuses fois, mais Julien dut s'avouer qu'il n'y avait jamais pris garde…

– On en parlera une autre fois si tu veux, mais penses-y…

Interloqué, Julien acquiesça en silence. Y penser. Bien sûr… Mais qu'est-ce qu'il pouvait y faire ? Son amitié avec Christian durait depuis l'âge de quatorze, quinze ans. Elle s'était forgée plutôt lentement, issue d'un copinage de bande. Les années avaient fait le tri, les autres avaient disparu dans le lointain, leurs silhouettes s'étaient estompées, et ils étaient restés tous les deux. C'était une amitié profonde et réelle, sans grands mots et sans promesses, peut-être même cimentée par la différence. Mais elle avait toujours eu ses zones interdites. Les femmes faisaient partie du no man's land. Ils n'avaient jamais confronté leurs histoires de cœur, pas même leurs histoires de cul. Pour quelle raison ? Maintenant qu'il se posait la question, Julien se souvenait vaguement d'une terrible rivalité pour une gamine qui jouait au yo-yo avec leurs cœurs de seize ans. Pendant des mois, ils étaient passés par toutes les douleurs de l'amour adolescent. Sans jamais s'affronter, sans même en parler. Leur loi du silence datait peut-être de cette époque. Julien fouilla dans sa mémoire pour tenter de se souvenir lequel des deux avait emporté le morceau. Il n'y parvint pas. Malgré la présence d'Hélène, sombre et aux aguets, il esquissa un sourire...

– Reculez-vous, voilà la gueule cassée qui revient de 14-18 sur son char !

Poussé par l'infirmier, Christian fit une entrée triomphale dans le vestibule, un ciré de pêcheur posé sur les épaules. Ses cheveux étaient trempés.

– Il pleut tant que ça ?

– Tu parles, Charles !

Hélène le croisa en trombe, comme pour la prise du témoin d'un relais 4 fois 100 mètres...

– À tout à l'heure, Chris. Maman s'occupe des gosses. Elle les prend chez elle et les fera goûter.

– Salut. Fais gaffe à la bagnole, ça glisse...

Excédée, Hélène haussa les épaules et claqua la porte.

– Quel temps de merde !

Christian tamponna furieusement son pantalon de velours vert de sa main valide.

– Crois-moi, on prend plus de flotte assis que debout ! J'aurais au moins appris ça...

Chris fit rouler son fauteuil à la place habituelle, contre le côté droit du canapé, face au fauteuil où Julien vint s'asseoir.

– Si on se faisait un petit goûter ? Comme deux grands-pères, hein ?

C'était un jeudi, un jeudi d'octobre. Julien s'en souvint toujours avec précision, puisque le jeudi était son jour de repos traditionnel. Il pleuvait fort, effectivement. Et le vent soufflait en tempête. Un automne boueux, sans dorures dans les forêts. Un automne de terre glaise et de ruisseaux qui dévalaient les caniveaux. Un automne pour égouts. Contrairement aux autres années, l'arrière-saison, fierté de la région, s'annonçait irrémédiablement pourrie. L'été avait tout pris. Il faisait si sombre dans la maison que Christian demanda à Julien d'allumer le grand lampadaire. Ce fut ce jour-là, vers les quatre ou cinq heures de l'après-midi, que tout commença.

5

– Comme deux pépés !

Hilare, Christian regardait Julien qui revenait de la cuisine. Il portait avec précaution son plateau, veillant à ne pas renverser les deux bols de chocolat. Il avait raclé le fond de la boîte de Nesquik…

– J'espère qu'il y en a une autre. Sinon, tes gosses vont faire la gueule demain matin.

– T'inquiète pas, Hélène a toujours une boîte d'avance…

Christian tenait la forme. Et plus encore, il semblait à Julien qu'il voulait le lui faire savoir.

Quel contraste, songea Julien… Chris venait de lui raconter sa nuit de la Saint-Sylvestre à l'hôpital. Comment on l'avait presque sorti de force de sa chambre, lui et sa chéchia de bande Velpeau sur le crâne. On ne voulait pas qu'il reste seul alors qu'il ne demandait qu'une chose : qu'on lui fiche la paix… Les infirmières n'avaient pas plus écouté ses grossièretés que ses supplications, et l'avaient traîné, se débattant sur son fauteuil roulant, dans la grande salle enguirlandée jusqu'au plafond. Christian s'était lancé dans une description fellinienne de la grande fête des éclopés…

– Il y avait tout ! Les serpentins, les confettis, les sarbacanes à boules et les chapeaux. Un moment, je me suis retrouvé avec un casque gaulois sur mon pain de sucre. Mais je n'avais même plus la force de gueuler, j'étais crevé… Une bonne partie du personnel était à moitié défoncé. Tu aurais vu le tableau au moment du gâteau. Pire qu'une partie de tartes à la crème, il y en avait partout !

Julien avait ri franchement.

– Finalement, tu reviens de loin…

– Tu rigoles, mais c'est ce que je me suis dit quand on m'a enfin ramené dans ma chambre, sur mon petit plumard, avec ma petite télé…

La pluie crépitait sur la grande baie vitrée du salon. Julien se tourna vers la cheminée de briques rouges au foyer encore intact.

– Tu vas pouvoir penser à faire rentrer du bois…

– Mmm, mmm, acquiesça Christian qui buvait son chocolat.

– Tu as de quoi l'abriter ?

– As-tu déjà eu peur, Julien ?

Julien fronça les sourcils. Il regarda son copain en une mimique interrogative, mais Christian ne la vit pas. Regard baissé, il se penchait pour poser sa tasse sur la table basse…

– Comment… peur ? interrogea Julien en haussant les épaules.

– Peur, vraiment peur…

– Évidemment, comme tout le monde…

– Non, je te parle d'une vraie trouille, quelque chose qui te prend aux tripes, qui ne te lâche pas, qui te bouffe… la peur de Chevallier dans son bouquin…

– Chevallier ?

– Gabriel Chevallier…

Julien était surpris. Il ne voyait pas l'auteur de *Clochemerle* disserter sur la panique…

– Oui. Il a écrit un livre fantastique, *La Peur*. Il raconte la terreur du poilu dans les tranchées. Sa propre terreur, surtout, il y était. Tu ne l'as pas lu ?

– Connais pas, avoua Julien, assez dépité car il était plutôt fier de ses connaissances littéraires…

– Et toi ? Tu as déjà eu peur ?

– Mon premier saut en parachute… ou plutôt non, mon premier saut de nuit, rectifia aussitôt Julien.

Il se revit à la porte ouverte du Nord-Atlas 2000. Il était le plus lourd du stick, et par conséquent le premier à devoir se lancer dans le vide. Il faisait nuit noire, on n'y voyait rien, et ce connard d'adjudant, mine faussement consternée, s'amusait à le paniquer : « Pas moyen de se repérer, disait-il, on va vous larguer n'importe où. On verra bien… » Oui, il avait vraiment eu la trouille.

– Et tu ne t'es pas dégonflé. Tu as sauté quand même ?

– Oui, bien sûr. D'ailleurs, tu le sais bien, je te l'ai déjà raconté. Je ne voulais pas être emmerdé…

Christian ignora la réponse. Il suivait son idée…

– Tu as eu la force de penser, de réfléchir, de te maîtriser, et tu y es allé…

– Je ne sais pas si tu te rends bien compte. Mais un refus de saut chez les paras, surtout à cette époque, c'était carrément le bagne, pour le mec. Bonjour les corvées…

– C'est ce que je dis, tu as pensé à tout ça.

– Évidemment !

– Ça n'a rien à voir, ajouta Christian d'un air songeur.

– Pardon ? interrogea Julien qui ne voyait pas où il voulait en venir.

– Je veux dire, tu n'as jamais perdu les pédales, tu n'as jamais été terrorisé au point de ne plus être toi-même. Tu n'as jamais eu un flingue sur la tempe… qu'est-ce que tu ferais, toi, si tu avais un flingue sur…

– Je n'en sais rien, répondit Julien d'un ton pressé.

Il avait compris.

– Moi, maintenant je sais. Je sais ce que l'expression « chier dans son froc » signifie, car j'ai réellement chié dans mon froc, figure-toi…

Christian commença à parler. Avec la gravité de quelqu'un qui a soigneusement préparé ce qu'il avait à dire, il reprit tout depuis le début, avec un souci du détail qui parut inouï à Julien.

– C'est marrant, confirma Christian, les premières semaines, tout était flou, et maintenant, je revis chaque seconde comme si j'y étais encore…

Julien écouta.

– J'étais venu chercher mon carnet de chèques. Je ne sais pas pourquoi, je n'ai jamais voulu qu'on me l'envoie par la poste… faut être con, hein ? L'employé était en train de fouiller dans son classeur et j'avais le dos tourné à la porte, quand les trois mecs sont entrés. Il y en a qui a gueulé : « Tout le monde, les bras en l'air ! On ne bouge plus ou il y aura des morts ! » Je me souviens, il n'a même pas prononcé le mot hold-up... Je me suis retourné, et je me suis dit : Qu'est-ce que c'est que ce bordel... et l'un des trois types, le plus proche de moi, a agité son pistolet dans ma direction, et a gueulé : « Tes bras, le grand con ! T'en veux une ? » Je ne les avais pas levés, figure-toi... Ils nous ont collés face contre le mur, employés et clients... qui n'étaient pas nombreux – trois, avec moi –, et ils se sont mis au boulot. C'était des jeunots. On ne voyait pas leurs tronches sous les cagoules, mais ça se sentait à leurs gestes, vifs, rapides, tout en nerfs et en muscles, à leurs voix également. Des jeunes d'une vingtaine d'années, peut-être moins, en jeans, blousons et baskets. Pas des vrais pros. Sinon, ils ne se seraient pas attaqués à la petite agence du plateau. Tu la connais ? C'est une bonbonnière. Ils n'ont même pas demandé à voir le coffre, ils se sont contentés du pognon de la caisse. Mais ils n'en étaient pas non plus à leur coup d'essai. Ça nous a semblé durer une éternité évidemment, mais en moins de trente secondes, c'était bouclé... Et c'est à ce moment-là que ce connard de vigile...

Christian interrompit sa phrase pour reprendre son souffle. Il parlait vite, comme s'il craignait que les mots ne le lâchent. Julien se souvint du compte rendu dans le journal et de sa réaction d'alors...

– Qu'est-ce qui lui a pris ? Ce n'était pas son pognon...

– Il était parti pisser, paraît-il, reprit Chris sans répondre directement. Il est arrivé et il a voulu jouer au cow-boy. Un ancien flic. Il a voulu dégainer, l'abruti, et pour sept mille balles par mois, il a été expédié au cimetière. Ça a tourné à la grosse pagaille. Une bonne femme est tombée dans les pommes, et tout le monde s'est mis à gueuler, y compris les voyous qui commençaient à paniquer. J'étais comme les autres, je n'en menais pas large, mais ça allait encore à ce moment-là, je me disais : Qu'ils se barrent vite et que ce soit fini... Les trois types n'avaient pas envie de traîner non plus, mais celui qui nous tenait en joue m'a saisi par le col de ma veste, m'a cogné la tête contre le mur et, en collant ses lèvres contre mon oreille, il m'a dit : « Toi, tu viens avec nous. Tu restes peinard, sinon tu n'as plus de tête », et là il m'a posé le canon de son revolver contre la tempe. J'ai senti la première alerte, une sorte de voile noir devant les yeux, et un énorme trou à l'intérieur de mon corps. J'ai eu l'impression d'être aspiré... c'est ça, d'être aspiré par la trouille. Il n'avait pas choisi, remarque bien, mais j'étais le dernier de la rangée, et le plus près de la porte. Ce mec, je le sens encore sur moi. Tous les jours et toutes les nuits...

De son bras valide, Christian tentait de mimer la scène...

– Il m'a mis le bras gauche autour du cou, il me serrait tellement que j'avais du mal à respirer et, instinctivement, j'ai levé les mains pour me dégager un peu. Il m'a ordonné d'enlever mes pattes de là et il a commencé à sortir à reculons, avec moi devant lui. Je lui servais de bouclier, mais je devais peser une tonne. Nous étions comme un couple de danseurs. Il y en avait un qui dansait le tango et l'autre le paso doble. Dans tout ce désordre, on a failli buter sur le corps du vigile, je me rappelle l'avoir regardé, avoir regardé sa bouche entrouverte et pleine de sang... Et nous, on en avait plein les godasses. Un moment, j'ai eu comme une nausée, j'ai cru que j'allais me mettre à dégueuler... Mais l'autre, il continuait. Il m'a cogné dans la porte et j'ai dû râler. Il a hurlé « Ferme ta gueule », il m'a agrippé plus durement encore. J'étouffais. C'est là que j'ai commencé à m'affoler, que la peur, la vraie, m'est tombée dessus...

– Laisse, articula doucement Julien.

Mais Christian ne perdait pas le fil de son récit. Une pensée fulgurante traversa l'esprit de Julien : C'est incroyable, les progrès qu'il a faits...

– Tu sais, ce type, en quelques secondes et malgré sa cagoule, j'ai eu l'impression de le connaître par cœur. Depuis, j'ai repensé à toutes les conneries qu'on lit dans le canard... À toutes nos enquêtes sur la nouvelle délinquance, à nos théories sur l'engrenage du banditisme. Dieu sait le nombre de papiers qui ont été pondus sur ces paumés de la conjoncture, sur ces petits casseurs qui commencent par piquer des tires et finissent par flinguer pour une boîte d'allumettes... Eh bien, cette fois, j'en avais un sous la main : un petit tueur à la tire. À le toucher, à le respirer. On faisait du corps à corps. Oh ! il ne payait pas de mine... Il était chétif, maigre, presque décharné, je sentais ses os contre moi. Un clodo des flippers... (Christian avait toujours eu un sens de la formule que lui enviait Julien...) Mais c'était le chef, il n'arrêtait pas de donner des ordres, de prendre l'initiative, et surtout, surtout, avec son pétard sur ma tempe, il régnait sur moi, il avait le pouvoir absolu… Son haleine empestait la bière, du moins c'est ce que j'ai cru. Il me soufflait dans le cou, et quand je repense à lui je sens encore son odeur. Quelque chose de fort âcre. Une odeur de renfermé… Ça va te paraître con, mais il y avait de la violence jusque dans son odeur. J'ai fixé ses baskets, des Reebook dégueulasses avec des lacets qui s'effilochaient. C'est marrant comme on s'accroche à des conneries dans ces moments-là, tu ne peux pas savoir… Tout autour de nous c'était le bordel, mais j'avais les yeux rivés sur ses lacets : comme si ma vie était suspendue à ces bouts de ficelle… Il suintait la peur lui aussi, il haletait d'angoisse, mais c'était une peur qui n'empêche rien, une peur qui ne paralyse pas, une peur de caïd, une peur excitante, qui le faisait jouir… Ce n'était pas comme moi. Je n'étais plus qu'une loque, un paquet, je ne sentais plus mes jambes, il me traînait. Je n'étais plus capable de penser, d'agir. Je n'étais plus rien…

Julien revit encore une fois l'article du canard. Le patron lui-même s'était fendu d'un billet aux couleurs de l'héroïsme. « Son » journaliste avait fait preuve d'un courage indomptable, il s'était sacrifié, quelle fierté pour la « maison »…

– Pour quelle raison a-t-il voulu te tuer, alors ?

– Je n'en sais trop rien. Nous étions pratiquement arrivés à la bagnole qui attendait sur le petit parking, un peu en retrait de la rue, portières ouvertes. Les deux autres étaient déjà à l'intérieur. Je ne sais même pas s'ils envisageaient de m'embarquer avec eux. Mais une femme a poussé un hurlement en nous voyant, des gens se sont mis à courir dans tous les sens comme si c'était la fin du monde. Peut-être a-t-il desserré un peu son étreinte pour monter dans la voiture… Toujours est-il que j'ai glissé, que je me suis écroulé. La suite, j'ai beau réfléchir, je ne me souviens pas, c'est le brouillard total… Mais j'imagine qu'instinctivement je me suis relevé et qu'il a dû croire que je cherchais à foutre le camp. C'est à ce moment qu'il a tiré sans doute…

Christian caressa doucement sa main posée sur l'accoudoir du fauteuil. Après quelques secondes de silence, il reprit :

– Tu vois, ce qui m'emmerde par-dessus tout, c'est d'avoir fini ainsi ma vie d'homme normal. Ce mec m'a démoli. Et plus les jours passent, plus je le hais : pas seulement pour ce qu'il a fait de moi… – Christian se frappa la poitrine à deux ou trois reprises –… mais aussi et surtout parce qu'il m'a rendu infirme à l'intérieur de moi-même. À cause de lui, je sais quelque chose de moi que je n'aurais jamais voulu savoir. Je sais que je peux m'abaisser, m'humilier, me dégrader. J'y pense tous les jours, je me revois et je me dégoûte. J'ai été nul, plus que nul, et ça me rend malade…

– Mais, Chris, la plupart des gens auraient sans doute réagi comme toi…

– La plupart… sans doute… peut-être, ou peut-être pas. Tu n'en sais rien. Mais en ce qui me concerne, je sais. C'est toute la différence…

– Oublie ça…

– Je ne peux pas… Et je crois bien que je ne veux pas…

Il y avait maintenant quelque chose de solennel dans le ton de Christian.

– Au contraire, c'est devenu une idée fixe, une obsession. C'est un souvenir qui ne me quitte plus une minute, plus une seconde…

– Mais c'est ridicule, Chris…

– Rassure-toi, j'ai trouvé un moyen de m'en sortir. Le seul qui me réhabiliterait vis-à-vis de moi-même, qui me ferait revenir à ma hauteur, si j'ose dire…

– C'est ce que tu fais, tu bosses, et tu vois les résultats, c'est super…

Chris regarda son ami avec une sympathie apitoyée.

– Je dois retrouver ce type, Julien…

– Le retrouver ?

Le coup de massue cueillit Julien en plein élan.

– Le retrouver, toi ? répéta-t-il, effaré. Mais c'est complètement dingue !

– C'est très raisonnable, au contraire. Tu dis toi-même que ça va beaucoup mieux, tu sais pourquoi ? Parce que je ne pense plus qu'à ça. C'est ce qui me fait vivre, figure-toi. Le retrouver, c'est prouver que j'existe encore…

Christian affichait une sérénité de ton qui commençait à exaspérer son copain.

– Et tu comptes t'y prendre comment, gros malin ? Les flics se sont plantés, c'est pourtant pas faute de les avoir emmerdés. Tu te vois avec ta…

Julien s'arrêta juste à temps. Mais Christian feignit de ne pas avoir compris.

– On verra.

– Arrête de déconner, veux-tu ? Tu comptes mettre une petite annonce ? Tu n'as rien ! Aucun indice, aucun point de départ !

– En es-tu si sûr ?

Le ton assuré troubla Julien. Christian bluffait-il ? Il éprouva soudain la conviction qu'un processus était engagé, que toute cette folie avait été mûrement réfléchie. Que ce « en es-tu si sûr » était bien autre chose qu'une simple boutade…

– Et qu'est-ce que tu feras quand tu le verras ?

Julien se rendit compte avec gêne qu'il parlait comme s'il avait admis l'idée saugrenue de son ami…

– Tu le gifleras ? Tu l'embrasseras ? Tu feras comme le pape avec son Bulgare, le Ali quelque chose…

– Mehmet Ali Agca, répondit paisiblement Christian. Un Turc.

Julien était sidéré. Merde, se dit-il, c'est du délire… Des idées folles bafouillaient dans sa tête, tourbillonnaient avant de s'engloutir comme dans le siphon d'une baignoire qui se vide. Il lui fallait partir, prendre ses distances. Là, avec Chris qui le traquait, c'était impossible…

Christian but son fond de chocolat. L'atmosphère était devenue pesante, oppressante. Pendant une dizaine de secondes, on n'entendit plus que la pluie qui matraquait durement les vitres. Des gouttes tombaient par le conduit de la cheminée. Le ciel se vengeait de trois mois d'abstinence… Christian reposa son bol sur la table basse.

– Quand je pense que, la veille, Hélène voulait faire l'amour et que je l'ai envoyée balader. J'ai bonne mine… ma dernière galipette d'homme entier…

Julien regarda furtivement sa montre. Il avait hâte de partir. Christian le devança :

– Six heures vingt…

– Faut que j'y aille, Chris.

– Oui, bien sûr…

Julien se leva vivement et commença à enfiler son imper.

– Si je te le demande, tu m'aideras ?

Julien se tourna vers son copain, la seconde manche de son vêtement pendant dans le vide. Il se sentit piégé.

Je le savais, je le savais, jura-t-il pour lui-même.

Tout le mécanisme des semaines précédentes se dévoilait, le puzzle se reconstituait par petits morceaux. Il n'y avait plus aucun mystère. C'était la logique même.

– Mais, Chris...

– Si je te le demande ?

Christian le transperçait du regard.

– Bien sûr, mais...

Il l'arrêta d'un geste impératif :

– C'est tout ce que je voulais savoir.

Julien haussa les épaules avec résignation et enfila la seconde manche de son imper. Il n'avait plus la force de discuter. Il se prépara à partir, à fuir...

– On se téléphone, Chris...

– OK, n'oublie pas ton havane.

C'était devenu un rite, le cadeau du départ. Christian ne fumait toujours pas, et sa boîte d'acajou, posée sur un petit guéridon dans l'entrée, regorgeait de cigares.

– Hé, Julien !

Julien avait déjà ouvert la porte. Il se retourna. Stupéfait, il vit Christian debout devant son fauteuil.

– Comme dirait l'autre, c'est un premier pas !

Christian se tenait de travers, tout le poids du corps reposant sur la jambe gauche. De l'autre côté, l'épaule s'était considérablement affaissée, entraînée par le bras inutile... Julien eut la certitude qu'il s'était levé pour le convaincre encore un peu plus : ce n'était pas une bonne nouvelle qu'il lui annonçait. Tout, dans son attitude, lui disait : regarde, regarde dans quel état je suis, dans quel état il m'a mis !

Christian cria. Comme si son copain se trouvait à vingt mètres :

– N'oublie pas, je veux le retrouver, retrouver celui qui m'a fait ça !

De sa main gauche, Christian avait saisi son autre poignet et, dans un geste de défi, l'avait levé à hauteur du visage. Julien regarda les longs doigts gonflés et violacés qui retombaient mollement vers l'avant. Peut-être aurait-il mieux valu un bras coupé, un moignon, plutôt que cette relique flasque. Julien eut subitement honte. Il pensa aux pétales d'une fleur fanée…

6

Derrière ce jeudi traversé comme un traquenard, Julien s'offrit deux semaines calamiteuses. Cela, par contre, était prévu. Aussi loin qu'il remontait dans sa carrière, les rentrées de septembre s'annonçaient à grand fracas comme celles des changements fondamentaux. Et c'était à chaque fois le même gag : mijotées durant l'inter-saison, les grandes idées novatrices disparaissaient du dossier, fondaient dès qu'on voulait y toucher, et il ne restait plus alors que quelques pitoyables retouches de détail…

Ballotté de réunion en réunion, Julien se trouva ainsi coincé dans des débats interminables où l'on pinaillait avec fureur sur une nouvelle têtière, un nouveau titre de rubrique, ou un nouveau filet pour les pages « Magazine ». Comme d'habitude, la révolution culturelle s'achevait chez Bricorama, rayon des améliorations ménagères…

Déjà passablement écœuré par cette désolante routine, Julien avait de toute façon la tête ailleurs. Comme il l'avait redouté, Christian ne désarmait pas. Bien au contraire, maintenant qu'il avait livré son secret, il ne cessait de revenir à la charge, harcelant son copain, avançant sur lui comme un boxeur dans un ring. Julien se sentait acculé dans les cordes, sa garde était de moins en moins hermétique, il prenait de plus en plus de coups. Les quarante-huit heures qui avaient suivi ce jeudi l'avaient pourtant vu rempli d'une colère froide. Il s'était senti cocu. Christian l'avait trompé, manipulé, et il était tombé dans le panneau. Mais cette amertume n'avait eu aucune prise sur Christian, pas plus que les conseils d'homme raisonnable qu'il avait tenté d'aligner, sans grande conviction, il était le premier à l'admettre.

– Pense à ta femme, à tes gosses, lui avait-il demandé lors de sa visite hebdomadaire, tu as quand même autre chose à faire…

La réponse avait été fulgurante :

– Justement, non.

Tous les autres arguments domestiques que Julien avait péniblement emmagasinés n'avaient pas pesé lourd face à une détermination d'acier. À la fin, ulcéré, Chris avait même explosé :

– Tu fais chier avec ton manuel de secourisme ! Tu ne vois pas que rien d'autre ne compte pour moi ? Qu'il me faut une preuve ? Une preuve que je ne suis pas foutu ? Ma femme, mes gosses… ma vie aussi ! Merde, c'est pourtant simple à comprendre ! Un mec m'a détruit, et pas seulement parce que je suis là-dedans… – de sa main gauche, Chris martyrisait l'accoudoir de son fauteuil – mais aussi parce qu'il m'a réduit en poussière. Tu ne comprends pas que c'est ma seule chance de m'en sortir ? Vous m'avez assez cassé les couilles avec vos conseils. Eh bien ! tu devrais être content, j'ai trouvé une raison de me bagarrer, qu'est-ce que tu veux de mieux ? (Il s'était mis le poing au creux de l'estomac.) Je veux me l'arracher de là-dedans, exorciser le mal, ce n'est quand même pas sorcier…

Le jeu de mots avait stoppé sa fureur :

– Tiens, c'est marrant, je ne l'ai pas fait exprès…

Brusquement calmé, il avait ajouté d'un ton radouci :

– Mais si tu n'es pas d'accord, si tu ne veux pas m'aider, je ne t'en voudrai pas, tu sais…

Fait comme un rat. Que pouvait-il répondre ? Non, non, excuse-moi, vieux, je veux bien pousser ta chaise, te promener, t'aider à mettre tes godasses et te faire de temps en temps un bol de chocolat, mais en dehors de ça… ne compte pas sur moi… Bien sûr qu'il l'aiderait…

Julien en était là de ses pensées, lorsque le téléphone sonna sur son bureau. Il venait de sortir d'une séance épique consacrée en grande partie à l'impérieuse nécessité de mieux mettre en valeur les « bons à découper » dans le journal : pour les concours, les patronages de manifestations ou les réductions d'abonnements. Entre autres. Écrasé de lassitude, il décrocha :

– Julien ? C'est Chris…

– Salut.

La voix de son copain lui parut particulièrement excitée. Il ne se trompait pas.

– Faut qu'on se voie, Julien. Il y a du nouveau…

Instantanément, Julien sentit son dernier espoir s'envoler. Non pas qu'il le voyait changer d'avis… Sur ce point, il était sans illusions : Chris avait toujours été un teigneux, un acharné. Qui ne lâchait jamais son os. Mais il se disait qu'entre le rêve de Chris et la réalité, il y avait une montagne infranchissable de problèmes…

– Tu as une piste ? interrogea-t-il craintivement.

– Oui, et sacrément valable… faut qu'on se voie.

– Quand tu veux, Chris, répondit Julien qui, en même temps, se posa mécaniquement la question : Qu'est-ce que je peux dire d'autre ?

– Tu es libre demain ? C'est samedi, tu dois être peinard. Viens prendre le café en début d'après-midi. On sera tranquilles, Hélène emmène les gosses au foot.

– D'accord, Chris.

Julien raccrocha pensivement le combiné. Bien sûr qu'il était libre… depuis plus d'un an maintenant, Julien avait beaucoup de temps libre : sa femme n'avait jamais supporté un métier qui mettait sa vie en désordre. Elle avait abdiqué l'année dernière et suivi l'homme de ses rêves à horaires fixes. Un type bien, d'après ce que savait Julien, fondé de pouvoir dans une banque ou quelque chose du genre, qui aimait les cravates rayées et les pochettes assorties, et qui pointait sans faiblesse à la maison familiale. Aussi excentrique qu'un attaché-case…

– Je suis sûr qu'il plie son pantalon avant de faire l'amour, avait raillé Julien au cours d'une de leurs rares scènes de démolition mutuelle.

– C'est possible, avait répliqué la délaissée, mais lui au moins il fait l'amour.

Hormis ces perfidies de vaudeville, la rupture était intervenue comme une issue naturelle : le couple, que la passion n'agitait plus depuis longtemps et que la tendresse supplétive n'avait pas effleuré, s'était défait sans fureur après sept années d'une vie d'incompréhensions ordinaires. Le fait qu'il n'y ait pas eu d'enfant au milieu de la tourmente, même minime, avait fini de soulager les consciences. Aux dernières nouvelles, l'ex-femme de Julien se disait très heureuse. Et Julien était content pour elle.

Le samedi midi, Julien délaissa la brasserie qui lui servait de cantine et grignota seul chez lui. C'était exceptionnel. Se préparer un plat en solitaire et dresser un couvert en bout de table lui coûtait énormément. C'était un acte contre nature qui le mettait mal à l'aise. Et la sentence d'un gastronome, saisie un jour au vol sur l'écran de télé, avait fini de lui couper l'appétit : « Manger à plusieurs doit être une fête, avait dit le fin connaisseur qui ne devait pas souvent goûter à la gamelle, mais seul, c'est un acte obscène… » Depuis, Julien se faisait cuire deux œufs sur le plat avec la culpabilité d'un adolescent feuilletant une revue porno.

Aujourd'hui, le côté sexy de la boîte de raviolis réchauffés au micro-ondes lui échappait un peu. L'invitation de Christian le préoccupait trop. Après deux coups de fourchette, Julien abandonna sa pitance, se leva brusquement de table et marcha à travers la pièce. Malgré le blanc écru des murs et la moquette claire, l'appartement manquait de lumière. C'était l'inconvénient de ces vieilles maisons à pans de bois et colombages que la municipalité restaurait à tour de bras pour conserver à la ville son caractère d'authenticité médiévale. Elles étaient hautes et étroites, se dressaient comme des falaises le long des rues obscures. Grâce à un copain reconverti dans l'immobilier pseudo-historique, Julien avait trouvé sous les toits un trois pièces plein de charme et de pittoresque. Mais son horizon butait obstinément sur les ardoises d'en face et il y avait des jours où la lumière du ciel lui manquait… Julien s'approcha d'une des fenêtres à petits carreaux qui ornaient son appartement et appuya son bras contre la poutre qui séparait le living de la kitchenette. Il continuait à réfléchir… Depuis le coup de fil de la veille, Julien avait passé une masse d'hypothèses en revue, y compris les plus farfelues et les plus dangereuses. Christian n'était pas du genre à s'enflammer pour rien, surtout quand un problème lui tenait à cœur. Et dans ce cas précis… Pour la centième fois peut-être, il songea aux mots qu'il avait prononcés, au ton de sa voix surtout. Christian tenait quelque chose dans sa main, un indice, une piste… et Julien eut la déplaisante sensation de faire partie d'un plan dont il ne connaissait rien. Dégoûté, il n'acheva pas le plat de raviolis refroidis...

Il arriva chez Christian vers 13 h 20. Une voiture stationnait devant la barrière blanche. Surpris, Julien se demanda, sans trop y croire, si quelqu'un n'était pas déjà là. C'était le cas...

– Tu connais Antoine, bien sûr... Antoine Carboni.

C'était une présentation de pure forme. Julien connaissait Carboni. Il le salua de loin tout en se débarrassant de son imper et, dans le même temps, ses derniers doutes s'émiettèrent. Il y avait du nouveau.

– Prends ton café, on parlera après.

Christian était de bonne humeur. Avant de partir, Hélène avait tout préparé sur la table basse du living. Même la cafetière électrique était là, restée branchée grâce à un fil de rallonge qui traînait par terre. Avant de se servir, Julien demanda :

– Vous en voulez un autre ?

Christian fit non de la tête.

– Pas pour moi.

Carboni acquiesça. Il pencha en avant sa longue silhouette osseuse et poussa sa tasse vers la cafetière. Une vraie gueule de pompes funèbres, pensa Julien. Il était vaguement irrité : il n'aimait guère ce Carboni, il n'aimait guère ses yeux qui vous fuyaient ou vous épiaient, sans vous regarder.

– Tu te doutes bien qu'il n'est pas là par hasard.

Christian s'impatientait.

– Évidemment.

– Je raconte, Antoine, ajouta Christian en se tournant vers Carboni. Si je dis une connerie, tu m'arrêtes. OK ?

Carboni resta silencieux.

– J'avais raison, tu sais. Ce sont des petits casseurs, des voleurs de mobs montés en graine... Mais ceux-là ont brûlé les étapes : des dangereux, des fondus qui, dès que leur affaire tourne mal, flinguent à tout va. Je suis bien placé pour le savoir...

Christian commençait par la fin. Julien essayait de suivre...

– Ça fait près de deux mois que j'ai mis Antoine sur le coup. Et c'est le premier gros tuyau qu'il me ramène.

D'après lui, le hold-up de la semaine dernière, au Crédit agricole, c'est encore eux…

Julien s'adressa à Carboni. Il y avait presque de l'angoisse dans sa voix :

– Vous êtes sûr de vous ?

Christian continua à répondre à sa place :

– C'est du costaud. Pas du cent pour cent, mais pas loin. En fait, il voulait encore attendre, mais je l'ai tellement emmerdé… Tu la connais, la méthode Carboni : tant qu'il n'a pas tous les biscuits, il ferme sa gueule, mais d'après lui, il n'y en a plus pour longtemps…

– Et les flics ?

– Ils pataugent, et c'est normal… C'est ce que me disait Antoine avant que tu n'arrives. Les flics peuvent toujours consulter leurs fiches, leurs ordinateurs et quadriller le milieu… ces petites terreurs, quand elles émergent, n'ont ni passé ni casier. Ou si peu. C'est la génération spontanée : hier ils piquaient les sacs des petites vieilles, aujourd'hui ils se prennent pour Mesrine. C'est le coup classique de la nouvelle criminalité, avec des bandes de voyous qui se font et se défont au hasard des casses, fuyantes comme des anguilles. Ça fait les délices des sociologues, mais comment veux-tu que les flics s'y retrouvent ?

Julien estima à regret que le raisonnement se tenait. Les bas-fonds de la ville n'avaient pas grande profondeur. Il n'y avait pas de vrai milieu ici, on était trop proche de Paris. Les flics se contentaient de surveiller quelques proxénètes minables, quelques petits truands sans envergure qui jouaient aux caïds dans leur cour. La banlieue, par contre, commençait à donner quelque souci. Des bandes de loubards n'hésitaient plus à sortir de leur territoire et saccageaient gaiement les quartiers chics. Ils piquaient les bagnoles, cassaient les vitrines, cherchaient la bagarre, jouaient les terreurs… Que l'un d'entre eux, plus dingue que les autres, puisse sortir du rang, ce n'était pas impossible…

– Et vous les avez retrouvés, vous ?

Durement sollicité, Carboni ne répondit pas. Il lissait soigneusement une mèche de cheveux noirs qui, partant de l'oreille, était ramenée vers l'avant d'un crâne largement dégarni…

– On te l'a dit, Julien, presque…

– C'est vague...

C'était toujours pour Carboni. Son silence l'exaspérait.

– Je les ai situés. Il ne me reste plus qu'à faire le tri pour trouver celui qui a tiré sur Chris. Je pourrais déjà vous dire son nom, mais j'attends encore quelques détails... Ce n'est pas si facile, vous savez ! Comme Christian vous l'a dit, ils n'ont rien à voir avec la pègre organisée. Ce sont des fous qui prennent des risques insensés pour des babioles et s'en vont faire des braquages comme d'autres vont à la pêche, sans aucune précaution. Ils travaillent comme des cochons : pas de repérage des lieux, pas d'étude des horaires... ils foncent à l'instinct et tirent dans le tas dès la première alerte. C'est la grande différence avec les voyous classiques : ils préfèrent tuer plutôt que se faire prendre... Mais dans moins d'une semaine, vous saurez tout.

Le croque-mort avait enfin parlé. En termes choisis. D'une voix rauque, presque chuchotée. Un bip se fit entendre dans la tête de Julien. C'est à lui que Carboni s'était adressé. Mais Christian ne lui donna pas le temps de respirer...

– Dans mon état, je ne peux rien faire, tu comprends ? Je ne peux pas débouler partout avec mon char... Il faut que tu me donnes un coup de main. Tu étais d'accord, n'est-ce pas ?

Depuis plusieurs jours, Christian ne cessait de lui poser la question, cherchant une confirmation ferme. Julien se sentit traqué. Il bredouilla :

– Bien sûr, Chris, bien sûr... mais il faut réfléchir un peu, tout de même...

– Évidemment... (Christian eut un mouvement d'épaule agacé)... mais sur le principe, tu es toujours d'accord ?

– Oui, oui...

– C'est ce que j'ai expliqué à Antoine.

Julien jeta un coup d'œil vers Carboni, toujours impassible. Cela n'avait pas dû être si facile. Comme tous les vrais indics, Antoine Carboni ne faisait confiance qu'à son interlocuteur direct. Depuis des années, personne d'autre que Christian ne pouvait lui soutirer le moindre renseignement. C'était lui ou le silence...

Cette complicité remontait à cinq ou six ans, au procès d'Antoine Carboni, indicateur de police et garagiste véreux, tombé pour trafic de voitures volées. Le dossier était lourd et, plus encore, embarrassant : une bonne douzaine de policiers avaient pris la fâcheuse habitude de se ravitailler chez Carboni, allant jusqu'à acheter à très bas prix des véhicules dont ils ne connaissaient pas l'origine et pour lesquels ils n'avaient jamais demandé de factures.

« Ils venaient tous chez moi, avait expliqué plus tard Antoine à Chris. Ils me pillaient, prenaient tout ce dont ils avaient besoin. Ils savaient qu'au premier mot ils pouvaient me faire à nouveau plonger. Ils payaient ce qu'ils voulaient quand ils voulaient. C'est comme ça que mon affaire est tombée en ruine… »

Mais, de tout cela, il n'avait jamais été question à l'audience. D'un commun accord entre la justice, la police et Carboni – qui tenait à sa peau –, le scandale des ripoux avait été passé sous silence. C'est Christian, alors chroniqueur judiciaire, qui avait failli tout foutre par terre. La rumeur était parvenue jusqu'à lui, et il avait enquêté avec assez de doigté pour pouvoir sortir un papier. Panique et union sacrée. Sous la pression des notables affolés, la direction du journal avait transformé l'article de Chris en un napperon de dentellière. Il pouvait publier sans problème, mais de tous les noms cités il ne restait plus que celui d'un orphelin : Carboni… Plutôt que de matraquer encore un peu plus le seul accusé officiel de l'affaire, Chris avait préféré se saborder. Carboni n'avait jamais oublié ce geste : en sortant de prison, deux ans plus tard, il était venu voir le journaliste et s'était mis carrément à son service.

« C'est moins par reconnaissance que par besoin, avait expliqué Christian à Julien. Il était grillé auprès des flics, mais il a ça dans le sang. Il est indic comme d'autres sont alcooliques ou toxicomanes… »

Depuis, il ravitaillait Chris en renseignements précieux et parfois assez sulfureux pour être inutilisables : le dernier remontait à moins d'un an et concernait une obscure mais classique affaire de pots-de-vin à propos de l'implantation d'un hypermarché aux portes de la ville. Juste avant son coup dur, Christian avait tenté quelques approches, mais il avait dû se résoudre à ranger sa dynamite dans le tiroir. En attendant, sans trop d'espoir, que la justice frappe les trois coups : sans cette alliée indispensable, on lui avait fortement déconseillé de révéler qu'un adjoint au maire, fervent partisan de l'hypermarché, s'était vu offrir en récompense une demi-douzaine de garages dans le centre-ville...

Antoine Carboni se leva lentement. Il boutonna un trois-quarts d'un gris douteux au col éternellement relevé et prit congé de sa voix caverneuse.

– Bien, on n'a pas grand-chose d'autre à se dire pour l'instant... Mais, ajouta-t-il après un temps de réflexion, réfléchissez bien tout de même : ce sont des dangereux et des imprévisibles. Il ne faut pas les prendre à la légère...

Chris fit comme s'il n'avait pas entendu :

– OK comme ça, Antoine. Dès que tu es sûr, tu m'appelles, j'alerte Julien et on avise...

Carboni eut une moue fataliste et sortit sans serrer la main aux deux hommes.

– Drôle de type, hein ?

Julien se leva et alla jusqu'à la fenêtre.

– Drôle de type, confirma-t-il.

Ce Carboni personnifiait pour lui le mystère. Comment s'y prenait-il pour être toujours dans le coup ? Pour les flics, désormais, il était un pestiféré, grillé sur toute la ligne. Il se cantonnait à l'écart de toute vie publique. Julien savait que Carboni tenait une petite épicerie dans la vieille ville, dans une ruelle qui serpentait à deux pas de la cathédrale. Il s'y enterrait comme une taupe...

Il regarda la longue silhouette qui se pressait dans le jardin, les épaules frileusement voûtées sous le crachin d'automne. Ses cheveux dégoulinaient en couronne d'un crâne dénudé et blafard, striaient son cou décharné. De dos, il ressemblait à un vautour déplumé.

– Drôle d'oiseau, murmura Julien.

7

Julien s'en voulait à mort. Prendre sa bagnole pour traverser la vieille ville un vendredi en fin d'après-midi, et un jour de pluie par surcroît... il fallait vraiment être con !

Carboni logeait à huit cents mètres de chez lui. À pied, en coupant direct par les ruelles pavées et les passages voûtés, il en aurait eu pour cinq minutes à peine. Au lieu de cela, il avait extrait sa voiture d'une place de parking dénichée la veille à grand-peine et était venu s'enferrer dans le souk habituel des fins de semaine. D'autant que, depuis quelque temps, la situation s'était singulièrement aggravée. Après des années de controverses, tergiversations et coups tordus divers, le maire réalisait enfin son rêve pharaonique : un métro. Aujourd'hui, le centre-ville, troué comme un gruyère, crayonné par des kilomètres de tranchées, s'engorgeait en permanence. Le pire était que le lancement des travaux n'avait pas éteint la polémique : tout le monde s'empoignait sur le tracé, le nombre de stations et les sections découvertes ou souterraines. Pour arranger le tout, les gardiens du souvenir ne cessaient de gueuler au viol historique : ici, dès qu'on soulevait un pavé, on tombait sur un vestige quelconque, quand ce n'était pas sur un sarcophage et des ossements. Avec leurs balayettes et leurs petites pelles, les fouilleurs du passé ne cessaient de mettre les monstres mécaniques au chômage technique...

Guidé par les panneaux et les feux tricolores provisoires, Julien suivit le troupeau des quatre-roues et entama un nouveau détour. Il devait descendre jusqu'aux quais, au bord du fleuve, remonter ensuite la grande avenue, et tourner à gauche dans la rue qui longeait l'archevêché. Enfin, s'il le pouvait...

Le journal, bien entendu, se faisait l'écho de ce capharnaüm urbain. La polémique s'y exerçait entre gens bien élevés : la direction écartait les gueulantes des lecteurs trop insolents et l'adjoint au maire chargé de la circulation montait régulièrement en tête de rubrique pour soutenir que la situation n'était pas si catastrophique. Il fallait bien, n'est-ce pas, consentir quelques sacrifices pour le mieux-être de la cité... Julien soupira d'impatience. Il était de ceux qui pensaient qu'un métro planté dans le cœur de la vieille ville était aussi utile qu'un TGV pour une ligne de banlieue ou un paquebot sur la Seine : plutôt que de transpercer le sous-sol de la cité médiévale, le bolide aurait dû s'en écarter, rayonner extra-muros, là où poussaient les campements de béton de plus en plus congestionnés. Mais le maire, fou amoureux de sa ville-musée, ne se préoccupait guère des populations lointaines…

Ils étaient une bonne vingtaine maintenant à se suivre ou à se croiser depuis un quart d'heure dans le même périmètre, avec l'espoir insensé de se garer. Les cars de touristes eux-mêmes stationnaient n'importe où, ce qui ajoutait un peu plus au bordel ambiant. À bout de nerfs, Julien décida, comme tout le monde, d'enfreindre brutalement la loi : il arrêta sa voiture à cheval sur un trottoir. Stationnement gênant. Le panneau était juste sous son nez. Il sortit la carte de presse barrée de tricolore de son portefeuille et fut sur le point de la coincer au-dessus du tableau de bord… mais il se ravisa et rangea le tout dans la poche de son imper. C'était le genre de truc qui ne servait plus à rien…

Julien ferma sa portière à clé et s'enfonça d'un pas pressé dans une ruelle sombre peuplée de gargotes à couscous. L'épicerie de Carboni était à une cinquantaine de mètres…

L'endroit était aussi net qu'un papier tue-mouches usagé. Les cageots de fruits traînaient par terre, on glissait sur les salades et les produits frais semblaient sortir d'une poubelle. Mais Carboni n'ambitionnait pas de mordre sur la clientèle de Fauchon. Ses acheteurs n'avaient généralement pas le choix, ils étaient ceux de la dernière minute. On allait chez Carboni – comme chez « l'Arabe » de la place aux Fleurs – pour sauver son casse-croûte nocturne, entre 20 heures et minuit, rarement avant…

Julien se crut seul et envisagea un instant d'agiter le grelot de la porte qui était grande ouverte. Mais un bruit de boîtes de conserve l'alerta. Il fit deux ou trois pas et contourna un rayon : produits d'entretien, pots de confiture et bottes de radis en promotion. Accroupi, Carboni lui tournait le dos et se battait avec des boîtes de cassoulet qu'il tentait de caser sur une étagère déjà surchargée. En plus, il manquait de place…

– Salut, Antoine…

– Ah, c'est vous. Vous n'avez pas perdu de temps.

– C'est Chris. Il m'a appelé, et m'a dit de venir vous voir tout de suite.

– Il est pressé, hein, Chris ?

– Plutôt.

Antoine Carboni s'était redressé. Il était en pantoufles. Julien le trouva encore plus maigre, plus décharné, que l'autre jour. Imprimé en creux. Avec ses traits usés, sa longue mèche noire qui se dispersait sur le front et son vieux pull trop court tricoté maison, il ressemblait au Céline de l'après-guerre, celui du pavillon de Meudon...

– Venez, on va derrière.

Dans l'arrière-boutique. Tout aussi crasseuse et encombrée que la devanture. Carboni ferma la porte vitrée et vint s'asseoir autour de la table de formica boiteuse au milieu de la pièce. Julien s'installa face à lui.

– Gabriel Ubarri, dit « Gaby ». Dans les vingt ans. Père espagnol, mère française. Sans emploi réel. Travaille de temps à autre dans un garage dont le patron est un ami de son père...

Carboni déclinait un état civil. Il avait une diction ample, qui ne collait pas avec son physique...

– C'est lui ?

– C'est lui.

Julien ressentit une curieuse impression : Carboni avait l'air d'hésiter...

– Qu'est-ce qu'il veut en faire, Chris, il le sait ?

– Pas vraiment.

Julien était embarrassé. Cette simple question lui rappelait l'absurdité de la situation...

– Faut qu'il se méfie, Chris, faut qu'il se méfie...

Julien réalisa que Carboni le prévenait pour la seconde fois. Ce rappel le mit mal à l'aise. L'indic n'était pas du genre à insister.

– Vous le lui avez dit ?

– Il n'écoute pas.

Carboni eut un mouvement d'épaules comme pour signifier qu'après tout, cette histoire ne le regardait pas. Il en avait déjà trop dit sur son sentiment personnel. Il fit son compte rendu. Il parlait lentement, à un rythme régulier. Julien n'eut aucune peine à prendre des notes sur son carnet.

Selon Antoine Carboni, Gabriel Ubarri, dit « Gaby », était le fils d'Alipio, un exilé de la guerre d'Espagne. Alipio avait combattu dans l'armée républicaine alors qu'il n'avait pas encore dix-sept ans. Le mauvais choix. Trois ans plus tard, avec la grande débâcle des « rouges », il était passé en France, réfugié et parqué dans les camps avec des milliers d'autres vaincus...

– Il en a bavé comme personne, précisa Carboni, mais il s'en est sorti. Un brave type, honnête et travailleur, comme on dit. Naturalisé français depuis pas mal d'années maintenant. Il tient une boulangerie dans le quartier du Mémorial, avenue du 8-Mai...

Appliqué, Julien nota l'adresse exacte.

– Une vie tranquille... enfin, qui aurait dû l'être... S'il n'y avait pas son fils. Lui, c'est comme s'il avait pris toutes les humiliations, toutes les rancœurs et toutes les révoltes du père sur ses épaules...

Julien admira une fois encore le vocabulaire de Carboni. Les mots sonnaient juste. Sans affectation.

Le fiston, lui, c'était autre chose. Un diable dans le berceau, ou tout comme... Le fils Ubarri avait été précoce : une terreur en culottes courtes, un apache du bitume et des grands ensembles. L'initiation par les vols dans les caves, les autoradios chouravés et les étalages pillés. L'engrenage ordinaire... Avec tout de même une mention particulière :

– Il a flingué son premier type à quinze ans, révéla Carboni. Et pour pas grand-chose. En l'absence des parents, Gabriel garde sa petite sœur, qui joue avec ses copines sur le terrain de jeu en bas de l'immeuble. Comme elle fiche la pagaille dans le bac à sable, elle se fait engueuler un peu durement par le gardien. La gosse pleurniche, Gaby s'en prend au gardien et l'injurie carrément. Excédé, le type gifle le gamin qui s'enfuit. Dix minutes plus tard, il sonne poliment à la loge du concierge. Le type ouvre, Gaby a le fusil de chasse de son père dans les mains. Et sans un mot, il tire. Sans viser, heureusement. Mais le pauvre bonhomme prend toute la giclée dans l'épaule. Clavicule bousillée. À vie... Ça s'est passé durant l'été, il y a cinq ans, vous trouverez l'article dans les archives du journal...

À quinze ans, pensa Julien, qu'est-ce que cela devait être maintenant...

– Le vrai petit voyou, quoi ! dit-il, histoire d'occuper le silence.

Antoine Carboni secoua doucement la tête. Cette conclusion simpliste semblait le désoler...

– Non, non… Gaby, c'est bien autre chose aujourd'hui.

Il s'arrêta deux ou trois secondes, chercha ses mots :

– Comment vous expliquer… Ce n'est pas le loubard classique, un caïd de quartier qui, plus fort que les copains, prend du galon et devient chef de bande. Ce n'est pas ça, Gaby : c'est un solitaire, un fauve échappé de la jungle du macadam. Il recrute pour faire ses coups, mais après, il ne se mêle pas aux autres, il prend ses distances. Et apparemment, ça convient à tout le monde, car il fiche un peu la trouille, Gaby…

– Et les flics pendant ce temps-là, ils comptent les points ?

– Ah ! les flics…

Carboni sortit un sourire d'avare.

– Ils connaissent Ubarri comme ils connaissent une cinquantaine de petits casseurs de banlieue. Ubarri, pour eux, c'est un jeune délinquant tout juste capable de voler une voiture et de tirer le sac à main d'une vieille, et encore… Vous savez, ils sont toujours en retard d'un convoi, ici. J'en sais quelque chose… Ils en sont encore à classer les délits, à respecter une certaine hiérarchie du crime. Ils n'aiment pas trop être dérangés dans leurs habitudes. Ils baignent dans le milieu, avec leurs proxénètes, leurs indics, leurs patrons de bistrots louches. Mais là, ils naviguent au hasard, sans points de repère. Ils finiront évidemment par se rendre compte que Gaby sort du lot, mais on n'en est pas encore là…

– Si je comprends bien, à moins d'un hasard, d'un coup de chance…

– Ou d'une connerie. Gaby n'opère pas en douceur, c'est le moins que l'on puisse dire. Je connais bien ce genre de types, ils prennent la vie comme un défi… c'est sûrement ce qui le perdra. Un jour, il ira trop loin…

– C'est déjà fait, rectifia Julien d'un ton choqué.

– Vous avez raison, concéda Carboni, mais il fera pire encore. Ce Gaby a le goût du sang. Aussi bien pour lui que pour les autres. Il fait peur à tout le monde, y compris à ses copains. « Gaby porte la mort sur lui, m'a dit l'un d'eux un jour, et je ne tiens pas à être du voyage… » Mais bon – Carboni agita la main droite comme s'il voulait effacer cette confidence –, en attendant…

En attendant, continua Julien pour lui-même, qu'est-ce

que je vais faire de tout ça ? Et qu'est-ce que je viens foutre dans cette galère !... Il se sentit saisi d'une rage froide : il allait abandonner tout ce cirque débile, et demander à Chris une bonne fois pour toutes de cesser ses conneries. Il devrait l'écouter, de gré ou de force. Et s'il ne voulait rien savoir, il le laisserait tomber. C'était décidé. Après tout, c'était lui rendre service... Julien referma son carnet.

– Bien.

– Vous ne voulez pas savoir où le trouver ? Comment allez-vous faire ?

L'interrogation de Carboni était teintée d'indulgence. Julien rouvrit son carnet, humble comme un écolier devant son maître d'école.

– Oui, bien sûr... Je suppose qu'il ne vit plus chez ses parents, dit-il en rigolant niaisement.

– Ni dans le quartier du Mémorial, compléta Antoine Carboni. Vous voyez où se trouve le cimetière Saint-Baptiste ?

Julien acquiesça d'un signe de tête.

– Non loin des ruines de l'abbaye, sur la colline, vous avez une vingtaine de baraquements perdus dans la nature, à l'écart, juste à la sortie de la ville. Ils sont bien planqués, on les voit à peine de la route. Il faut monter...

– C'est là qu'il vit ?

– Qu'il dort. Pas toutes les nuits. Ce sont des Espagnols qui habitaient là, des copains de son père. À l'époque, on ne savait pas où les mettre... D'autres ont suivi.

Julien se rappelait vaguement avoir aperçu de loin cette colonie de maisons de bois. Du provisoire élevé dans l'urgence. Et oublié depuis. Ce n'était pas bête. Pendant que les flics quadrillaient les banlieues à risque et surveillaient les chaudrons de la délinquance, Gabriel Ubarri se réfugiait chez les exilés et leur descendance. Des inoffensifs...

– Sinon, continuait Carboni, il traîne parfois dans quelques bistrots de la ville. Un surtout, un bar de nuit : le Dog Green. Vous connaissez ?

Julien était étonné.

– Oui.

– Il y est souvent fourré. Tard le soir. Pour la musique, paraît-il. Du rock'n'roll...

Ce fut au tour de Julien de sourire avec bienveillance.

Dans la bouche de Carboni, le mot « rock'n'roll » faisait aussi incongru qu'une côte d'agneau dans l'assiette d'un végétarien...

La porte vitrée s'ouvrit brusquement. Une grosse femme blonde au chignon négligé entra franchement puis, apercevant Julien, esquissa un mouvement de recul :

– Excuse-moi, Antoine, je te croyais seul. C'était simplement pour te dire que j'étais revenue.

Julien observa les traits bouffis et outrageusement fardés. Il se souvint avoir entendu Chris dire que la femme de Carboni était une ancienne prostituée reconvertie dans les petits pois. Elle attendait, avec l'espoir d'être présentée sans doute... Julien se tourna vers le mari. Elle peut attendre longtemps, songea-t-il...

– Tu nous laisses encore un moment, Madeleine, on a bientôt fini...

Madeleine ferma les yeux en signe d'accord. Et referma la porte sans la faire claquer. En habituée...

– Je peux donner un coup de fil, Antoine ?

– Derrière vous, sur la petite table.

Carboni se baissa pour remettre l'une de ses pantoufles, larguée sous la table. Puis sortit à son tour.

Julien appela Christian. Qui décrocha dès la première sonnerie. Il devait guetter son coup de fil, le téléphone sur les genoux. Julien n'avait pas l'intention de s'éterniser. Il voulait juste rassurer son copain, lui confirmer que Carboni avait la bonne info... Mais il buta sur un Chris déchaîné qui voulait tout savoir tout de suite...

– Dans ce cas, je monte maintenant, lâcha Julien, résigné, par bigophone, ce n'est pas facile.

– Impossible, la famille déboule dans une demi-heure...

– Demain alors ?

– Si tu veux, mais raconte quand même, qu'est-ce qu'il dit, le Carboni ?

Julien sortit à regret le carnet de sa poche et récita sa leçon. Sobrement, sans ajouter la moindre appréciation personnelle. Il pensait à tout ce qu'il avait à dire, mais pas comme ça, à chaud, il lui fallait du temps...

– Au Dog Green ! s'exclama Chris, il faut y aller, Julien !

– Une minute... pas ce soir quand même !

– Pourquoi pas ?

– Chris, tu n'y es pas ! Il faut peut-être réfléchir un peu avant ! Qu'est-ce que tu crois ? Que je vais rentrer au Dog, demander qui est Gaby et prendre un pot avec lui ? Où tu vas ? Tu n'as pas les pieds sur terre…

Christian éclata de rire :

– Elle est bonne… Non, mais le voir, Julien, juste voir quelle gueule il a, pas autre chose…

– Tu es marrant, toi, explosa Julien, mais je n'en sais rien !

– Tu n'as pas demandé à Antoine ? s'étonna Christian.

– Non, je n'ai pas demandé ! Mais si tu veux, je vais lui faire faire un portrait-robot. Et en couleurs !

Les exigences de Chris exaspéraient Julien. Il était comme un gosse…

– Écoute : on se voit demain, on discute calmement, on fait le point, et on avisera. Ce n'est pas à vingt-quatre heures près…

– Juste le voir, Julien…

– Non !

– Tu peux y aller prendre un verre, ce n'est pas sorcier. Emmène ta fiancée. Là ou ailleurs…

– C'est malin…

Moins d'une minute plus tard, Julien avait cédé aux supplications de son ami : « Je vais voir », avait-il dit en raccrochant un peu brutalement. Mais il savait déjà qu'il allait se retrouver accoudé au bar du Dog Green…

Il ouvrit la porte vitrée et rappela Antoine Carboni. La première cliente du début de soirée venait de quitter l'épicerie.

– À quoi il ressemble, notre gus ?

– Gaby ?… Un petit maigre avec des cheveux longs, très blonds. Il est facilement reconnaissable. Tenez… un peu le genre du chanteur Renaud. En moins sympa. Ce n'est pas vraiment qu'il ait une sale gueule, mais quand il vous regarde, on a toujours l'impression qu'il va vous buter.

Julien balaya l'appréciation d'un geste impatient. Il trouvait qu'Antoine en faisait un peu trop maintenant.

– Il veut que vous y alliez ?

– Hein ?

– Au Dog Green, il veut que vous y alliez…

– Oui.

Antoine Carboni hocha la tête d'un air pensif.

– Il porte une boucle d'oreille aussi…

– Ce n'est pas original.

– Oui, mais elle n'est pas banale. C'est une espèce de huit torsadé, noir et doré.

Une fois dans la ruelle, Julien pria pour ne pas avoir écopé d'une amende. Moins de deux semaines auparavant, il avait déjà signé un chèque de deux mille francs à l'ordre du Trésor public. Dernier avertissement avant poursuites. C'était ça ou les emmerdements. Parvenu à une cinquantaine de mètres de sa voiture, il respira : son pare-brise était vierge. On se bousculait un peu dans les ruelles, les filles claquaient leurs talons sur les pavés luisants, mais Julien ne se pressait pas trop malgré la pluie visqueuse. Il réfléchissait et ça ne le mettait pas en joie : il se sentait glisser tout doucement sur un toboggan, happé vers le bas. Il avait beau s'agripper, il perdait du terrain. Julien ouvrit la portière de sa voiture et s'installa laborieusement derrière le volant. Il tendit le cou pour s'observer dans le rétroviseur, et fit la grimace : il avait le teint gris, aussi terne que le temps. Il s'épongea brièvement le visage avec un kleenex trouvé dans la boîte à gants. Et démarra.

Les phares du vendredi soir scintillaient déjà sur le boulevard ouest. Des dizaines de camions tournaient au ralenti sur le macadam. Çà et là, des semi-remorques stationnaient, veilleuses allumées. Comme à chaque fin de semaine, c'était la ronde d'amour des gros culs, des caresses de cabine et des coïts sous bâche. Chaque vendredi soir, les putes quittaient le pavé de la vieille ville, sortaient de leurs ruelles, de leurs porches et de leurs bistrots tamisés pour faire de la retape sur les périphériques de plein air…

Julien eut une pensée apitoyée pour son rédacteur en chef : il lui avait demandé, l'avait supplié, presque, de prendre la responsabilité de ce dossier brûlant, à dépouiller avec des pincettes. Comme s'ils n'étaient pas prévus par la mairie, les travaux du métro commençaient à foutre une pagaille noire dans la cité. Tout le monde gueulait, y compris le tout-puissant syndicat des commerçants du centre-ville qui voyaient leurs clients s'engluer dans des embouteillages monstres à l'approche des emplettes de fin d'année. En public, le maire persistait à distribuer ses sourires comme des offrandes en jurant ses grands dieux que ce n'était pas si grave, que tout allait s'arranger très vite... Mais une fois dans son bureau, à huis clos, il piquait des colères folles et exigeait des pleines charrettes de coupables à limoger. L'adjoint responsable avait été mis sur la touche après la mise en place d'un nouveau et désastreux plan de circulation. On avait alors fait appel à Paris. Un jeune et brillant technocrate, féru du sens unique et du carrefour à l'indonésienne, avait donc déboulé de la capitale. Julien avait déjà pris connaissance de ses premières conclusions. Pire encore, des premières améliorations qu'il projetait de faire. Le journaliste prévoyait pour les prochains jours un bordel ubuesque. D'ici vendredi prochain, justement, le boulevard ouest serait partiellement interdit à la circulation. « Pour désengorger... » Julien se permit une vulgarité : ça n'allait pas être le cas des routiers...

Une prostituée, moulée dans un ciré écarlate plus court qu'un short, quitta un abribus et déboucha sous la lueur du lampadaire. Instinctivement, Julien chercha des yeux la grosse Angèle. C'était une énorme matrone, une pute de cent kilos et plus, sur laquelle courait depuis des années toute une légende salace. Ses yeux s'attardèrent un instant sur les longues jambes gainées de noir de la prostituée écarlate. Angèle devait déjà être en main. Elle avait ses abonnés.

Julien tourna à gauche, plongea en direction des quais. Quelque chose l'étonnait, le tracassait, même. Ce n'était pas Christian, ni Carboni, ni même Gaby. C'était lui. Finalement, il n'était pas si mécontent que cela d'y aller. Au Dog Green.

8

Julien n'avait pas mis les pieds au Dog Green depuis plus de trois ans. À la réflexion, il se demandait bien pourquoi. Il avait comme ça dans ses souvenirs tout un tas de bars et de restaurants brusquement abandonnés après des années de fréquentation assidue. Sans autre raison que la simple lassitude. Sans doute le Dog Green avait-il connu le même sort…

Les trottoirs râpés de la cité millénaire regorgeaient de bistrots à la réputation douteuse. Des refuges de nuit pour paumés, aux plafonds bas, aux devantures suspectes, aux rideaux avachis, aussi sombres que des oubliettes. Creusés dans la pierre médiévale comme des grottes dans la préhistoire. Victimes de leurs mines patibulaires, ils figuraient dans le catalogue des craintes obscures de la bourgeoisie locale qui – si l'on exceptait les partouzes privées – ne s'égayait qu'aux galas de charité, aux réceptions de bouffe sponsorisées et aux soirées, au demeurant très réputées, du théâtre lyrique. Comme dans toutes les villes de province, la « rumeur d'Orléans », version drogue ou prostitution, courait régulièrement dans les allées de la bienséance et s'incrustait sur les comptoirs crasseux. L'armée de pauvres types avinés que l'on virait à coups de pompe dans le cul vers les quatre heures du matin faisait fantasmer les honnêtes citoyens…

Dans le guide des établissements suspects, le Dog Green faisait toutefois un peu bande à part. Le patron y était pour beaucoup. C'était un original, un costaud des avant-bras qui ne s'exprimait qu'en imitant le porte-voix, et qui avait sur la vie des idées tellement arrêtées qu'elles ne redémarraient jamais. Ainsi en était-il de son goût pour la musique : le rock'n'roll du Dog Green ne dépassait pas les années soixante-cinq. Et encore, Chuck Berry, Little Richard ou Jerry Lee Lewis – Elvis était banni… – n'avaient-ils droit qu'aux strapontins. Car la vraie passion du « Dog » – c'était le surnom du patron – était l'ancêtre blues. Le blues du Delta, du Deep South ou des taudis de Chicago. Aussi, en poussant la porte du bar, Julien ne fut-il pas surpris d'être accueilli par le vieux Muddy Waters et son légendaire *Baby, please don't go*…

Grimpé sur son tabouret de skaï grenat, Julien commanda un Jack Daniel's à la mulâtresse bardée de cuir qui ondulait derrière le comptoir. Double et sans glace. Histoire de se donner du courage… Dans le même temps, il sentit courir sur lui le regard fureteur du patron. Julien devina qu'il cherchait à mettre un nom sur son visage. Sans trop de raisons, il décida de ne pas lui faciliter la tâche. Il lui tourna le dos et jeta un coup d'œil anxieux dans la salle. La clientèle était toujours la même : de vieux rockers nostalgiques qui s'obstinaient à ne pas changer de page. Malgré quelques kilos en trop et quelques cheveux en moins, ils continuaient à chevaucher *Easy Rider*. Julien trouvait cette résistance au temps presque touchante. Même si la plupart supportaient mal le sinistre des ans. Ils marchaient dans leurs santiags comme sur des talons aiguilles et déambulaient dans leurs jeans et leurs blousons ras la taille avec l'aisance d'un Galabru en costume de toréador...

Quelques jeunes gens saupoudraient de leur présence ce rendez-vous du troisième âge de la ceinture cloutée. La relève. C'est elle qui intéressait Julien. Depuis le comptoir, il avait vue sur la plupart des boxes adossés au mur, que séparaient de grands panneaux de verre translucide. Seuls les canapés western tapis au fond de la salle échappaient à son regard. En se rendant aux toilettes, tout à l'heure, il pourrait découvrir leurs occupants. À priori, Gaby n'était pas là. Les pendentifs foisonnaient aux oreilles de la nouvelle génération, mais il n'y avait pas de huit torsadé noir et doré. Pas plus que de blondinet au regard meurtrier.

Trois Jack Daniel's – simples et avec glace – plus tard, Julien commença furieusement à se demander ce qu'il foutait là. À minuit, sortie du ciné ou des autres cafés, la horde sauvage des habitués rallia en masse l'escale du Dog. Non seulement il était seul, mais exclu également de cette atmosphère débridée entre vieux potes complices. Il sentait parfois glisser sur lui des regards étonnés. Légèrement allumé, les nerfs passablement usés, Julien décida de déserter, d'abandonner le guet. À deux mètres de lui, buste renversé sur le zinc, le patron expliquait patiemment à un non-initié entêté ce que Dog Green signifiait :

– Non ! Pas « Green Dog » ! « Dog Green », hurlait-il aux oreilles de l'ignorant, ça n'a rien à voir !

– Mais ce n'est pas correct, prétendait l'impudent.

– Pas correct !

Le « Dog » avait mis quelques décibels de plus dans le gueuloir...

– Demande donc aux mecs qui se sont fait buter à Omaha Beach ! Dog Green, c'est l'un des secteurs d'Omaha, figure-toi ! Là où ils se sont fait massacrer. Une vraie boucherie…

L'autre acquiesça prudemment. Il avait pris un air extasié, comme frappé d'une illumination. Julien se marra tout seul, persuadé que le client n'avait rien compris : comment aurait-il pu savoir que le débarquement du 6 juin 1944 sur les côtes normandes était l'autre passion du patron ?

Julien descendit de son tabouret et se fraya un passage vers la sortie. La foule piétinait jusque sur le trottoir. Il entendit Joe Cocker et sa voix à faire fondre les icebergs qui le rejoignaient dans la rue : *Don't let me be misunderstood.* Juste après Eric Clapton. Deux Anglais coup sur coup. Le Dog Green, finalement, faisait des concessions…

Julien revint. Chaque soir. Le Dog Green terminait désormais les sorties entre copains ou les nuits au marbre. Le patron était parvenu à ses fins, il se l'était remis en mémoire et l'accueillait bruyamment, comme un vieux pote de régiment. Julien pensait toujours à Gaby, mais la tension du premier jour s'était estompée. Il n'avait plus les yeux fixés sur la porte du bar, pas plus que sur les breloques qui se balançaient aux oreilles des buveurs de bière. Gaby n'était pas là. Gaby n'était jamais là. Carboni lui avait refilé un fantôme…

Le plus étrange était que Julien s'agaçait. S'agaçait de se sentir agacé. Il aurait dû être soulagé : il avait fait ce qu'il avait pu. Il n'avait pas trahi son copain. C'était bien. La plaisanterie était terminée. Au lieu de ça, Julien s'avouait bêtement frustré. Plutôt que de convaincre Christian de laisser tomber, il lui annonçait qu'il y retournait ce soir, entrait au Dog Green comme s'il avait un billet de loterie à la main. Et repartait comme un parieur déçu. Il n'arrêtait pourtant pas de se dire qu'il y avait un temps pour faire des conneries, et un temps pour les arrêter, mais il se remettait en chasse : débusquer ce Gabriel Ubarri était devenu un jeu un peu trouble, un peu excitant. Le métier, plaidait Julien pour lui-même, je n'en sors pas…

Chris ne se décourageait pas, mais il s'était calmé. Sa frénésie semblait s'être éteinte avec la certitude de tenir son homme. Les échecs nocturnes de son ami ne l'affectaient pas. Il était serein, apaisant.

« Carboni est sûr de lui, répétait-il sans impatience. Et Carboni, c'est Carboni... »

Chris commençait sérieusement à le gonfler avec son Carboni. Et il n'allait pas tarder à le lui dire. Comme il n'allait pas tarder à se lasser. C'est ce que radotait Julien en entrant pour la sixième soirée consécutive au Dog Green. Seul. L'air était doux au-dehors, enfumé au-dedans. Julien salua le patron d'un petit signe de la main et trouva miraculeusement un tabouret libre. Une flamboyante minette minijupée venait d'en descendre comme on s'élance d'un tremplin de piscine, pour plonger dans les bras de son petit copain. Julien commanda un Jack et était sur le point d'entamer un demi-tour sur les fesses quand il stoppa net, ligoté par une babiole de métal brillant qui tremblotait à moins de trois mètres de ses yeux : un huit torsadé, noir et doré...

Il a les cheveux plus courts que ne le prétend Antoine...

Ce fut sa première pensée. Julien se retourna vers le comptoir, attrapa directement son verre des mains de la barmaid et le vida prestement aux trois quarts. Du calme, mon bonhomme, du calme... Il se faisait le coup du sang-froid, cherchait à ne pas s'emballer, face tournée vers le mur, apparemment occupé à énumérer les bouteilles alignées sur l'étagère. Bon, il est là. Ce n'est pas trop tôt. Ne panique pas, tu venais pour ça. Et qu'est-ce que tu fais maintenant ? Rien, tu ne fais rien. Tu finis ton verre, tu restes un petit quart d'heure, tu essayes d'apercevoir sa face de rat sans te faire remarquer, et tu te tires... Julien pensa à Chris avec la vanité du gamin qui rapporte un bon point de l'école. Et dans la foulée, il songea à ce qu'il lui dirait : « Bon, le voilà ton mec. Et maintenant ? »

Julien commença à osciller sur son tabouret, à se tourner en douceur. Puis s'obligea à y aller franchement. Il se trouvait grotesque. Comme d'habitude à cette heure-là – Julien regarda sa montre, il était près d'une heure du matin –, l'ambiance atteignait son zénith au Dog Green : ça criait, ça riait et ça galopait dans tous les sens. On entendait à peine Buddy Guy et son pourtant sublime *Stone Crazy*... Dans ce bordel, il n'avait aucun risque de se faire repérer. Gaby était de dos. Julien avait maintenant les yeux aiguisés comme une lame de guillotine, fixés sur la nuque du coupable. Il nota le blouson de cuir posé sur les genoux, la marinière trop large et un peu cradingue, le col qui flottait autour d'un cou de gosse fragile. Pas gros en effet, pas épais… Par contre, les cheveux blonds, très blonds, étaient propres, sagement coiffés. Une coupe récente, conclut le détective Julien. Il s'impatientait : pas moyen de le photographier de face. Parfois, dans la discussion qui l'opposait à son copain – Gaby discutait avec un copain aux joues grasses, un costaud que Julien distinguait mal –, il secouait la tête, laissait traîner un morceau de peau dans la lumière. Maigre, mal rasé, nota le fin limier. Julien but son Jack jusqu'à la dernière goutte et commanda aussitôt un autre verre. Il se donnait encore une dizaine de minutes. Avant de partir, il ferait encore le coup des chiottes. Obligé, s'il voulait revenir avec autre chose qu'un visage en coupe…

– Julien ! Ce n'est pas vrai !

Il sursauta, se décolla du skaï comme si quelqu'un lui avait plaqué le canon d'un pistolet dans les côtes. La jeune femme s'était plantée entre lui et Gaby. Une main hardiment posée sur son genou, elle secouait joyeusement une superbe chevelure brune, longue, lourde et brillante. Interloqué, Julien mit une seconde à réaliser. Il murmura :

– Lydia ! Toi… Lydia !

– Tu m'as fait peur. Je n'ai quand même pas changé à ce point ?

Elle n'avait pas changé. Presque pas. Julien laissa tomber son regard dans le décolleté profond de la robe écarlate. Lydia et ses seins magnifiques. D'un coup, des souvenirs d'adolescent, nets, précis, émouvants, firent des bulles en surface…

– Qu'est-ce que tu fais là ?

Il n'eut pas le temps de répondre. Elle enchaînait déjà. Expansive, volubile, excitée, excitante aussi…

– Eh bien, moi, je suis revenue ! Pas ici. À Nice. Chez mes parents. Tu te souviens de mes parents ? (Oui, il se souvenait de ses parents, gros commerçants, gros bosseurs, gros sous…) – J'ai divorcé d'avec Armand. Tu te souviens d'Armand ? (Non, il ne se souvenait pas d'Armand…) – Mais si, le marchand de fringues : on s'est mariés et on est partis en Afrique. Au Sénégal. Une belle connerie. La galère, la galère… L'ennui, c'est qu'on a eu un gosse. Tu ne le savais pas ? (Non, il ne le savait pas...) – Enfin, ça y est, c'est réglé. Et puis je suis venue faire un tour ici. Quelques jours, histoire de voir les copains. Je suis contente, tu sais, je pense souvent à toi. Et aux autres aussi, à la bande. Pas toi ? (Oui, enfin non, enfin, il était content aussi...) – Qu'est-ce que tu deviens, toi ? (Journaliste, divorcé, pas de gosse, la vie...) – Toujours à traîner. Tu étais déjà comme ça dans le temps, tu te souviens ? (Oui, enfin non, il...) – Il faut qu'on se revoie, je suis encore là pour une quinzaine. Chez ma tante...

– Je peux déjà t'offrir un verre.

– Je ne peux pas, je suis avec des amis...

Lydia allongea le bras en direction d'un box. Julien se retourna. Ils étaient trois : deux garçons et une fille. Plutôt bien sapés dans le contexte. Julien paria pour le grand brun, style Riviera italienne. Celui-là, c'était pour Lydia.

– Tu ne dois pas les connaître, ce n'est pas ton genre.

Il ne les connaissait pas.

– Attends, je vais prendre ton numéro de téléphone.

Lydia fourragea un long moment dans son sac, sortit un énorme Montblanc, une enveloppe vide, posa le tout sur le comptoir :

– Vas-y.

– Le...

Julien leva les yeux et entra en collision avec le regard de Gaby. Des yeux verts, presque jaunes sous la lumière des spots. Une tête de sale môme buté, une tête de puni de la classe. Il devait se camer, ce jeune con... Carboni avait pourtant prétendu le contraire. « Je vous dis qu'il n'est pas comme les autres... » Julien en doutait.

– Ben, qu'est-ce que tu as ? Tu ne t'en souviens plus ? Toujours le même, hein...

Julien énuméra mécaniquement ses huits chiffres. Gaby avait récupéré son deuxième demi de bière et s'était à nouveau retourné, marinière flottant autour de ses épaules de gamin...

– Sûr, je t'appelle, et on passe une soirée ensemble. Ça me ferait plaisir, vraiment...

Le costaud avait bougé de place. Une masse. Malgré son appréhension, Julien lui jeta un coup d'œil navré. Le portrait de l'abruti pour B.D. Pas de cou, pas de front. On aurait pu faire des tresses avec ses sourcils. Le menhir se mit à rire, d'un rire de gargouille. Ses lèvres retroussées découvrirent de lourdes gencives couleur sang et de petites dents grises, rachitiques, salement amochées. Julien frissonna. Le primate avait des mains larges comme des gants de base-ball...

– Je suis contente de te revoir, Julien... tu ne peux pas savoir...

Il donna aussi le numéro du journal. Lydia rangea l'enveloppe et le stylo dans son sac, se pencha vers Julien et l'embrassa affectueusement sur la joue. Tout près des lèvres.

– Tu es encore pas mal, tu sais. Tu te souviens ?

Sourire moqueur. Lydia tournoya dans un bruissement d'étoffe étourdissant. Menton par-dessus l'épaule, Julien suivit d'un œil nostalgique le petit coin de souvenir qui s'éloignait. Toujours la même démarche ondoyante, toujours la même bouche pulpeuse, les mêmes dents éclatantes, et cette peau élastique de fille du Sud. Lydia, la pied-noir. Il se souvenait...

Julien sortit un billet de deux cents francs de sa poche et régla. Les doigts de Gaby, longs et osseux, s'agitaient sur sa nuque, lissaient les mèches jusqu'à leur faire toucher le ras de cou relâché de la marinière. Gaby hochait la tête sans brutalité, approuvait les paroles du copain. Julien regarda une dernière fois trembloter le huit torsadé noir et doré et s'en alla.

Au moment de sortir, il aperçut Lydia qui, de loin, lui envoyait un baiser du bout des doigts. Il lui sourit faiblement. Il était crevé.

9

Le lendemain matin, vers onze heures, Julien monta chez Chris sans prévenir. Il voulait le piéger, lui annoncer la nouvelle en face, sans lui donner le temps de souffler. Il était curieux de connaître sa réaction. Et la suite...

Au moment de sonner, la porte s'ouvrit brusquement et il se retrouva nez à nez avec un fantôme. Julien réprima un mouvement de recul. La jeune femme qui était devant lui n'était pas Hélène, c'était un masque de craie blanche, à l'expression dure, sans le moindre souffle de vie.

– Ça va, Hélène ?

– Ça va.

Julien reçut un regard d'automate. Elle dont les yeux s'illuminaient toujours comme des lampions... Même sa voix avait changé. Avant qu'il ait eu le temps de s'effacer, Hélène fit un pas de côté sur l'herbe et prit la fuite. Cela faisait plusieurs semaines qu'elle l'évitait. Avant de refermer la porte, Julien l'observa. Malgré le temps maussade, la jeune femme chaussa de grosses lunettes noires qui lui mangeaient la moitié du visage. Elle avait l'air d'un spectre...

– Salut, Chris.

– Salut, toi...

Il était debout, devant son fauteuil, la main gauche appuyée contre le rebord de la table. L'autre, l'inutile, traînait comme d'habitude le long de la jambe...

– Tu vois le merdier, soupira Chris. Évidemment, en salle, avec leurs barres, ça va. Mais là, rien à faire, j'avance pas...

Aucun progrès, nota Julien. Son copain lui faisait l'effet d'une marionnette aux articulations bizarrement ajustées. Il eut mal pour lui.

– L'autre jour, j'ai voulu me lancer. Trois pas, que j'ai dit. Au moins trois. Au premier, je me suis cassé la gueule. J'étais comme une tortue retournée sur sa carapace. C'est la femme de ménage, et son mec, qui faisait le jardin, qui m'ont ramassé...

Julien se figurait la scène. Il en était malade...

– Et merde !

Chris renonça. Et s'abattit dans son fauteuil.

– Tu ne changes pas, toi...

La réflexion prit Julien par surprise. Bien des fois pourtant, il s'était posé la question : Qu'est-ce qu'il pense ? Qu'est-ce qu'il peut penser ? L'injustice devait lui serrer le cœur jusqu'à l'étouffer. Il devait le haïr, haïr sa manière de bouger, de s'asseoir, de se lever, haïr sa liberté...

– Toujours le même, hein...

Chris l'enveloppait d'un regard dérangeant…

– Tu parles, protesta Julien avec un sourire gêné, et ça ? Du plat de la main, il repoussa ses cheveux en arrière, et sur son front ainsi dénudé, deux larges golfes apparurent, parfaitement symétriques…

– J'ai beau me les laisser pousser de plus en plus long, c'est la Berezina…

Il se tapotait ironiquement la taille…

– Et ça ? Là, par contre, c'est prospère… je dirais même mieux : ça déborde…

Il était sincère. L'âge commençait à le travailler au moral. Il subissait de plus en plus des matins pâteux, grisonnants, des matins mal rasés, aux chairs flasques…

– Et ça…

Chris avait soulevé sa main morte, et l'agitait mollement comme un chiffon…

– Je sais, je sais, bredouilla Julien.

Il aurait voulu être à l'autre bout du monde.

– Pardonne-moi, c'est con…

– Au fait, j'ai croisé Hélène. Elle sortait…

Julien eut l'étrange impression qu'un autre parlait à sa place. Sa voix sonnait faux. Mais il était soulagé d'avoir trouvé la sortie de secours…

– Tu as de la chance. Je ne l'ai même pas vue rentrer !

– Ça ne me regarde sans doute pas, mais ça n'a pas l'air d'aller très fort, je me trompe ?

– Tu as raison, ça ne va pas fort…

– Tu n'as pas envie d'en parler, je suppose, mais…

Chris balaya la précaution oratoire d'un geste de lassitude…

– Ce n'est pas ça, Julien, mais qu'est-ce que tu veux que j'y fasse ?

– Fais gaffe quand même, il ne faudrait pas que…

– Fais gaffe, fais gaffe, coupa Chris, subitement agressif. Tu en as de bonnes, toi ! Je ne suis pas marrant, paraît-il… Tu le serais, toi, à ma place ? Je suis chiant, oui ! très chiant ! Et complètement déglingué ! Le reste suit… Déjà qu'on n'était plus tellement sur la même longueur d'onde, alors tu penses, maintenant. On s'engueule ou on ne se dit plus un mot. Ou bien elle pleure. Tiens, elle couche là, sur le canapé. Quand elle n'est pas chez ses parents…

Julien n'en revenait pas. Le couple tournait au désastre.

– Et les enfants ? interrogea-t-il.

– Les beaux-parents les ont tout le temps. Elle ne s'en occupe plus. D'ailleurs elle ne s'occupe plus de rien. Elle laisse tout tomber. Tu as vu la tête qu'elle a ? Pas maquillée, fringuée n'importe comment. Ou alors elle a un mec…

Julien pensait le contraire. Une femme qui courait se jeter dans les bras de son amant ne se négligeait pas ainsi. Il se voulut rassurant :

– Un petit coup de déprime, peut-être. Après tout, ce n'est pas si extraordinaire après une telle épreuve…

– Tu es comme mon beau-père, toi ! Une déprime. Et moi, j'ai quoi ? Une maladie de luxe ? Je n'ai pas le droit d'être déprimé, peut-être ? On me demande quoi ? De faire des sauts de cabri dans la tête et de rester comme un con, cloué dans ma chaise ?

Julien le trouva soucieux.

– Hier midi, je la cherche pour lui demander ce qu'on mange, si je dois éplucher une salade ou quelque chose d'autre…

Julien ne put réprimer un sourire.

– Oui, je sais, ça te fait marrer. Moi qui avais horreur de mettre les pieds dans une cuisine… Mais qu'est-ce que tu veux, il faut bien que je m'occupe… Et je la trouve assise au milieu de la pièce, avec toutes nos photos étalées autour d'elle. En robe de chambre, à midi, pas coiffée, pas maquillée, avec toutes nos photos… Je lui demande ce qu'elle fait… et elle prend un cliché, tu sais, la photo de mariage qui a paru dans le canard, celle où j'ai l'air d'un con…

– Comme tous les jeunes mariés…

– Ouais, celle où nous sommes à la sortie de l'église, sous la rangée de stylos. Où on te voit, d'ailleurs, au second plan. Celle qui nous a si souvent fait marrer… Elle la prend, elle met son doigt sur ma tronche, et elle me dit : « Tu le savais, tu le savais que tu allais nous rendre si malheureux, ça se voit !… » Je te jure, elle m'a foutu la trouille : elle ne gueulait pas, au contraire ! Elle avait une voix glacée, on aurait cru qu'elle répétait un texte appris par cœur. Ses yeux étaient fixes, braqués sur moi, mais semblaient regarder ailleurs. Elle qui déplace tant d'air d'habitude restait d'une immobilité parfaite. On aurait dit un robot…

– Elle devrait voir un toubib…

Chris lissait lentement sa main d'infirme. « Mon escalope », comme il disait maintenant…

– Elle me traite en coupable. C'est dingue, non ? Alors que l'autre, l'autre salaud, m'a bousillé, a bousillé ma vie… Putain, quand j'y pense, ça me rend fou !

– Je l'ai vu, dit doucement Julien.

– Quoi ? Qu'est-ce que tu dis ?

Christian avait sursauté sur son coussin comme sous l'effet d'une décharge électrique…

– Je l'ai vu. Hier soir, au Dog Green.

La transfiguration fut extraordinaire. Oubliés, Hélène et ses errements, oubliée la vie qui foutait le camp… Son copain avait le regard qui brillait. Il attendait, brûlait d'entendre. Même son corps d'infirme s'était redressé. Oublié, lui aussi… Rien que pour ça, se dit Julien, rien que pour ça…

Il donna tous les détails. En gommant toutefois la présence de Lydia. Chris la connaissait bien pourtant. Mais Julien n'avait pas envie de la décrire comme il l'avait vue. Aussi belle, aussi craquante qu'à ses dix-huit ans. Lydia, c'était leur passé à tous les deux, leur jeunesse… D'instinct, il était certain de lui faire mal. Tout le monde vieillissait. Chris, lui, avait basculé. Et puis Lydia n'apportait rien à l'histoire.

Pour Gaby, par contre, il fit dans la minutie. Inspiré par l'intérêt passionné que lui portait son copain, Julien croqua un portrait de l'homme tel qu'il aurait pu le trouver dans le polar le plus noir. Il surchargeait, ajoutait aux traits, aux attitudes, tout ce qu'il pensait, tout ce qu'il redoutait : ce type était un danger public, un tueur, un…

– T'es marrant, Julien, coupa Christian, amusé, tu m'en parles comme si je ne le connaissais pas. Je n'ai pas vu sa tronche, c'est vrai, mais excuse-moi, pour le reste, je suis au courant…

Julien réalisa l'absurdité de sa démarche. Il pouvait toujours en faire des tonnes, Chris ne pouvait avoir peur du loup-garou… Ce n'était pas avec des mots qu'il avait été touché, mais avec une balle de 9 mm…

– Voilà, grommela-t-il, vexé. Tu sais tout. Mais maintenant, je voudrais bien savoir ce que tu comptes faire. Prévenir les flics ?

– Au fait, tu sais pourquoi il se faisait rare ces temps-ci, au Dog Green ?

– Comment veux-tu que je sache ?

– Il est sur un coup, un gros, paraît-il...

– Carboni ?

– Oui, il me tient au courant...

Julien revit la scène. De quoi discutait Gaby avec l'autre gros porc ? Du prochain braquage, sans doute. Pendant qu'il y était, Julien mit en scène le complice, l'hercule de foire :

– Ce n'est pas le même genre, précisa-t-il. Mais crois-moi, lui aussi a de quoi te foutre la trouille...

La mine goguenarde finissait par l'exaspérer. Et il ne lui avait toujours pas répondu.

– Bon, alors, on prévient les flics ? répéta-t-il.

– Tu rigoles ! Pour quoi faire ?

La réponse sidéra Julien.

– Pourquoi n'en parlerait-on pas à Vilot ? Il saura quoi faire, lui.

– Vilot ? Il est aux mœurs ! Qu'est-ce qu'il en a à foutre, de cette histoire ?

– Il pourra nous conseiller. Merde, Chris, ne sois pas de mauvaise foi, réfléchis un peu !

L'inspecteur principal Vilot était la plus sûre antenne des journalistes au commissariat. Pas très fréquentable, selon les rumeurs : Vilot était accusé de racketter les prostituées, les proxénètes et les hôtels trop accueillants. À sa table, dans les boîtes de la ville, le champagne coulait à flots, et pour pas cher. À une époque, dans son sillage, quelques autres flics s'étaient essayés au même privilège. Tous mutés dans la foulée. Pas Vilot. Mystérieusement protégé. Aucune des casseroles qu'il traînait au cul ne tintait en public. Il devait renvoyer l'ascenseur...

– Pas pour l'instant. Plus tard, je ne dis pas. Si on ne parvient pas à se démerder nous-mêmes...

Le ton conciliant alerta Julien. Il essayait encore de l'embobiner...

– Bon. Alors, je t'écoute. Vas-y..., s'énerva-t-il. Qu'est-ce qu'on fait ? On lui téléphone, à notre copain Gaby ? On l'invite à une bouffe ? Je ne sais pas, moi... à une petite soirée entre amis. Ce serait sympa...

– Ne pousse pas, Julien...

– Non mais, sérieusement, où va-t-on maintenant ?

– Je veux le voir, Julien. Pas seulement le voir, lui parler, lui mettre le nez dans la merde, l'affronter...

– L'affronter ?

Julien avait crié. Contre Mike Tyson, un manchot avait plus de chances de s'en tirer...

– Pas lui foutre mon poing sur la gueule, idiot ! J'aurais bonne mine... Mais lui mettre le nez dans la merde. Peut-être que de me voir, ça va lui faire un drôle d'effet...

Julien l'observa avec une sympathie apitoyée.

– Tu perds ton temps, vieux. Ce mec, il te voit dépiauté comme un lapin, ça ne lui fait ni chaud ni froid...

Christian baissa la tête et observa sa main. Elle avait sa mine des mauvais jours, gonflée, marbrée de zones sombres, presque noires...

– J'ai une idée, commença-t-il sans lever les yeux.

Julien se sentit tomber en ruine. Il se tassa, se ratatina peureusement dans le canapé. L'enfoiré, pleurnicha-t-il pour lui-même.

Il était mi-admiratif, mi-écœuré.

Christian exposa son plan.

10

Julien galéra un moment dans la nature avant de trouver son bistrot. Il ne se rappelait pas s'être arrêté une seule fois dans ce coin perdu. Pour y faire quoi, d'ailleurs ? Il était dans le quartier des anonymes, l'îlot des laissés-pour-compte, des dégriffés de la croissance. Le métro qui bouleversait les entrailles de la ville noble leur roulait par-dessus la tête : plus tard, ils iraient le voir comme on va au défilé du 14 Juillet, dans leurs bus aux sièges défoncés.

Coincés entre le noyau dur de la cité et les banlieues

nouvelles, les indigènes de la lisière s'accrochaient à leurs maisonnettes grises et à leurs immeubles d'avant-guerre. C'était une zone aux contours incertains, construite en petits tas, qui n'avait pour seule histoire que celle des petites gens. Repoussés depuis toujours par le luxe et les loyers du centre-ville, ils refusaient de s'émietter dans les plaines inhumaines. Mais le temps du village était d'ores et déjà compté. Le vent de l'urbanisation soufflait depuis un certain temps sur les rives du fleuve : là s'élevaient les duplex, les terrasses et les grandes baies vitrées à cadres d'alu étincelants. Le paravent avait de la gueule et rejetait le reste dans l'ombre. Pour l'instant. Bientôt, les promoteurs voraces iraient grignoter derrière...

Julien gara sa 405 le long d'une place rectangulaire où survivaient une demi-douzaine de tilleuls rachitiques. « Au pied de biche » – l'enseigne le fit marrer –, c'est là qu'il devait les rencontrer...

Son entrée créa un mouvement de curiosité. Une nouvelle tête, c'était rare dans cette halte d'habitués. Les deux ouvriers membres du club, qui discutaient au bar, interrompirent leur conversation et plongèrent le nez dans la mousse de leur demi...

– J'ai rendez-vous avec M. Alipio Ubarri et ses amis...

C'était un troquet à l'ancienne, avec un vrai zinc, et une glace immense qui couvrait le mur, derrière le comptoir. À travers les verres, les bouteilles et les arabesques blanchâtres dessinées sur le miroir, Julien voyait son image éclatée en mille morceaux. Un café de laborieux, songea-t-il : ouvert à l'aube et fermé tôt...

Le patron était imposant. Moustaches tombantes et manches retroussées, il arborait une coiffure plaquée au Pento, avec raie au milieu. Il avait la mine joufflue des lutteurs de foire du début du siècle...

– Vous les trouverez derrière. Dans la petite salle du fond.

Julien s'avança :

– Alipio ! hurla le patron, il y a quelqu'un pour toi !

Le père de Gaby avait une bonne tête. Une tête de brave type qui vous met de bonne humeur. Casquetté jusqu'aux oreilles, Alipio Ubarri était un bonhomme rond, court sur pattes, avec un sourire de dessin animé qui se fendait jusque sous les yeux...

– On finit juste notre partie et on est à vous…

– Je vous en prie…

Julien salua les trois autres partenaires, qui répondirent d'un hochement de tête nettement moins chaleureux. Le journaliste saisit une chaise et s'installa un peu à l'écart. Alipio donna le signal de la reprise en faisant claquer son domino sur la table. Les autres suivirent en silence. Julien eut le sentiment d'avoir cassé l'ambiance…

– Et voilà le travail !

C'était encore Alipio. Heureux de son tour. Le jeu était bouché, les autres restaient au tapis. Ils retournèrent leurs dominos, et Alipio le sien. Un seul : le double blanc. L'un des joueurs, sombre comme une tenture de deuil, marmonna quelques mots en espagnol. Alipio éclata d'un rire énorme, tonitruant…

– Il dit que j'ai le cul gros comme l'Escurial, traduisit-il en se tournant vers Julien.

L'étranger sourit avec politesse. Il se sentait contracté, mal à l'aise dans sa peau de malhonnête. Alipio l'invita à se rapprocher de la table, et l'un des hommes commanda sa tournée de perdant : quatre Ricard… Julien jeta un coup d'œil à sa montre : 17 h 10…

Merde, ils commencent tôt, pensa-t-il. Il opta pour un Perrier-citron.

– Alors, comme ça, vous vous intéressez à nos vieilles histoires ?

– Oui.

Julien avait du mal à se mettre dans le bain…

– Vous croyez vraiment qu'elles peuvent encore intéresser vos lecteurs ? Cela fait plus de cinquante ans, vous savez…

– Comme je vous l'ai dit au téléphone, il n'y a pas que vous. C'est dans le cadre d'une enquête plus vaste et…

– Je sais, j'ai bien compris, mais j'aimerais bien que vous le répétiez devant mes copains…

Julien s'exécuta : son journal envisageait de publier une série d'articles sur les étrangers qui s'étaient implantés dans la région. Des plus anciens aux plus récents. Comment et pourquoi ils étaient partis. Comment et pourquoi ils avaient choisi cette ville. Leurs problèmes d'intégration, leurs difficultés d'existence…

– Ce qui se passe maintenant et ce que nous avons connu, ça n'a rien à voir, vous savez...

– Justement. Vous êtes un peu les ancêtres, dans cette enquête. C'est cela qui nous intéresse...

Julien observa ses interlocuteurs. L'un fuyait obstinément son regard, le second rangeait interminablement les dominos dans leur boîte en bois, le troisième paraissait indifférent. Seul Alipio avait des mimiques de vivant. De bon vivant. Julien commençait à maudire Chris et ses idées à la con...

– Surtout que vous, en plus, c'est spécial...

– Ah, ça, pour être spécial, c'est spécial !

Alipio, toujours...

– Bon. On en a discuté entre nous, et on est d'accord – ... les autres avaient dû tout de même se faire prier... – mais à une condition : c'est que vous ne mettiez que nos prénoms. Pas de noms. Vous comprenez, on a refait notre vie ici, et la plupart de nos amis, de nos relations, de nos voisins ignorent toute notre histoire. Ce n'est pas qu'on a honte, au contraire, mais bon... c'est un peu gênant. Le passé, c'est le passé, et le nôtre, on a beau dire, c'est un passé de vaincus...

Julien trouva la formule séduisante et la mit dans un coin de sa mémoire.

– Pas de problème...

Alipio fit les présentations : Juan, Antonio et José. Trois vieux messieurs qui chuchotèrent leur jeunesse volée, leurs quinze ans dans les Asturies ou en Catalogne, les armes à la main. Leur vie brisée. Julien dut leur arracher les mots, les encourager. Il eut la conviction qu'ils se trouvaient là à contrecœur. Alipio leur avait forcé la main. Il avait visiblement de l'autorité sur eux. C'était le parrain. Débonnaire, mais parrain tout de même...

– Quand on est arrivés ici, avoua José, c'était la misère, le malheur, le désespoir : pendant des années, on a vécu tous les quatre dans des cabanes. Comme des clochards. Avec quelques dizaines d'autres, qui ne sont plus là...

Et maintenant ? s'interrogea Julien. Il ne pensait pas à Alipio. Rien qu'au physique, à ses joues pleines et roses, à son teint étonnamment lisse, on sentait qu'il s'était taillé un chemin, qu'il avait une chaise pour s'asseoir, et même un peu plus… Mais les autres ? Il n'y avait qu'à les regarder : des vies de misère et de solitude qui creusaient leurs traits, s'affichaient sur leurs rides de vieillards malmenés…

– Vous n'avez jamais songé à revenir en Espagne ?

C'est Juan qui répondit :

– Pour quoi faire ? Tant que Franco était vivant, il n'en était pas question. C'était la seule fierté qui nous restait. Après, ce n'était plus possible. La bête est morte trop tard…

Maintenant, ils se tenaient chaud le samedi, au café.

– Dans le temps, nous étions nombreux, on faisait même des fêtes, mais les années ont passé…

Et l'espoir avec. Le dernier carré… Avec, pour les soutenir, les aider, les dépanner, celui qui avait réussi, qui s'était marié, qui tenait boutique : Alipio Ubarri, le boulanger, patriarche des rescapés.

– Moi, dit Alipio, si je veux résumer, c'est tout simple : le 18 juillet 1936, j'ai décroché le fusil de chasse de mon père pour aller combattre. J'avais seize ans. Neuf ans plus tard, je sortais de Buchenwald…

Alipio explosa de rire, content de son effet.

– Vous aviez des raisons précises de faire la guerre ?

– Pas vraiment. Mais le pays était devenu fou. Le sang coulait dans toutes les maisons, toutes les familles : j'avais seize ans et, à cet âge-là, on ne se couche pas pour mourir…

Contrairement aux autres, Alipio ne se fit pas prier. Il s'étala. Dos rejeté contre le dossier de sa chaise, ses bras courts et potelés croisés sur son torse prospère, il raconta son histoire comme une légende du temps passé, transmise de veillée en veillée…

– Une fois engagé dans l'armée du Nord républicaine, commença l'Espagnol, j'ai d'abord participé aux batailles sur le front des Asturies, à Bilbao, à Burgos. Puis, sous la poussée des franquistes, ce fut la retraite jusqu'aux provinces basques, et enfin la débandade : acculés à la mer, nous avons dû nous embarquer. Nous étions deux cents sur un minuscule bateau de pêche. En huit heures, nous devions arriver à Bordeaux… et ce n'est qu'après une traversée de trois jours et quatre nuits que nous avons débarqué à Quiberon. Mais la guerre n'était pas terminée pour nous. On se battait toujours en Espagne. Nous fûmes regroupés et renvoyés vers la Catalogne qui tenait encore...

Julien était estomaqué. Penché sur la table, il prenait consciencieusement des monceaux de notes. Le réflexe jouait. Il en oubliait le vrai motif de sa visite...

– C'est alors, continua Alipio, que nous avons pris part aux batailles les plus sanglantes de la guerre civile. Et le carnage s'est achevé en désastre. J'ai franchi le col du Perthus avec des milliers d'autres vaincus, les douaniers français nous ont désarmés à la frontière et on nous a embarqués dans des camions. C'est là que j'ai connu mon premier camp de réfugiés : à Argelès-sur-Mer. Mais il y en eut beaucoup d'autres...

– Ce fut dur ?

– L'enfer, répondit Alipio avec le sourire indulgent de ceux qui pardonnent aux ignorants... Pendant six mois, nous avons vécu dans des conditions épouvantables. Nous couchions à même la terre, dans des tranchées que nous avions creusées pour nous abriter. Nous étions à peine nourris. Puis il y eut les premières cabanes, et ensuite des baraquements un peu plus décents... Mais je voulais échapper à cet univers de camps et de barbelés, et c'est pour cette raison que je me suis engagé dans les « compagnies de travailleurs étrangers ». Je suppose que, comme la plupart des Français, vous ne savez pas ce que c'est ?

– Pas du tout, avoua Julien.

– Nous étions des militaires, des sortes de mercenaires étrangers encadrés par des compagnies de gendarmerie. C'est comme ça que, le 18 juin 1940, je me suis retrouvé sur la ligne Maginot.

– Prêt pour une nouvelle guerre !

Alipio reposa son verre sur la table. À entendre son rire, on se serait cru à une fin de banquet...

– Oui, mais alors là, la retraite fut bien plus rapide que la première fois. Une vraie course à pied. Nous avons fui à travers tout l'est de la France, mais à Épinal les Allemands nous sont tombés dessus... J'aime autant vous dire qu'en tant qu'anciens républicains espagnols, nous n'avions pas la cote. Et notre sort a été vite réglé. Embarqués pour l'Allemagne. J'ai d'abord fait les stalags, puis les camps de travail à la frontière polonaise, et j'ai terminé en apothéose : dans le camp d'extermination de Buchenwald.

Alipio était insatiable. Il s'épancha sur les joies de la libération, sur le retour difficile et sur la suite qui, à l'entendre, ne fut pas rose non plus.

– J'ai commencé par être démineur sur les plages du Débarquement. Un boulot sûr, personne ne cherchait à vous le piquer…

– Votre vie est un vrai roman, lâcha Julien, sincèrement impressionné…

– Eh oui, et je m'en suis bien tiré.

Contrairement à ses compagnons de bistrot, Alipio ne laissait paraître aucun regret, aucune nostalgie. Il les écrasait d'une joie de vivre franchement exposée. À soixante-neuf ans, Alipio était content de sa traversée…

– Je suis naturalisé, marié à une Française, et j'ai deux enfants, ajouta-t-il. Je me sens aussi français que vous. Cette place, je l'ai gagnée. Ce que j'ai fait pour mon pays d'adoption, beaucoup de Français ne l'auraient, que dis-je, ne l'ont pas fait.

Julien observa les autres. Antonio faisait tourner la boîte de dominos dans ses mains comme s'il cherchait infatigablement à résoudre un jeu de patience… Juan et José posaient leurs yeux sur les murs, détaillaient le papier peint. Il leur proposa une autre tournée et se mit dans le coup : cinq Ricard…

– Deux enfants ?

– Oui. Une fille de vingt-trois ans et un garçon de vingt-six.

L'âge de Gaby surprit le journaliste. Il paraissait bien plus jeune. Carboni s'était planté. Et Christian également.

– Vous les avez eus tard, dites donc !

Alipio et son éternel sourire…

– Si vous croyez que c'était facile de fonder une famille avec la dégaine que l'on avait. Les filles ne se ruaient pas sur nous, vous savez, quand nous sommes arrivés. Il a fallu du temps… Mais ma femme a douze ans de moins que moi.

– Et vous travaillez encore. Toujours la boulange…

– Oui, je rattrape le temps perdu. Tant que je peux…

C'était le moment…

– Justement, vos enfants, j'aimerais bien les rencontrer. Ce serait intéressant de savoir ce qu'ils pensent de tout ça...

– Ce n'est pas possible.

Le visage d'Alipio s'était brusquement fermé. Julien glissa un regard vers ses compagnons. Ils transpiraient la gêne et l'embarras.

– Pourquoi ? Ils ne sont pas là ? Ils ont quitté la ville ?

Alipio fit un geste évasif de la main, mais ne répondit pas.

– Pourtant, reprit Julien, ce serait bien. Les héritiers de...

– N'insistez pas, je vous dis, ce n'est pas possible...

– Mais pourquoi ?

– C'est non. Et quand je dis non, c'est non.

Alipio était devenu livide. Il s'agita nerveusement sur sa chaise, enleva fébrilement sa casquette, laissant apparaître un crâne rose et luisant de sueur. Alipio était chauve. D'un coup, il prit dix ans de plus. Il s'essuya machinalement le front avec un mouchoir. Il avait subitement trop chaud. Julien feignit la surprise et la déception :

– Très bien. Excusez-moi, je ne voulais pas vous importuner.

Il s'était planté.

Les quelques minutes qui suivirent durèrent une éternité. Alipio tenta bien de recoller les morceaux. De refaire son numéro. Mais le charme était rompu. Il avala rapidement son Ricard et prit congé, prétextant un rendez-vous urgent. Trente secondes plus tard, Julien l'imita. Il n'avait plus rien à dire ni à demander aux trois autres pauvres bougres.

Il prit place dans sa voiture. Mais au moment de démarrer, il aperçut Juan qui se pressait vers lui. De loin, à l'air libre, il offrait une silhouette décharnée. Julien pensa au récit d'Alipio, se souvint de films et de photos sur la guerre d'Espagne, de ces longues cohortes de réfugiés à bout de forces qui passaient les Pyrénées, trébuchaient dans la neige... Juan marchait comme il y a cinquante ans. Julien baissa sa vitre.

– Il ne faut pas en vouloir à Alipio. Les enfants d'Alipio, ce n'est pas le bonheur...

Le visage de Juan avait quelque chose de pathétique. Il s'excusait. Julien ne se sentit pas très propre. Pour toute réponse, il hocha la tête et attendit que Juan se soit éloigné pour mettre le contact. Dans deux heures, il avait rendez-vous avec Lydia. Une bouffée d'air frais...

– Chris et ses idées à la con..., marmonna-t-il pour la seconde fois.

11

Qu'est-ce qui n'allait pas ? Julien s'invectivait silencieusement. Il se serait donné des coups. Il était en tête à tête avec une fille superbe, une vieille copine de surcroît, qui ne demandait pas qu'on lui joue du violon, ni qu'on lui récite la carte du Tendre... le restaurant, une nouvelle table de la ville, était sans reproche... la bouffe succulente, le sancerre rouge sans problème... Tout allait bien. Julien n'avait pas connu de soirée aussi cool depuis longtemps. Peut-être même était-ce dans une autre vie. Et pourtant, il était mal. Indiscutablement mal.

– Et mon père qui déboule ! La panique !

Lydia jeta sa serviette sur la nappe et se renversa en arrière. Son rire était clair, formidablement franc et naturel. Elle reprit son souffle, écarta les mèches folles qui gênaient son regard noir...

– Je t'ai d'abord poussé sur le balcon... Tu nous revois ? Oh là là, le vaudeville !

Julien la trouva belle. Belle et vivante. Il jeta un coup d'œil autour de lui. C'était un resto pour couples, pour hors-d'œuvre nocturnes, avec feu dans l'âtre et chandeliers. Mais depuis qu'elle était entrée, Lydia aimantait les regards. Les autres mâles s'offraient des récréations clandestines, prenaient le risque de se faire taper sur les doigts. Il faut dire qu'elle avait fait fort. Julien lui-même en avait été soufflé : Lydia avait traversé la salle en traînant derrière elle son manteau de léopard comme un plaid de 2 CV. Elle avait la démarche des filles d'Alger d'avant 62, des filles de la rue d'Isly, quand elles passaient, hautaines et intouchables, sous les sifflets enfiévrés des bidasses du contingent. Une robe bleue électrisait son teint de vahiné. Relevée en corolle au-dessus des genoux, qu'elle avait toujours un peu trop forts, un peu trop potelés. Son décolleté – « mon arme favorite », disait-elle déjà, gamine... – affolait le serveur trop haut perché. Mais, plus encore, Lydia avait une manière de bouger, de se mouvoir dans l'espace, qui décoiffait les hommes à cent mètres alentour...

Julien savait ce qu'ils se disaient, les frères : ils se disaient qu'avec un tel tempérament, le plumard ou le trempoline, c'était pareil. Les jaloux le détaillaient autant qu'elle. Ils l'enviaient. Le jaugeaient. Leurs fantasmes supposés lui arrachèrent un sourire : il n'avait pas de Lydia un souvenir aussi volcanique...

– Et mon père qui s'étonne ! Qui me demande : « Mais qu'est-ce que tu fous à la maison à cette heure-là ? Tu es toute seule ?... » Et moi qui lui réponds : « Penses-tu, je suis avec mon amant !... » Il grogne, me traite d'imbécile, et va dans la cuisine. J'en profite pour te tirer du balcon et te planquer dans le grand placard de l'entrée !

– Avec ton affreux cabot qui n'arrêtait pas d'aboyer devant la porte. Il grattait avec sa patte, cet abruti. J'étais vert de trouille. Je n'avais même pas mes godasses pour partir...

– Oh, arrête !

Lydia reprit sa serviette et la plaqua contre sa bouche pour étouffer son fou rire. Des larmes perlèrent au coin des yeux. Elle prit un coin de la serviette, se tamponna légèrement les paupières...

– Quel âge j'avais ? Seize, dix-sept... Et toi ?

Malgré toutes ses précautions, le maquillage avait un peu souffert. Lydia s'était toujours assez lourdement fardé les yeux. La tache dérapante lui fit une petite mouche noire, juste sous l'œil gauche...

– La petite vingtaine...

Julien avait répondu distraitement. À nouveau, il repensait à Chris. C'était de sa faute s'il ne se sentait pas bien. Il s'imposait entre les plats, lui bouffait son entremets. Julien ne lui avait pas téléphoné en sortant de chez les Espagnols. La comédie du bistrot l'avait passablement écœuré. Il en avait eu marre de Chris, de son malheur, de sa rancœur... et la soirée avec Lydia tombait à pic, comme un départ en vacances. Il avait envie d'elle, de sa vie, de sa santé, de sa frivolité. Bordel, c'était bon aussi le soleil...

Maintenant, Julien regrettait de n'avoir pas au moins passé un coup de fil. Le remords le gagnait. Il voyait son copain tenter de le joindre toutes les trente minutes et raccrocher en écoutant le signal sonore du répondeur. Il devait être fou ! Julien se traita de salaud : il savait qu'en ne lui téléphonant pas, il mettait Christian à la torture. Depuis que Julien avait approché Gaby, il ne tenait plus en place, se faisait chaque jour plus pressant. Il fallait que Julien raconte, raconte encore... « C'est comme si je l'avais sous les yeux, avouait-il. Je ne pense qu'à ce salaud ! Il me hante le jour, me réveille la nuit. Et la nuit c'est pire, la nuit, je te jure, je veux sa peau... »

Julien songeait fréquemment aux longues heures d'insomnie de Christian. Mais le pire devait être le réveil : il le voyait sortir du néant. L'œil ouvert, mais sans mémoire, pour deux ou trois petites secondes peut-être... pas plus. Deux ou trois petites secondes où il n'y avait rien de changé. Et puis le déclic. L'atroce réalité. Le vivant qui découvre sa moitié de cadavre : un bras, une main, une jambe... Et puis là-bas dans un coin de la chambre, la carcasse métallique, avec ses grandes roues gantées de caoutchouc. Combien de fois Chris avait-il hurlé à son réveil ? Combien de fois avait-il pleuré ?

Pourquoi donc ne lui avait-il pas téléphoné ? Julien entendit Lydia roucouler dans le lointain...

– C'est dingue, j'ai envie de tout !

Sous les yeux médusés du maître d'hôtel, la jeune femme avait kidnappé le chariot de desserts. Il garnissait la troisième assiette d'une charlotte au coulis de framboise. Elle capitula à regret :

– Je m'arrête là. Avec tout ce que je bouffe, je devrais être énorme...

Elle s'était penchée vers Julien, les deux coudes posés sur la table, en attente d'un compliment. Poitrine offerte. Il avait sa friandise sous les yeux...

– Il ne faut pas trop se plaindre...

Faussement vexée, elle fit la moue :

– Mufle !

Le repas s'étirait. En dehors d'eux, il ne restait plus

qu'un seul couple. Lydia continuait à brasser les souvenirs. À l'autre bout du restaurant, le personnel patientait discrètement, feignait de s'occuper, lançait des regards à la dérobée. On se serait cru dans une salle d'attente. Julien cherchait désespérément comment poursuivre la soirée. Un jeunot de la rédaction, sûr de ses vingt-cinq ans, claironnait souvent qu'il y avait mille façons d'annoncer « à poil et au lit ». Julien n'avait jamais su. Même dans ses années folles. La préméditation, ce n'était pas son truc. Les circonstances commandaient, il se laissait porter par le courant. En forçant parfois un peu sur les rames. Avec Lydia, il n'était sûr de rien. Elle avait beau l'éclabousser de toute sa séduction, il n'y décelait aucune certitude. Il y a vingt ans, elle était déjà comme ça, Lydia. Elle avait toujours aimé plaire. Pour rien. Pour son plaisir, pour elle. La suite n'était pas obligatoire...

Le fond musical agaçait prodigieusement Julien. La seule fausse note de l'établissement. Le patron devait avoir les œuvres complètes de Richard Clayderman en stock. Est-ce pour cette raison qu'il y pensa ? Ou bien n'était-ce qu'un prétexte ? Pour se punir de n'avoir pas prévenu Chris ? Pour se rattraper ? Toujours est-il qu'il s'entendit dire :

– On prend un dernier verre au Dog ?

– Si tu veux.

Lydia avait l'air déçue. Mais Julien n'avait pas d'autre idée en réserve. Il avait passé l'âge des discothèques et les trois ou quatre cabarets de nuit de la ville donnaient tous dans le racket du plouc de passage. Le journaliste demanda la note. Moins de dix secondes plus tard, la soucoupe était sur la table...

– Laisse, c'est pour moi.

Lydia avait promptement confisqué l'addition.

– Pas question !

– Si, je t'assure...

– Tu veux rire...

Il lui en voulut de déclencher la traditionnelle et grotesque bataille de fin de repas...

– Sois sympa... J'ai vraiment envie de t'offrir cette soirée...

Elle avait parlé fort. Julien faillit protester encore une

fois, mais l'expression ébahie saisie sur le visage de l'autre client le fit céder. Il était accompagné d'une blonde faussement vamp qui devait lui coûter une petite fortune. D'un regard amusé, Julien renvoya le type à sa Marilyn de sous-préfecture…

– D'accord. Mais à une condition : dans vingt ans, ce sera mon tour…

Lydia rigola :

– Tu y gagnes. Avec l'âge, il paraît qu'on mange moins.

Son sac sur les genoux, elle sortit un portefeuille qui n'en pouvait plus d'accueillir les billets de cinq cents francs. Elle avait toutes les cartes de crédit possibles et imaginables. Elle choisit la carte bleue des V.I.P., dorée sur tranches. Papa et maman étaient encore là. Lydia n'était pas dans le besoin.

12

Le samedi soir était toujours calme au Dog Green. Bien plus que la semaine. Il aurait fallu un tremblement de terre ou vingt centimètres de neige pour empêcher les motards d'enfourcher leurs Harley. Ils partaient en bandes pétaradantes vers la côte, écumaient les petites stations balnéaires encastrées dans les falaises, faisaient étape dans les boîtes et les casinos qui, hors saison, n'ouvraient que le week-end. On était plus près de la salle des fêtes que de Cannes ou Deauville. Les « tout-cuir », comme les surnommaient les autochtones, étaient parfois un peu turbulents, mais rarement méchants. Et puis, en période de disette, ça faisait marcher le commerce…

De plus, ce samedi était celui du grand rallye annuel. Une sorte de jeu de piste inoffensif dont une dizaine de pionniers avaient lancé l'idée quelques années auparavant et qui, aujourd'hui, drainait trois à quatre cents concurrents. Une manif qui avait fâcheuse réputation, sous prétexte qu'elle échappait à tout patronage officiel. Dans les salons de province, on en parlait avec des pincettes, comme d'effrayantes bacchanales dédiées à Lucifer. C'était un peu vrai dans sa partie finale. Julien savait que le rodéo s'achevait traditionnellement par une foire à tout casser dans un obscur manoir caché au fond des bois.

Ne restaient donc plus au Dog que les oubliés ou les lassés de la fête. Restait Gaby, que personne sans doute ne tenait à inviter. Dès son entrée dans le bar, Julien se sentit happé par son regard de serpent. Il se raisonna : tout le monde s'était retourné, à leur entrée. Avec sa robe bleue à corolle, Lydia faisait autant d'effet qu'une ballerine en tutu dans une fête foraine. Et son costume croisé anthracite, même sans cravate, ne collait pas non plus dans le décor. Mais depuis qu'ils s'étaient calés dans leur box, plus personne ne faisait attention à eux, si ce n'était l'excité du comptoir qui plongeait dans le décolleté en faisant des rêves porno. Gaby, lui, massait doucement son verre de bière entre ses mains. Yeux baissés, il écoutait le blues du samedi soir…

Le patron apporta la bouteille de Jack Daniel's.

– Jimmy Reed ? interrogea Julien.

Mais il était sûr de lui.

– Oui. *Knockin' at your door*, approuva le tôlier.

Lydia sifflota d'admiration entre ses dents.

Le « Dog » appuya ses deux mains et se pencha vers eux. Sa chemise écossaise était largement échancrée et laissait apparaître son torse velu comme un tapis-brosse.

– J'attends encore, mais dans une petite heure je ferme la boîte pour qu'on puisse rester entre nous…

Il tourna la tête et, du menton, désigna un groupe qui discutait dans le fond de la salle.

– Calvin Russel est là. Il vient de donner un concert dans la région, et comme c'est un vieux pote, il est passé me voir. Tout à l'heure, il va prendre sa guitare. Vous restez avec nous ?

– Volontiers.

Calvin Russel. Il aimait bien.

– Calvin qui ? se renseigna Lydia dès que le patron eut le dos tourné.

– Russel.

Et Julien lui expliqua.

Le patron fit comme il avait dit. Les trois ou quatre indésirables levèrent le camp, et il ferma boutique. Entouré de sa cour d'admirateurs, Calvin Russel s'installa sur un tabouret. Il retira son blouson-jean, laissant apparaître des muscles de bourlingueur sous son tee-shirt passé. Le succès qui pointait ne changeait pas Calvin : toute sa vie, il resterait l'un de ces *hoboes* qui bourlinguent clandestinement dans les trains américains et qui, pour survivre, jouent dans les *beer-joints*. Calvin avait beaucoup usé et abusé. Il prit sa guitare. Et commença.

– Quelle gueule il a, ce mec, murmura Lydia, admirative. C'est comme Reggiani. Avec cette tête et cette voix, il peut chanter n'importe quelle connerie, on est pris...

Julien faillit hurler au sacrilège. Puis se ravisa. Au fond, elle n'avait pas vraiment tort : Calvin et Reggiani avaient tous deux une gueule à creuser leur tombe...

This is my life, chantait le cow-boy à tête de Sioux de sa voix embrumée. Il flottait maintenant comme un air d'humanité sous les lumières tamisées. Le blues distribuait sa potion, pénétrait les âmes, rendait tout le monde frères de sang. Julien décollait doucement. Il se sentait bien : Lydia, son Jack, et Calvin en *live*... Gaby ne l'intéressait même plus. Il le distinguait, là-bas, dans la pénombre, qui se rongeait perpétuellement les ongles, qui rognait des lambeaux de peau avec l'acharnement d'un clebs sur son os. Il le regardait, il s'en foutait...

La jambe de Lydia vint doucement se coller contre la sienne. Malgré l'euphorie du moment, il ne crut d'abord pas à la bonne nouvelle. Mais le frottement persista. Tournée vers Calvin Russel, la jeune femme n'offrait que son profil à demi masqué par ses cheveux. La jambe accentua encore sa pression. C'était imperceptible, mais dans ces moments-là il est des frôlements qui pèsent une tonne...

– J'ai une chance ? demanda-t-il à l'oreille de Lydia.

Elle se tourna vers lui, contre lui. Il se sentait un peu ivre.

– Est-ce que j'ai une chance ? répéta-t-il.

Elle l'accrocha d'un regard de belle au bois dormant au réveil.

– On va faire un jeu. Si c'est oui, tu fermes une fois les yeux. Si c'est non, deux fois...

Lydia se glissa contre son épaule, posa une main langoureuse sur sa poitrine. Et ferma longuement les yeux. Une seule fois.

– Gros malin, chuchota-t-elle.

Julien se pencha sur sa bouche, embrassa légèrement ses lèvres. Elle lui saisit la nuque, l'attira plus encore vers elle. Pour un vrai baiser…

Ils quittèrent le Dog Green peu après. Vers trois heures du matin. Lydia avait la démarche incertaine.

– Je suis un peu partie, avoua-t-elle avec un sourire de pécheresse.

– Moi aussi, confessa-t-il.

Ils sortirent dans l'indifférence générale. Calvin Russel et ses ballades de vieux routard US envoûtaient la maigre population du Dog Green. Seul le patron, visiblement fier de sa soirée, les salua de loin, le bras levé. Mais Julien eut le tort, au moment de franchir la porte, de se retourner brusquement. Il le fixait. Intensément. Gaby s'était dégagé du groupe d'admirateurs et, légèrement penché en arrière, les deux bras tendus sur le comptoir, le palpait, le fouillait des yeux. Lui, et pas un autre.

Julien chassa le mauvais œil avec négligence. Une fois dehors, il prit tendrement Lydia par l'épaule.

– On va où ?

La question était forcément idiote. Mais Lydia ne l'était pas :

– Je n'ai pas de chez-moi ici, tu sais…

Le chemin fut joyeux et bruyant. Ils entrèrent dans l'appartement comme un couple de bambocheurs. Dans la pénombre, Julien aperçut le voyant rouge du répondeur téléphonique qui clignotait : Chris… Mais il s'en foutait. Lydia collait son corps au sien et l'embrassait avec avidité. Debout au milieu de la pièce, ils jouaient à l'amour fou. La jeune femme avait balancé son manteau de léopard à terre et commençait à le déshabiller en experte. Cette habileté déconcerta un peu Julien. Depuis le début de la soirée, il avait éprouvé pour Lydia un désir teinté de nostalgie. Il avait tenté de rameuter ses souvenirs : les émotions, les maladresses, les tâtonnements de leurs premiers ébats… Faute de les retrouver, il les avait inventés, pour ne pas dire idéalisés.

Mais ce n'était pas la Lydia du jour, elle appartenait au

passé. Elle égrena les boutons de sa chemise avec aisance et la ceinture du pantalon – difficulté majeure – céda sans problème. Julien voulut se mettre au diapason, mais échoua lamentablement sur la fermeture éclair de la robe. Bras repliés vers l'arrière, Lydia se chargea elle-même de l'opération, et par la grâce d'un seul déhanchement, la corolle s'affala en cercle autour de ses pieds. Julien en profita pour enlever promptement son slip et ses chaussettes : à poil et en chaussettes, c'était le comble de l'abomination... Il trébucha, dut sautiller sur une jambe à deux ou trois reprises pour ne pas perdre l'équilibre. Lydia eut un rire étouffé. Elle fit un pas de côté et apparut dans la lueur bleue d'un morceau d'enseigne qui éclairait faiblement le living. Elle ne portait rien sous sa robe...

Elle s'approcha de lui et Julien, subjugué, frissonna sous le frôlement de ses seins. Ces seins magnifiques qui avaient affolé ses vingt ans.

– Là, tout de suite, sur la moquette...

Elle continuait de prendre l'initiative. Julien se laissait faire, voluptueusement égaré. Ils s'agenouillèrent maladroitement, puis roulèrent sur le sol, furieusement enlacés. Le manteau de léopard se fit complice, les accueillit moelleusement. Lydia se lova autour de son dos, de ses reins, de ses jambes avec une souplesse de danseuse... Julien se sentit lourd, laborieux. Pataud.

– Tu devrais faire un peu de gym, murmura-t-elle d'un ton moqueur en pinçant les bourrelets qui prospéraient autour de sa taille.

Mais il n'écoutait plus, laissait errer ses doigts sur le dos de la jeune femme. Sa peau était comme humectée, recouverte d'une fine pellicule de sueur...

– Tire ta fermeture éclair, Julien...

– Pardon ?

Il ne comprenait pas.

Elle se redressa au-dessus de lui, encadrant le visage du journaliste de ses deux bras tendus. Dans la pénombre bleutée, Julien crut déceler une moue de déception, de reproche...

– Tu ne te rappelles pas ? Je disais : « Tire ta fermeture éclair, comme ça je pourrai entrer en toi... »

Elle retomba doucement sur lui. Ses cheveux fouettèrent

le visage de Julien, lui cinglèrent la mémoire également : les cheveux... Cette lourde tignasse dans laquelle il enfouissait son désir. Il s'y cacha à nouveau, ému par le parfum qu'exhalait sa peau. Julien fouillait dans ses souvenirs, cherchait une gosse de seize ans, tremblante et palpitante. Maintenant, Lydia le caressait, le dirigeait, le commandait. Elle avait des mains de femme qui savait, qui avait appris...

– Ça nous rappellera le bon vieux temps, susurra-t-elle en lui mordillant l'oreille.

Julien n'en était pas si sûr.

13

Julien n'avait pas de dimanche à lui. Volontairement. Il haïssait les dimanches comme on peut haïr les pubs qui tronçonnent les films à la télé. Ou le téléphone qui vous somme sous la douche. Cela lui venait de l'enfance. Le mortel ennui des processions en famille et des tablées domestiques l'avait marqué à tout jamais. Plus tard, sa femme avait voulu le faire rentrer à nouveau dans le giron. Elle n'avait pas pu. Elle avait eu beau gémir, se plaindre, envier ouvertement ses copines, les couples amis et leurs week-ends de groupe, prévus trois mois à l'avance... il n'avait jamais cédé. Au mieux il quittait la table du gueuleton, une heure avant le dessert... au pire il laissait tout le monde partir sans lui. Le métier, disait-il... Et rien ne le libérait plus que de filer au journal, jouissant secrètement des conversations apitoyées qu'il laissait derrière lui. Ils le plaignaient, ces abrutis...

Aussi ce week-end de repos avait-il été inattendu. Julien n'avait pas pu refuser. Question de service : il devait, à partir de lundi soir, effectuer un remplacement d'une semaine à la tête du service des informations générales, et le rédacteur en chef lui avait octroyé ces deux jours comme une faveur. Julien avait tenté de refiler clandestinement son dimanche à l'un de ses confrères, mais il n'avait pas trouvé preneur. Aux « infos géné », les rédacteurs planifiaient leurs ères de repos avec méticulosité.

Il les avait maudits. Jusqu'au moment où était apparue Lydia. Ils avaient vite quitté la moquette du samedi soir pour la couette douillette du dimanche, et les heures s'étaient écoulées, paresseuses et marrantes. Entre deux étreintes, ils avaient pique-niqué au champagne et au foie gras dans le plumard dévasté, et s'étaient dorlotés tandis que Rick Hunter flinguait à tout va dans la télé. Ils avaient rigolé du passé et du présent sans jamais se risquer à grignoter sur l'avenir. La seconde nuit avait été douce, presque chaste. Les adieux avaient été évasifs, ils s'étaient quittés le lundi matin en promettant de se revoir très vite, mais sans trop de précisions. Julien avait eu la confirmation que Lydia ne manquait de rien. Ses parents, toujours pleins aux as, cherchaient pour elle une petite boutique sur la Côte d'Azur. Lydia attendait leur coup de fil pour programmer son départ. Elle désirait se lancer dans le colifichet, style bijoux de fantaisie et fringues-gadgets. Julien pensa que cela lui irait bien...

Lundi donc, vers 18 heures, Julien poussa gaiement la porte de la rédaction. Il était en apesanteur. Les esprits féministes en auraient sans doute conclu à l'état classique du mâle repu et content de lui... Ils auraient eu tort. Julien était simplement heureux de s'être offert quelques heures d'insouciance. Par les temps qui couraient, c'était un luxe rare...

Après avoir salué les deux oiseaux de nuit qui allaient travailler avec lui, Julien s'installa dans le cagibi qui servait de bureau au responsable des informations générales. La vue rébarbative des chemises en carton gonflées par l'accumulation des dépêches du week-end ne le rebuta même pas. Ce travail qu'il avait déjà exercé par intérim à plusieurs reprises n'était pourtant pas de son goût. Il n'avait jamais compris où pouvait se situer le prestige d'une telle rubrique dans un journal local. Aux yeux de la direction, les « infos géné » devaient être réservées à l'élite de la rédaction. Ce qui, professionnellement parlant, était une aberration. Ce boulot n'exigeait aucun flair, aucune imagination. Il consistait à suivre, si ce n'était à subir, l'actualité. On marchait dans les traces des grands organes de presse, et surtout, surtout, on obéissait aveuglément à l'agence France-Presse, Bible tout autant décriée qu'indispensable. Ne restait plus qu'à sélectionner, trier, et à foutre au panier les trois quarts des nouvelles qui ne rentraient pas dans les colonnes du canard. C'était du journalisme assommant, frustrant. Du journalisme assis. Les rédacteurs des infos géné, le cul posé sur leurs fauteuils à roulettes pendant des heures, se crevaient les yeux en faisant défiler les lignes sur leurs écrans. Ils étaient les rois de la synthèse, de la correction, de la suppression. Aux antipodes de la vraie profession.

La grande satisfaction de ces envoyés spéciaux aux téléscripteurs, comme les surnommaient cruellement les journalistes de terrain, se limitait à trouver un bon titre. C'était le scoop du pauvre. Et Julien, malgré sa répugnance, s'était laissé piéger comme les autres. Un jour, pour saluer le départ de François Mitterrand en URSS – c'était avant que Lénine ne tombe en poussière –, il avait titré à la une : « Tonton au pays des soviets ». Le lendemain matin, le directeur du journal avait failli tomber à la renverse en hurlant à l'irrespect. Jusqu'au moment où sa femme lui avait annoncé que le titre avait été cité sur une radio. Flatté, il s'était radouci. Julien, écœuré, s'était promis de ne plus faire de zèle…

Vers vingt-deux heures, tout était pratiquement bouclé. On n'attendait plus pour la soirée qu'un compte rendu de match de coupe d'Europe de football. Tout le reste ne serait qu'imprévus. Il en faudrait un gros pour rafraîchir la une… Julien s'apprêtait à passer une nuit paisible. Le Dog Green lui était interdit pour la semaine, et il n'en n'était pas vraiment mécontent. L'image inquiétante de Gaby lui traversa l'esprit, mais il la chassa brutalement pour laisser venir celle, infiniment plus séduisante, plus rassurante, de Lydia. Il était ennuyé pour Chris aussi : il l'avait rappelé dimanche matin, bien entendu. Aux aurores. Julien, surpris en pleine félicité, l'avait assez brutalement prié de lui foutre la paix durant quelques jours. Christian n'avait pas protesté. Étonnamment résigné, il avait raccroché sans même demander d'explication. Julien chassa l'ombre de repentir qui l'assaillait à nouveau : il n'allait pas recommencer à culpabiliser…

Il sentit une petite faim qui pointait et interrogea les deux confrères qui bossaient avec lui :

– On monte bouffer bientôt ?

– J'en termine avec cette synthèse de merde, répondit Antoine, et on y va. C'était nul, incompréhensible. J'ai dû tout refaire...

– Dans combien de temps ?

– Un petit quart d'heure.

– Et toi ? demanda Julien à l'autre stagiaire.

– Je boucle la maquette de la quatorze et j'ai fini.

Julien était content de travailler avec ces deux gamins. Consciencieux et attentifs, ils succédaient pour la nuit aux mandarins du jour, aux titulaires du poste. Ils ne se prenaient pas au sérieux. Leur truc à eux n'était pas le journalisme mais la musique. Ils avaient créé un orchestre de rock qui ne tournait pas trop mal. La réputation des « Wonderer » commençait à dépasser les frontières régionales. Ils avaient même un titre qui frissonnait au « Top 50 ». Julien se promit de les asticoter sur la nullité des groupes français, tout à l'heure, à la cantine. Il décrocha le téléphone :

– Pour tout le monde ?

– Ouais, répondirent les deux jeunes en chœur...

Julien appelait le cantinier. Pour les frites, il fallait commander. Bocuse mettait moins de temps pour préparer un plat trois étoiles. À peine eut-il raccroché que le téléphone sonna à nouveau. Julien reprit le combiné en main :

– Monsieur Julien ?

C'était le gardien de nuit. À cette heure-là, toutes les communications passaient par lui.

– Oui.

– C'est pour vous.

Il attendit. Il y eut un blanc dans la communication.

– Julien ?

– Oui.

– C'est Christian.

Julien eut un noir pressentiment. La voix de son ami était méconnaissable.

– Salut, Chris, justement, je...

– Faut que tu viennes, Julien. Tout de suite...

– Ce n'est pas possible, Chris. Tu le sais bien. Je suis de nuit...

– Maintenant. Je t'en prie...

Julien sentit son estomac se contracter. Christian n'était pas dans son état normal. Quelque chose clochait...

– Mais enfin, Chris, qu'est-ce qui se passe ?

Il crut déceler un gargouillement dans la voix de son copain, une sorte de sanglot durement réprimé...

– Hélène est morte.

– Qu'est-ce que tu dis ?

– Elle s'est tuée.

– Ce n'est pas vrai !

Le cri de Julien transperça le silence studieux de la salle de rédaction. Il s'était levé comme pour fuir, bousculant des dizaines de dépêches qui s'éparpillèrent sur le sol. Il porta une main à son front, la crispa sur sa peau.

– Ce n'est pas vrai, ce n'est pas vrai...

Son regard croisa celui des deux jeunes rockers qui, stupéfaits, s'étaient arrêtés de travailler. Il ne les voyait pas.

– Viens, Chris, viens...

– J'arrive.

Il abattit le combiné sur son socle, resta debout, les deux mains appuyées sur le bureau. Un tremblement agitait ses jambes, qu'il ne pouvait contrôler. Il était vidé, lessivé...

– Ça ne va pas, Julien ? T'es blanc comme un linge...

Antoine s'était timidement approché :

– Faut que je m'en aille. Antoine, c'est important.

– Bien sûr, pas de problème...

Julien rafla l'imper posé sur une chaise, chercha ses clés de voiture dans ses poches.

– J'essayerai de vous rappeler dès que je le pourrai...

– Ne t'en fais pas, on assure.

Il faillit l'envoyer paître. C'était bien le moment de se soucier du journal ! Mais il se retint à temps. C'était injuste. Julien posa une main paternelle sur l'épaule du journaliste stagiaire. Antoine était d'une minceur extrême, flexible comme on peut l'être quand on se nourrit de rêves en musique. Derrière ses petites lunettes rondes à monture de métal, il baladait un regard lunaire de poète en exil...

– Merci, dit simplement Julien.

Pris de nausées, il s'arrêta dans les toilettes. Penché au-dessus du lavabo, il encaissa une succession de hoquets douloureux et stériles. Son estomac était vide. Julien ouvrit un robinet et s'aspergea le visage d'eau. Puis il sortit.

14

Toutes les pièces de la maison étaient allumées. Julien s'arrêta sur le seuil, prit le temps d'une profonde inspiration et entra sans sonner.

Une bonne demi-douzaine de personnes occupaient la pièce. Groupées, assises ou debout autour de la table ronde. Les membres de la famille, tous du côté d'Hélène. Julien les connaissait plus ou moins bien. Seul Christian se tenait à l'écart. Tassé dans son fauteuil, l'épaule affaissée, le visage enfoui dans sa main valide. Il ne l'avait pas entendu arriver.

– Ah, vous voilà, vous !

Le père d'Hélène s'avança vers lui. Julien s'arrêta. L'exclamation avait sonné comme un reproche. Comme un blâme. L'homme qui lui faisait face avait la douleur énergique et les yeux secs. Il était comme il avait été durant toute sa vie. Un lutteur. Fier d'avoir démarré au plus bas et de s'être hissé par le travail, fier d'avoir été apprenti menuisier et de diriger aujourd'hui une fabrique de meubles, fier d'être un manuel, aussi dur avec les autres qu'il l'était avec lui-même. Il n'avait jamais eu d'autres problème que de bosser comme un malade, dirigeant sa famille comme son entreprise. En patriarche tyrannique. Ça n'avait jamais vraiment collé avec Christian, qui en avait eu vite marre de voir son beau-père arborer ses cals sur les mains comme les stigmates du Christ. Quant au vieux, il ne se gênait pas pour considérer ouvertement son gendre comme un inutile. Et il mettait Julien dans le même sac.

– Voilà le résultat de toutes vos conneries !

Julien le regarda silencieusement. Il ne comprenait pas.

– Emmène-moi, Julien, emmène-moi...

Il tourna la tête. Accablé, le teint cireux, Christian balançait doucement la tête de droite à gauche...

– C'est ça, emmenez-le, avant que je ne le balance, lui et sa chaise d'infirme ! Allez-y ! embarquez-le, qu'on ne le voie plus, ce salaud !

Julien s'approcha de son ami. Se pencha vers lui :

– Qu'est-ce qui s'est passé, Chris ?
– Elle s'est tuée. Elle s'est jetée de la falaise avec la bagnole...
– Mais pourquoi ?
– Je n'en sais rien, moi !
Quelqu'un tapota doucement sur l'épaule de Julien :
– Emmène-le, ça vaudra mieux...
Il se redressa. Pascal, le frère cadet d'Hélène, avait les traits ravagés par le chagrin, tuméfiés comme ceux d'un boxeur matraqué. Tous deux s'adoraient.
– Jusqu'à demain, Julien. Mon frère et ma mère arrivent demain...
Le beau-père s'était dangereusement approché lui aussi. C'était l'un de ces types massifs qui jamais ne s'avachissent sous le poids et l'âge, qui engraissent avec force...
– Vous pouvez bien ne pas revenir. Vous pouvez disparaître. On n'en a rien à foutre.
Julien s'inquiéta. Les joues du bonhomme tressautaient comme de la gélatine. Il avait des lueurs de meurtre dans les yeux. Julien le sentit près de disjoncter.
– Sois gentil, emmène-le, répéta Pascal.
– Oui, bien sûr..., chuchota Julien.
– Je vais prendre quelques affaires...
Christian fit péniblement rouler son fauteuil et disparut dans la chambre.
– Mais qu'est-ce qui s'est passé ?
Julien répétait sa question au frère. Il aimait bien Pascal. C'était un garçon calme, pondéré, un peu trop passif peut-être. Tout comme Hélène, il ne s'entendait pas très bien avec son père. Ce dernier voyait en lui son successeur à la tête de la menuiserie. Mais Pascal avait d'autres projets en tête et, pour retarder au maximum l'affrontement, s'égarait dans de vagues études commerciales...
– On l'a retrouvée en bas de la falaise... Dans la voiture... c'était horrible...
Pascal s'exprimait avec peine, ses phrases hachées par les sanglots. Il s'écroula dans le canapé...
– On l'a découverte quand ?
– Cet après-midi. Les pompiers ont mis des heures à la sortir de la ferraille... Mon Dieu, mon Dieu, qu'est-ce qui lui a pris ?

C'était quand ? Deux ans, trois ans ? Julien se souvenait... Il faisait beau, chaud, ils déjeunaient tous les trois sous le pommier, dans le jardin. Julien avait raconté l'incroyable aventure de deux amoureux qui, juchés sur un blockhaus accroché au bord de la falaise, se bécotaient, tendrement enlacés. La terre s'était détachée, le blockhaus avait glissé. Et soixante mètres plus bas, on avait retrouvé les deux amoureux, recouverts de gravats, mais toujours enlacés. Et indemnes. « C'est bien la première fois, avait dit Julien, que la falaise rate son coup... » La falaise attirait régulièrement les désespérés. Et, au petit matin, on retrouvait leurs corps disloqués sur les galets. « Quelle horreur ! s'était exclamée Hélène, jamais je ne me tuerai comme ça, j'aurais trop peur ! » Julien avait éclaté de rire. Et Christian aussi. Hélène était jolie à croquer, dans son bikini blanc. Ce jour-là, Julien avait envié son copain...

– Elle a laissé quelque chose ? Elle a écrit un mot ?

Julien s'était assis à côté du frère d'Hélène. Pascal releva la tête, essuya ses larmes, posa son menton sur ses poings fermés.

– Rien du tout. Il y avait plein de photos déchirées dans la voiture, et des morceaux de vieilles lettres. Des vieilles lettres de Chris...

Julien songea à ce que lui avait révélé son ami l'autre jour...

– On savait bien sûr que ça n'allait pas. Ça se voyait bien, mais elle ne voulait rien dire, pas même à moi. Papa a voulu s'expliquer avec elle, ça n'a servi à rien, c'était un vrai mur. Il est venu parler avec Chris aussi, mais ils ne se sont jamais compris tous les deux, alors, évidemment, ça s'est terminé en engueulade...

Il comprenait mieux l'hostilité du beau-père...

– Elle est où, maintenant ?

– À la morgue. On en revient.

C'est Christian qui avait répondu. Il était sorti de la chambre, un petit sac de sport sur les genoux.

– On y va ?

La phrase eut un effet glaçant sur Julien. Le ton était détaché, inconvenant. Chris avait toujours le teint aussi blême, les traits aussi tirés. Mais il avait retrouvé un semblant de sang-froid...

Pascal se leva en même temps que lui.
– Je vais vous aider.
Julien jeta un coup d'œil vers les autres membres de la famille, sans savoir s'il devait les saluer ou pas. Mais ils lui tournaient tous le dos. Les proches serraient de près le beau-père, tentaient de l'apaiser. Au-dessus des murmures, il entendit : « Le fumier… le fumier… », et un poing qui s'abattait sur la table. Julien referma la porte de la maison derrière lui avec soulagement.
Il laissa faire Pascal. Celui-ci avait l'habitude, il replia aisément le fauteuil roulant qu'il plaça dans le coffre. Julien se demanda s'il avait bien pigé le mécanisme, et en même temps s'accusa d'avoir des soucis aussi futiles dans un moment pareil. Chris se tenait debout. Il tourna autour de la voiture en s'accrochant à la carrosserie. Il parvint ainsi à se déplacer en tirant sa jambe inerte, en la faisant glisser sur le sol comme un fardeau. Il ouvrit la portière à l'aide de sa main gauche et s'installa tout seul sur le siège. Julien serra la main du frère d'Hélène et prit place à son tour. La dextérité de son copain l'avait surpris.
– Tu n'as rien à craindre, je sais me débrouiller tout seul.
Christian avait lu dans ses pensées. Vexé, Julien haussa les épaules et démarra.
Ils parvinrent dans le centre-ville sans s'être dit un mot. Julien voulut prendre par la place de la cathédrale et se retrouva dans un chantier. La rue était barrée. Il jura entre ses dents. Les travaux du métro gagnaient du terrain chaque jour…
– On va prendre par les quais, décida-t-il.
– As-tu quelque chose à boire, chez toi ? demanda Christian.
– Pas grand-chose…
En fait, il n'y avait plus rien. Lydia et son week-end…
– On n'a qu'à passer chez Carboni.
Cela obligeait Julien à replonger dans la vieille ville, mais il effectua la manœuvre sans protester. Son vieux pote Jack Daniel's ne serait pas de trop cette nuit…
Il s'arrêta près de la fontaine.
– Tu ne lui dis rien surtout !
– Évidemment.
Il descendit de voiture et regarda sa montre. Onze heures

dix. Il fallait absolument qu'il donne un coup de fil au canard. Julien remonta le col de son imper et pressa le pas. Le vent d'ouest faisait une incursion jusqu'à l'intérieur des terres. L'hiver posait ses banderilles et la ville était lugubre...

Antoine Carboni le vit entrer dans sa boutique avec effroi. C'est du moins ce qu'il sembla à Julien.

– Ce n'est pas le moment. Plus tard... Je vous dirai plus tard...

Interloqué, Julien le rassura :

– Je ne suis pas là pour ça, je viens chercher une bouteille...

Carboni s'empressa de le servir. Comme s'il allait fermer tout de suite derrière lui. Il n'avait pas de Jack, bien entendu. Ce n'était pas le genre de la clientèle. Mais Antoine lui recommanda un bourbon vaguement canadien.

– Pas mauvais, assura-t-il.

Julien en doutait. Au tarif de nuit, le prix était trop indulgent.

Carboni mit la bouteille dans un sac en papier, à l'américaine, et la lui tendit. C'est tout juste s'il ne le poussait pas, s'il ne le jetait pas dehors. Julien tendit un billet de deux cents francs.

– Je n'ai pas de monnaie, s'excusa-t-il...

– Ça ne fait rien, vous paierez la prochaine fois.

Il parlait mécaniquement, sans le regarder, guettant la rue déserte.

Julien sortit, perplexe. Un commerçant traqué par le fisc aurait eu l'air moins anxieux. Antoine Carboni n'était pas dans son assiette.

15

L'opération « escalier » se révéla pénible. C'était autre chose que de monter dans une voiture. Julien habitait un troisième étage sans ascenseur. Comme tout le reste de l'immeuble, la cage d'escalier avait été parfaitement restaurée. On avait conservé les grands pavés rouges octogonaux et les lambris de bois. Les marches, larges et peu abruptes, tournaient en douceur, n'offrant aucune difficulté particulière. Sauf pour Christian. Parvenu sur le premier palier, il dut s'arrêter pour souffler. Et Julien avec lui. Fort heureusement, la rampe se déroulait du bon côté. Côté gauche. Mais après quelques marches, Julien avait dû prendre en charge l'autre moitié du corps, celle que Chris ne pouvait plus hisser tout seul.

– Il va falloir que tu m'aides, avait-il demandé en montrant du regard sa main droite qui s'abandonnait, lamentable, le long du corps. Je t'ai dit que je pouvais me débrouiller, mais pas pour escalader l'Everest...

Julien avait empoigné la main. C'était la première fois qu'il la touchait. De saisissement, il avait failli la relâcher : elle était glacée. Puis il s'était glissé sous l'épaule de son copain pour le soutenir. C'est ainsi qu'ils avançaient. Mètre après mètre.

– On y va ?

– On y va...

Julien entendit une porte claquer. Si quelqu'un nous croise dans l'escalier, il va croire à deux mecs défoncés... La scène lui apparut parfaitement surréaliste : Hélène venait de se tuer, et ils étaient tous les deux en train de peiner dans un escalier, l'un avec sa patte folle, l'autre avec une bouteille de bourbon dans la poche de son imper.

Ils entrèrent en vacillant dans l'appartement comme deux blessés dans une infirmerie. Éreinté, Christian se laissa tomber dans un fauteuil, puis cala son corps en une demi-douzaine de petits soubresauts. Ce siège n'était pas le sien. Il avait du mal à trouver sa meilleure position.

– Tu comprends mieux pourquoi les handicapés gueulent, ironisa-t-il. C'est un exercice que l'on devrait faire faire à tous ceux qui construisent des baraques...

Julien s'apprêtait à redescendre : il devait prendre la chaise d'infirme et le sac de sport. Il voulait également trouver une autre place pour sa bagnole. Il s'était garé n'importe comment pour être au plus près de l'immeuble.

– Donne-moi un verre avant, s'il te plaît, j'en ai besoin...

Julien alla dans la cuisine et revint avec deux verres et

un bol rempli de glaçons. Il prit la bouteille de bourbon, la dénuda de son sac en papier et la posa sur la table.

– Tout à l'heure pour moi. Je vais d'abord chercher tes affaires.

– Comme tu veux.

Julien revint une dizaine de minutes plus tard. Il n'avait rien trouvé pour sa voiture. Il posa la chaise roulante contre le mur et s'affala à son tour dans le canapé. Exténué. Dans dix ans, s'il ne veillait pas à sa forme, il marcherait avec une canne… Chris, d'un air dégoûté, renifla son verre déjà presque vide.

– Qu'est-ce qu'il t'a refilé, Carboni ? De l'eau-de-feu pour les Indiens ?

– Je ne sais pas, mais en tous les cas il avait une tête d'empoisonneur.

– Comme d'habitude.

Julien n'insista pas. Ce n'était pas le moment de lui parler de la sale gueule de Carboni…

– Merde ! Le téléphone ! Il faut que j'appelle…

Il se rendit compte qu'il avait oublié de brancher le répondeur et composa le numéro de la rédaction. Le gardien de nuit était sorti se prendre un petit remontant et avait basculé la ligne. Il obtint directement Antoine. Celui-ci le rassura aussitôt :

– Aucun problème, Julien, tout baigne. Le match de foot est casé ; j'ai pris la première synthèse et j'ai titré le résultat en une, dans « l'oreille ».

Julien jeta un coup d'œil sur la pendulette noire et design qui trônait sur son bureau. Elle était chouette. Mais sans cadran. Les aiguilles donnaient l'heure au pif. C'était d'un pratique. Julien reporta sa confiance sur sa montre…

– Encore deux heures de boulot, Antoine, et c'est bon.

– Ne t'en fais pas… Ça va, toi ? Rien de grave ?

Julien se tourna instinctivement vers Christian. Visage impassible, il faisait tourner son verre, paraissait absorbé par les reflets de l'alcool dans la lumière…

– Ça va.

– Tant mieux. Au fait, il y a eu un coup de téléphone pour toi. Une nana…

– Lydia, murmura Julien. Elle n'a rien dit ?

– Non. À demain soir, alors ?

– À demain…

C'est alors qu'il y pensa…

– Antoine, Antoine ! cria Julien.

– Oui ?

Il ne pouvait pas lui demander. Il fallait qu'il s'en occupe lui-même.

– Passe-moi la locale, s'il te plaît. Le secrétaire de nuit.

– D'accord.

– Merci.

Les recherches furent laborieuses. Le secrétaire de rédaction était à l'atelier. Au marbre.

C'était un nouveau. Dans la boîte depuis moins de trois semaines. Encore un, songea Julien, exaspéré. Des embauches provisoires, des stagiaires, ça n'arrêtait pas. Depuis quelque temps, le journal était devenu un vrai moulin : des mômes déboulaient dans la profession comme s'ils poussaient une porte au hasard. Blasés avant même d'écrire cent lignes, ils repartaient au bout de six mois vers d'autres boulots de remplissage. D'autres restaient, qui étaient recrutés, sélectionnés, et que Julien comprenait encore moins. Des jeunes gens qui ne voyaient pas le jour, au teint pâle, aux yeux rougis par les longues veilles devant l'écran. Les albinos de l'informatique sculptaient le métier au curseur, baignaient dans leurs cristaux liquides. On avait regroupé la nouvelle secte à l'étage au-dessus, dans des laboratoires d'expérimentation. Julien s'y était rendu une seule fois, avait découvert une longue tablée de clones aux gestes rituels. L'information n'y avait plus que l'apparence d'un produit congelé. On la traitait, on la stockait. Le clan des McIntosh et de la petite souris verte préparait un avenir sans papier, sans encre et sans odeur. Demain, il serait maître du journal…

Julien entendit une voix frêle à l'autre bout du fil. Il interrogea : est-ce que les faits divers locaux étaient mis en pages ?

– Oui, monsieur…, répondit poliment le jeune homme.

– Est-ce qu'il y a un suicide à la falaise ?

– Oui, monsieur…

– Mais vous êtes dingues, hurla Julien. C'est la femme de Christian…

Il s'arrêta. Pour le gamin, c'était de l'hébreu. Chris jouait toujours avec son verre dans la main. Comme s'il n'avait rien entendu.

– Passe-moi le chef d'atelier !

– Oui, monsieur.

Julien se calma. Le malheureux gosse n'y était pour rien. Le journal ne faisait jamais l'impasse sur les désespérés de la falaise. Suicide sur la voie publique. Pour la discrétion, il fallait se tuer chez soi, à l'abri. Le journaliste grogna ; à coup sûr, le fait-diversier du jour était aussi un petit nouveau : le nom de la désespérée lui était totalement inconnu. En quelques secondes, Julien régla le problème avec le responsable technique. Celui-ci promit de rappeler la page et de supprimer l'article.

Julien raccrocha avec le sentiment un peu ridicule d'avoir évité une catastrophe. Dans quelques minutes, tout l'atelier serait au courant, mais ce serait un moindre mal. Il vint s'asseoir sur le canapé, face à Christian, dévissa le bouchon de la bouteille de bourbon et se versa une dose de géant. Le glaçon tinta dans le verre.

– Tu vois, dit Chris en prenant à son tour la bouteille, ça va vite. Près de dix ans à la tête du service, et en quelques mois, tu es oublié… pftt… terminé.

Julien était intrigué. Il ne pouvait pas croire à tant d'égoïsme, tant d'indifférence…

– Qu'est-ce qui s'est passé, Chris ? demanda-t-il encore une fois. Tu dois bien le savoir, quand même…

– Bien sûr que je le sais. Et tu le sais aussi : j'ai pris une balle dans la tête et ça a tout foutu en l'air.

– Mais à ce point-là…

Christian regarda fixement son copain, se pencha vers lui :

– Elle était devenue dingue, Julien, complètement dingue ! C'est ça que vous ne pouvez pas admettre, ni toi ni son père…

– Mais ce n'est pas venu tout seul.

– Qu'est-ce que tu veux me faire dire ? s'exclama Chris avec rage. Que c'est de ma faute ? Que c'est moi ? Ah, bien sûr… Ce n'était pas drôle de vivre avec un type à cinquante pour cent… Surtout qu'il n'était pas marrant, le monsieur, qu'il faisait la gueule, qu'il n'encaissait pas de se voir se traîner jusqu'à la fin de sa vie. Ça, je veux bien, Julien…

Chris s'était radouci, il avait des larmes dans les yeux...

– Ça, je veux bien. Ça n'a été facile ni pour elle ni pour moi...

De sa main gauche tendue, il agrippa la manche de Julien...

– Elle s'est jetée de la falaise, mais celui qui l'a flinguée tout autant que moi, c'est Gaby.

Ce que racontait Christian était impressionnant. À l'entendre, Hélène était entrée ces dernières semaines dans un hallucinant délire de persécution. Elle se croyait perpétuellement épiée, espionnée. Même ses enfants n'étaient pas épargnés. Un jour, elle les avait frappés, les avait enfermés dans leur chambre, persuadée qu'ils complotaient contre elle. Une autre fois, elle avait appelé les flics parce que les voisins, disait-elle, la menaçaient...

– Ça n'arrêtait plus. J'ai bien tenté de discuter, de la raisonner, mais c'était comme si j'avais parlé à un mur. Elle était effrayante... Dans ces moments-là, on ne la reconnaissait plus. C'était un robot, avec un masque impénétrable, une voix métallique. En plus, elle te débitait les arguments les plus invraisemblables avec une aisance stupéfiante : tout le monde lui en voulait, elle devait se défendre. Elle avait réponse à tout. Je sais, c'est difficile à croire quand on l'a connue, mais elle était devenue une autre, elle avait basculé de l'autre côté...

– Elle n'a pas vu un toubib, un psychiatre ?

– Elle n'a pas voulu, tu penses... eux aussi faisaient partie du complot. À trois reprises, dans un moment d'accalmie, elle a accepté de prendre rendez-vous. Les deux premières fois, elle n'y est pas allée... La troisième, ce fut pire : elle a agressé les autres clients et a tout foutu en l'air dans la salle d'attente.

– Mais pourquoi tu n'en as pas parlé ? À la famille, à moi. On aurait pu tenter de faire quelque chose...

– C'est dur, tu sais. Tu vois le tableau : moi dans mon fauteuil roulant, elle à moitié folle... C'est dur de s'avouer que tout fout le camp. J'y ai parfois pensé, mais elle avait des moments de calme, je me disais que ça allait s'arranger. Peut-être que je me suis pas rendu compte de la gravité de son état... Car elle jouait la comédie, parfois ! Devant moi, devant les autres : ça allait bien, ça allait mieux… et puis ça repartait ! J'étais paumé, quoi !

Chris se saisit de la bouteille et se servit. Julien tendit son verre, négligea de reprendre un glaçon. Il avait envie d'un bourbon sec. Même dégueulasse…

– Mais il y a eu pire, reprit Christian.

Il hésitait.

– Enfin, pire pour tous les deux. Nous ne faisions plus l'amour, Hélène et moi…

Il vit une lueur interrogative dans les yeux de Julien.

– On aurait pu. Non, ce n'est pas ça. Mais je ne voulais pas. Ou je ne pouvais pas… C'est difficile à expliquer… mais tu nous as connus tous les deux quand tout allait bien… alors après… je te fais grâce des détails. Je me faisais déjà horreur toute la journée, mais là, dans le plumard, je ne pouvais pas me supporter. Je ne sais pas si tu te figures…

Julien ne voulait pas. Il refusait. Il engloutit son bourbon. Mais Chris continuait, comme s'il cherchait absolument à convaincre son copain.

– Hélène n'a pas compris. C'était au début. On a eu des scènes épouvantables, minables, sordides. Au point qu'un jour, hors d'elle, elle m'a crié : « Si tu veux, je vais t'amener une pute ! » J'ai dit « Oui, d'accord », sur le même ton, sans réfléchir. Et elle en a amené une.

Chris défiait Julien du regard. Il termina son verre.

– Hélène ne parlait que de notre déchéance, que de la déchéance du couple. Elle me disait ça à moi… tu parles. Et puis elle a pris un amant. Ou deux, je ne sais pas. Tu as dû en entendre parler…

– Non…

– On l'a vue en ville, pourtant, elle ne se cachait même plus. Enfin, ça n'a plus d'importance…

Julien se leva et se dirigea vers sa chaîne hi-fi. La fréquentation du Dog Green lui avait redonné le goût du blues. Il venait d'acheter le dernier CD de Buddy Guy. Génialement torturé par Buddy, le son de la guitare s'éleva en sourdine dans l'appartement. Julien se choisit un havane, un « Punch » de bonne taille, et l'alluma…

– Si tu en as un petit, je veux bien…

– Tu t'es remis à fumer ?

– Oh, tu sais, maintenant…

Julien prit un Partagas dans une boîte en bois et s'approcha de Chris, la boîte d'allumettes à la main. Le coup de sonnette fut bref. Si bref qu'on aurait pu le croire donné par quelqu'un qui regrettait déjà son geste...

– Tu attendais quelqu'un ?

– Non, non, personne...

Julien referma soigneusement la porte du vestibule et alla ouvrir celle de l'entrée. Lydia s'apprêtait déjà à redescendre l'escalier.

– Oh, Julien ! Je t'ai appelé au journal, mais on m'a dit que tu étais parti... j'ai appelé ici aussi, mais ça ne répondait pas... Avant de rentrer, j'ai quand même tenté ma chance. Je pars demain matin, je prends le premier avion pour Nice... Mes parents m'ont trouvé un truc, tu comprends... Ils veulent que je vienne voir le plus vite possible...

Elle parlait vite, très vite, sans respirer.

– C'est chouette. Ils n'ont pas traîné, dis donc...

– C'est super... alors, je voulais te dire au revoir avant de partir et puis...

Lydia s'arrêta brusquement. Elle avait entendu le déchirant *Stone Crazy* qui s'insinuait jusque sur le palier, remarqué le verre de bourbon, le havane qui fumait entre les doigts... Et surtout, surtout, elle avait lu sur les traits de Julien l'embarras du monsieur qui se demande comment il va s'y prendre pour se tirer d'un tel merdier. C'est vrai qu'il était mal, Julien. Qu'est-ce qu'il pouvait dire ? Que Chris était là, qu'il était à demi paralysé, que sa femme venait de se balancer de la falaise et que, si elle le voulait, elle pouvait participer à la petite fête ?

Lydia porta à sa bouche une main aux ongles laqués de rouge vif. Son visage avait délicieusement rosi. Julien remarqua les longs cils noirs qui grillageaient en rythme un regard de femme perdue...

– Pardonne-moi, Julien, je n'avais pas compris. Tu n'es pas seul, bien sûr...

– Oui... enfin non...

Son ex-femme avait raison. Qu'est-ce qu'elle lui disait déjà ? « Tu n'as pas les épaules, mon pauvre ami... » C'était ça : il n'avait pas les épaules...

– Je suis à tuer. Pardonne-moi, répéta-t-elle.

Sa voix, d'ordinaire si claire, s'était légèrement voilée.

– On ne se voit pas pendant vingt ans, et je déboule comme ça, sans prévenir. Comment tu t'en sors ? chuchota-t-elle avec une fausse compassion... Ce ne doit pas être facile de lui expliquer ton dernier week-end...

– Bof...

Il était nul.

– Ça n'a rien à voir..., bredouilla Julien.

Elle le toisa avec amusement.

– Bonnet d'âne...

Ça ne servait à rien. Il soupira. Il renonça.

Lydia commença à descendre les escaliers.

– Je te tiens au courant. Je te téléphone. Promis.

– J'y compte bien.

Il la regarda s'éloigner. Elle était adorable dans son jean délavé et sa veste d'homme au col relevé. Ses cheveux dansaient sur sa nuque...

– Pense quand même un peu à moi...

Avant de plonger au premier virage, elle s'arrêta, releva la tête, et, avec un sourire douloureux, lui souffla un baiser de loin. Julien la regarda disparaître sous la rampe d'escalier : il se souvenait de ses copains de vingt ans et de leurs fines réflexions d'hommes en apprentissage... « Tu fais bien d'en profiter, blaguaient-ils, ces filles-là sont belles à quinze ans. Après, ce sont des bonbonnes. » Il en croisait quelques-uns de temps à autre : ils étaient chauves, bedonnants, effondrés de la tête aux pieds, victimes d'une vie couperosée... Julien écouta encore quelques instants le crépitement des bottines sur le pavage, puis il rentra.

– Une copine, annonça-t-il avant que Chris ne lui pose la question, qui passait à tout hasard...

Christian s'était resservi un verre. La bouteille touchait le fond, Julien avait le moral à marée basse.

– Je vais prendre le canapé et tu coucheras dans mon lit...

– Il n'y a pas de raison...

– Arrête tes conneries... mais il faut que je change les draps.

– Tu rigoles ! Comment faisait-on à Paris ? Deux ans dans le même plumard. Et puis, fallait voir le plumard !

Christian entonna le refrain épique, mille fois répété, de

leurs deux années d'études à Paris. De l'argent de poche dépensé dans les boîtes ou aux flippers, des tablettes de chocolat et des boîtes de sardines piquées chez l'épicier pour survivre, de la salamandre qui paumait ses braises sur le lino et du logeur, un exilé roumain, un vieux con qui se vantait d'avoir été le coiffeur de Lyautey... Christian dérapait maintenant : il pillait le rayon nostalgie, raclait les fonds de tiroirs. Case regrets et, plus profond encore, case remords : Hélène, bien sûr...

– Qu'est-ce que j'y pouvais, Julien ? Qu'est-ce que j'y pouvais ? Son père m'accuse, il dit que je l'ai tuée... mais la première victime, ç'a été moi, Julien, c'est moi qui ai pris la bastos dans la tronche ! À partir de ce moment-là, c'était foutu. Je ne pouvais rien faire pour elle et elle ne pouvait rien faire pour moi...

Julien tenta de s'écarter. Il voulait partir loin, très loin. C'était pareil, toujours pareil. Il en avait marre...

– Jusque-là, on avait bien tenu le coup. Tu te souviens de ce qu'on se disait, au début ? Qu'on rigolerait toute notre vie ! Et on avait tenu le coup, mieux que toi, même... Bien sûr, on était rentrés dans le rang. Comme tout le monde : la baraque, les gosses, la famille, les emmerdements... mais on tenait le coup, jusqu'à ce que cet enculé nous massacre...

Christian était ivre. Pas seulement d'alcool. De chagrin, de haine et de vengeance aussi.

– C'est lui, répétait-il, c'est lui. Et pas un autre...

Il psalmodiait son credo. Sous l'abat-jour, Julien le trouva durement vieilli. La fatigue et les épreuves flétrissaient son visage, le sillonnaient de mille petites rides mesquines, l'agaçaient de mille petites boursouflures. L'usure faisait des bulles en surface. Chris était de ces gens qui conservent jusqu'au bout les traits de leur enfance, mais qui se momifient, qui se ratatinent, s'abîment sur place.

Julien vida la bouteille de bourbon en parts égales dans les deux verres. Le délire de son pote s'amollissait. L'alcool lui jouait un mauvais tour : il recommençait à bégayer, à trébucher sur les mots, il balançait maintenant des phrases-trognons, des phrases-moignons. Julien se souvint d'une vieille bouteille de vodka entamée, quelque part, dans un placard. Elle devait être passablement éventée. Cela n'avait pas d'importance. Il fouilla. Et trouva.

Buddy Guy en avait terminé. Pris d'une inspiration subite, Julien exhuma d'une pile de vieux 33-tours la pure merveille de leurs vingt ans...

Le *Summertime* de Janis Joplin lacéra l'atmosphère... Christian renversa sa tête en arrière.

– Putain... On peut se pendre, aussi, si tu veux.

Julien envia l'ivresse de Chris. Il se servit une triple dose de vodka. Il allait le rejoindre...

16

Il se mit à pleuvoir. Jour et nuit. Sans répit. La ville avait la réputation d'être née sous un ciel d'arrosoir. C'était plus ou moins injuste. Mais le syndicat d'initiative, outré de cette triste renommée, avait beau présenter des bilans annuels d'humidité plus que modérés, il ne pouvait rien contre la durée. Ici, c'est la durée qui tuait. On s'installait pour la pluie comme pour une saison. Ça n'avait plus rien à voir avec les quelques averses et bourrasques de l'après-été. On disait qu'« on entrait dans la pluie ». Le ciel se refermait sur le sol comme un rideau sur une scène de théâtre. Il flottait à huis clos. Des débris d'éclaircie s'éparpillaient parfois à l'horizon, là-bas, dans la campagne, sur les collines et les cultures... Des gens arrivaient, des ignorants, qui annonçaient une trêve, une échappée, un carré bleu, mais, d'une main experte, les citadins dessinaient dans l'air une courbe sous le nez des messagers : « C'est la cuvette », disaient-ils.

C'étaient des jours de ciel immobile. De la ville aux fenêtres fermées, montaient alors des odeurs douces et grasses, des odeurs de torchon mouillé. Des heures et des heures d'une pluie lourde, méticuleuse donnaient aux rues et aux façades une espèce de patine luisante. Les vieilles pierres surgissaient de leur gangue terreuse avec des mines rafraîchies, des airs de fausse jeunesse. La vie s'abritait patiemment. On ne voyait courir que les imprévoyants ou les optimistes pédants. L'habitant attendait tranquillement.

Il remettait à plus tard, tournait les pages de son agenda, s'offrait une semaine de battement. Seules subsistaient les obligations quotidiennes ou les événements qui défiaient le temps. Ainsi ne pouvait-on surseoir à la grande braderie ou aux travaux du métro. Ainsi ne pouvait-on surseoir aux obsèques d'Hélène...

Julien s'y rendit, l'âme cotonneuse. Il portait en lui l'incrédulité classique des vivants affrontant une disparition brutale. La mort de la jeune femme le frappait comme une incongruité. L'angoisse qui l'avait tenaillé toutes ces dernières semaines, le vertigineux désordre où l'avait entraîné Chris n'avaient jamais concerné Hélène. Il ne l'avait pas fait entrer dans son jeu de piste, il n'avait pas pensé à elle en rencontrant Carboni ou en chassant Gaby. Cette mort était un sommet de l'absurde mais, dans le même temps, elle cassait net des jours et des jours d'anarchie. Julien était sonné. Il avait l'impression de sortir d'un gigantesque bordel d'idées baroques et cauchemardesques. Sous la nef de l'église où gisait la dépouille d'Hélène, le coursier de Chris s'offrait une halte.

Après la cérémonie religieuse, il ne resta plus que le noyau dur des affligés pour se rendre au cimetière et patauger dans un cloaque de terre glaise. Les autres s'étaient refilé le goupillon dans l'église, puis avaient fui sous la pluie. Les deux clans, l'un groupé autour du père aux yeux secs, l'autre autour du veuf au fauteuil roulant, prirent place face à la fosse béante, séparés par une frontière de quelques mètres. Le frère et la mère de Christian étaient arrivés au lendemain de la mort d'Hélène et, tout de suite, ils avaient empoigné Julien par les sentiments et l'amitié. Depuis trois jours, il était le témoin privilégié de la bataille farouche qui les opposait aux proches d'Hélène, et plus spécialement à son père. Christian, qui affirmait détenir cette volonté directement de sa femme, avait dû céder sur l'incinération... Mais d'autres conflits étaient en souffrance, qui allaient éclater au grand jour dès que la dernière pelletée de terre serait jetée. Il y avait les gosses surtout. Le beau-père affirmait que Christian ne pouvait s'en occuper seul. Il avait déjà mis les avocats sur le coup. Julien pressentait des scènes d'horreur pour les semaines à venir...

Ce fut à son tour de s'approcher du trou. L'employé des

pompes funèbres lui tendit une rose rouge. Julien la garda quelques secondes dans la main, immobile, trempé jusqu'aux os, les pieds englués dans la boue. On avait retrouvé le corps d'Hélène disloqué, esquinté par la chute vertigineuse. « Des plaies atroces un peu partout, lui avait dit son frère Marc, le haut du visage à moitié scalpé. » Julien se souvenait de ses yeux d'allumeuse espiègle... « Je n'y peux rien, protestait-elle, ce sont les miens, je ne le fais pas exprès... » Il revit Hélène et Chris lors de leur première rencontre. Il était là. Il la revit qui minaudait au milieu de sa bande de copines, qui faisait tourner Chris en bourrique. Elle avait un autre petit ami qu'elle aimait bien... « Je pars avec lui en week-end, avait-elle annoncé à Christian, dépité, je verrai bien... » Elle était revenue le lendemain matin. « C'est toi, avait-elle dit en sautant dans les bras de Chris, je m'emmerde trop avec l'autre. » C'était Hélène à vingt ans.

Julien contempla le bois verni du cercueil déjà maculé de terre. La pluie coulait sur son front, ruisselait dans ses yeux. Il se passa machinalement la main sur les paupières, comme pour essuyer des larmes. C'est sans doute ce que crurent les autres, ceux qui attendaient derrière. Mais Julien n'avait aucune envie de pleurer. Ce qu'il voyait là, à l'instant précis, n'existait pas. Rien n'était vrai. Il contempla la statuette du Christ qui brillait dans le fond du trou comme une feuille d'aluminium. Qu'est-ce qu'elle foutait là-dedans ? Julien faillit éclater de rire. Il balança sa rose dans la fosse...

Il partit avant tout le monde. Avant même la fin de l'inhumation.

– Je dois y aller, s'excusa-t-il auprès de Chris. Un rendez-vous important...

Qui le concernait. Le directeur du journal avait demandé à Julien de passer le voir à midi. Il n'avait rien tenté pour Christian. Les toubibs lui passaient leurs conclusions, et cela suffisait. Il avait réorganisé le service sans se préoccuper de celui qu'il laissait sur la touche. Mais le suicide d'Hélène l'avait fortement troublé. C'est du moins ce qu'il prétendait. Peut-être même se payait-il le luxe de ne pas avoir très bonne conscience. « Il faut faire quelque chose, avait-il dit la veille à Julien. Vous êtes son ami, donc le mieux placé pour savoir ce que l'on peut envisager... » Ils avaient eu alors une première discussion : le patron avait évoqué une création de poste, un emploi sédentaire, bien entendu. Christian aurait la responsabilité de deux ou trois rubriques hebdomadaires concoctées à partir d'articles d'agences de presse spécialisées. C'était évidemment du journalisme de raccroc, mais Christian ne pouvait guère espérer mieux aujourd'hui. Il redoutait sa réaction, mais il le convaincrait. C'est ce qu'il allait dire au patron aujourd'hui : qu'il lui fasse cette proposition. Et vite. Dès le début de l'année prochaine, Christian réintégrerait la rédaction.

Il se pencha un peu plus vers son ami, dans l'intention de lui serrer la main. À l'abri sous le grand parapluie noir que tenait son frère, Chris se tenait très droit dans son fauteuil, le torse au garde-à-vous. Il ressemblait à ces grands blessés de guerre que l'on ressort régulièrement dans les cérémonies patriotiques et que l'on aligne sous les drapeaux. Comme pour consoler les autres, les intacts. L'eau coulait le long des baleines du pépin et tombait en gouttelettes sur ses genoux. Julien le trouva pathétique dans son costume sombre, son costume d'homme valide, qu'il portait désormais comme une défroque inutile.

Il se redressa. Sans avoir prononcé un mot. Toute parole lui paraissait indécente. Ils s'étaient dit tant de choses, et ils s'en diraient tant... Mais pas là. Christian eut un bref battement de paupières. Et Julien y vit comme un accord complice, comme s'ils n'étaient que tous les deux à pouvoir comprendre, se comprendre... Mais au moment de s'éloigner, il sentit la main gauche de Chris qui agrippait la manche de son imper. Il le tirait vers lui, le forçait à se pencher à nouveau. Il avait acquis maintenant une force incroyable avec son bras unique. « Comme un tennisman », plaisantait-il. C'était d'autant plus spectaculaire que l'autre bras, lui, s'étiolait tel un morceau de viande séchée au soleil. Christian avança également son visage, si bien qu'ils se retrouvèrent joue contre joue. Stupéfait, Julien crut qu'il allait l'embrasser, mais il entendit son copain qui lui parlait, dents serrées, bouche collée contre l'oreille :

– Ce n'est pas possible qu'il s'en tire, Julien. Ce n'est pas possible... Ou alors je vais finir par croire que c'est moi qui ai tué Hélène...

17

Julien entamait sa dernière nuit aux infos géné. Cette échéance le préoccupait. Il appréhendait de reprendre une vie normale, une vie de plein jour. Toute cette semaine, il s'était réfugié au journal. Dès que le jour tombait, il arrivait. Très en avance sur l'horaire prévu. Assez effarés, Antoine et Jean-Louis le voyaient débouler comme si le bouclage du canard était une question de minutes, alors qu'ils n'en étaient eux-mêmes qu'à trier le gros de l'information. La suite était sur le même rythme. Il farfouillait dans les dépêches pendant des heures avec l'entêtement d'un chasseur de trésor, se ruait à l'atelier pour une virgule en trop, stationnait au marbre telle une sentinelle qui monte la garde. À l'heure de la sacro-sainte « brisure », il suivait les ouvriers à la cantine, tapait le carton et distribuait les tournées de Kronenbourg. Quand tombaient les dernières pages, il descendait aux rotos. Pour attendre la sortie des premières éditions.

À le voir s'agiter ainsi comme un stagiaire angoissé par sa première nuit au marbre, Antoine et Jean-Louis ne pouvaient pas s'imaginer à quel point Julien se reposait, à quel point il était heureux de se retrouver l'esprit en paix.

Il jouissait de son droit d'asile, retardait au maximum le moment où il se retrouverait dehors et vulnérable, en butte aux harcèlements de Chris et au fantôme d'Hélène, sans parler de Gaby. Il s'attardait jusqu'au bout, jusqu'aux transporteurs qui alignaient leurs camionnettes en rang d'oignons devant le local « départ » et qui attendaient leurs paquets de journaux ficelés avant de s'éparpiller dans la nature. Entre trois et quatre heures du matin, Julien éteignait sa lampe de bureau à regret et rentrait chez lui. À pied, la tête vide et les jambes lourdes à force d'avoir voulu tout faire, tout voir et tout surveiller. De la rédaction au marbre, et du marbre à la photogravure. Le lendemain, il émergeait vers onze heures-midi, vasouillard et désœuvré.

Et se traînait ensuite tout le reste de la journée comme se traînent, paraît-il, les comédiens de théâtre qui n'attendent comme avenir que leur représentation du soir...

Ainsi s'était déroulée la semaine de Julien. Mais c'était fini. Demain samedi, il ferait relâche avec le journal. Dimanche, il serait encore en sursis : Christian était en virée pour le week-end. Parti avec son frère Guillaume, dans leur petite villégiature familiale du bord de mer. Julien ne l'avait pas revu depuis les obsèques d'Hélène. Ses coups de fil, par contre, n'avaient pas cessé. Il n'était pas bien, Chris. Hier encore, en lui annonçant son départ avec le frangin, il lui avait sorti : « On va sûrement faire un tour en mer. Je n'ai qu'à me foutre par-dessus bord. Vu mon état, ce sera vite réglé... » Chris avait les nerfs tendus comme des cordes de violon.

Ce n'était guère étonnant : comme prévu, le malheur familial débouchait sur le sordide. Le père d'Hélène poursuivait Christian de son chagrin haineux, et les deux mômes campaient au milieu de la tourmente. Apparemment, sa mère et son frère se battaient pour Chris. Lui paraissait au bout du rouleau, passait de l'abattement à la révolte, dérivait entre les deux extrêmes. C'est alors qu'il téléphonait à Julien et que le nom de Gabriel Ubarri revenait sur le tapis.

À son propos, la haine de Christian n'avait pas faibli. Bien au contraire, chaque jour qui passait le renforçait dans sa conviction que tout son malheur venait de lui et que ce Gaby ne méritait pas la corde pour le pendre. Mais le délire verbal de Chris s'accompagnait désormais d'un sentiment d'impuissance croissant : il avait épuisé toutes les stratégies d'approche et ne savait plus comment s'y prendre pour approcher son bourreau...

Même Carboni donnait de sérieux signes de défaillance. À entendre Christian, l'indic se défilait. Ses réponses devenaient de plus en plus évasives, il se faisait encore plus secret, plus mystérieux que nature. Ce qui n'était pas rien.

– Il va nous lâcher, se désolait Christian avec amertume. J'ai beau gueuler, il n'y a rien à faire. Je te jure, il sue la peur...

Le dernier contact avait dû être orageux entre Christian et son informateur. Mais Julien n'avait pas cherché à obtenir d'autres explications, trop content d'apprécier silencieusement la situation : si Carboni le laissait tomber, Chris devrait se résoudre à renoncer. Et il ferait tout pour l'y pousser.

N'empêche que Julien était étonné. Il se rappelait l'attitude de l'épicier le soir de la mort d'Hélène quand il était entré pour chercher une bouteille de bourbon. Une telle panique ne lui ressemblait pas, ne collait pas avec le personnage. Carboni était rompu à tous les coups tordus. C'était un modèle de sang-froid et de dissimulation. Le voir perdre ainsi les pédales avait passablement intrigué Julien. Depuis, et à plusieurs reprises, une pensée noire l'avait effleuré : l'indic ne leur avait pas tout dit... Mais le souvenir de sa collaboration, de sa complicité, même, avec Christian, effaçait tous les soupçons. C'était impossible...

La seule éclaircie, dans cet affligeant magma, avait été le coup de fil de Lydia. Elle était aux anges. Ses parents lui avaient trouvé un « petit bijou », comme elle disait. À Juan-les-Pins. Une boutique de babioles qui ouvrait pratiquement sur la plage. Le seul nom de Juan-les-Pins avait ravivé chez Julien l'un de ses meilleurs souvenirs de jeunesse : à dix-huit ans, il était descendu en stop sur la Côte avec un copain pour voir Ray Charles, son idole, au festival de jazz. Il dormait à la belle étoile, bercé par le bruit des vagues, et plus encore par *What d'I say* ou *I got a woman.* Mais les tribus d'homosexuels qui erraient sur la plage en quête de chair fraîche rendaient les nuits hasardeuses. Julien avait résolu le problème au mieux : une jeune femme ravissante, dont le mari, militaire de carrière, baroudait quelque part en Afrique, l'avait cueilli comme une friandise de vacances...

Lydia avait longuement parlé au téléphone. Julien, fin psychologue, en avait simplement déduit qu'elle avait envie de se confier... jusqu'au moment où elle avait lancé son invitation d'une voix anodine : « Pourquoi tu ne viendrais pas me rejoindre pour quelques jours. Tu as bien des vacances ? »... Et très vite, elle avait ajouté : « À moins que tu ne sois pas libre, bien sûr... je comprendrais. »

Il était libre. Libre comme l'air. Du moins au sens où l'entendait Lydia. Peu convaincue, elle lui avait rappelé leur dernière rencontre sur le palier. Agacé, Julien avait néanmoins promis qu'elle le verrait débarquer bientôt. Et plus les jours passaient, plus il y pensait. Pour les fêtes de fin d'année, par exemple, ce ne serait pas idiot. Il n'avait jamais su quoi faire de ses congés d'hiver...

Un léger tapotement des doigts sur la porte de son bureau lui fit lever la tête : on le réclamait à l'atelier pour un dernier coup d'œil sur la une...

Le jeune Antoine s'arracha à la lecture de *Rock and Folk* et déplia sa longue carcasse flexible :

– Ne te dérange pas, j'y vais...

Mais Julien était déjà debout, son stylo-feutre à la main.

– Non, non, ne bouge pas.

Antoine se replongea dans la douloureuse saga de Jim Morrison et des « Doors »...

L'atelier était presque désert. Entre deux éditions, les ouvriers du livre se ravitaillaient à la cantine. Le metteur en pages, pressé de rejoindre les copains, tendit la une à Julien afin que celui-ci puisse la poser un peu à l'écart et vérifier tranquillement titrailles et légendes de photos.

Julien n'eut pas le temps de s'asseoir. L'éblouissement le fit vaciller. Il s'adossa contre le marbre, les jambes tremblantes.

La force du caractère d'imprimerie était modeste. Du 24 gras. Pas plus. Située dans un cadre, collée en tête du journal, à côté du titre de la parution : « l'oreille » locale. Que l'on changeait par édition. D'ordinaire, beaucoup plus absorbé par les titres d'information générale, Julien ne s'en préoccupait guère... Mais là, il ne voyait que ce petit titre ridicule, mal fichu, mal cadré. Fasciné, il le relut deux fois, trois fois. Le déchiffra, mot à mot :

HIER SOIR, RUE DE LA TOURNELLE
UN ÉPICIER RETROUVÉ
ASSASSINÉ

(lire en page 3)

Sans se retourner, Julien interrogea le monteur.

– Tu as encore la page 3 ?

– Quelle édition ?

– Celle du centre-ville.

– Tu rigoles ? Elle est barrée depuis longtemps.

Sans répondre, Julien s'élança, traversa tout l'atelier au pas de course, déboula dans la salle de gravure qu'illuminaient violemment les flashes d'impression des pages. Dans sa précipitation, il se heurta à la blouse blanche du chef de service.

– La 3 du centre-ville. Elle est encore là ?

Le graveur observa les plaques qui s'alignaient sur une longue table basse.

– Non, elle vient de descendre aux rotos.

– Merde !

– Tu veux que je l'arrête ? Tu as un changement à faire ? Mais il faut se grouiller, on n'est pas en avance…

Par définition, quand il s'agissait de reprendre une page l'atelier n'était jamais en avance. Julien savait ce qu'il pensait : cet abruti va nous obliger à recommencer… Mais ce que pensait le responsable de la gravure lui était indifférent. Ce type était antipathique par vocation et le programme de modernisation de son matériel lui avait gonflé la tête…

– Non, non, ce n'est pas la peine, je voulais juste lire un truc…

Le graveur s'étonna. Il fit un effort.

– Bah, je vais te la retrouver, ta page…

Julien se traita d'imbécile. L'émotion avait été si forte qu'il n'y avait même pas pensé.

– Bien sûr, je suis con…

Le graveur haussa les épaules. Pour lui, les journalistes étaient tous des rigolos. Depuis le temps qu'il les subissait, il ne cherchait plus à les comprendre. Il se dirigea vers la pile des pages déjà traitées et au bout de quelques secondes sortit la « trois ».

– Tiens, la v'là.

Julien prit la page sans ménagement, s'isola dans un coin de la pièce et parcourut fiévreusement l'article. C'était court, ultra-court. Quarante lignes tout au plus. Il repéra machinalement les initiales de l'auteur du papier : S.F. Cela ne lui disait rien. Encore un nouveau…

– Il ne s'est pas cassé, marmonna-t-il.

C'était sujet-verbe-complément. Sans fioritures, S.F. expliquait qu'Antoine Carboni avait été retrouvé mort dans son arrière-boutique, étalé dans des cartons vides, une balle de revolver logée en plein cœur. C'était un client qui avait donné l'alerte. Vers vingt-deux heures. Apparemment, le crime n'avait eu aucun témoin. En deux phrases, le journaliste rappelait que cette épicerie de la rue de la Tournelle était ouverte très tard le soir, et dans un quartier réputé assez mal fréquenté. Par conséquent, sa clientèle n'était pas toujours très recommandable. Un élément toutefois retenait l'attention des enquêteurs : l'assassin n'avait pas touché aux quelques billets de banque du tiroir-caisse. Il n'y avait pas un mot sur le passé trouble de la victime.

– C'est nul, murmura encore Julien.

Il se sentait étrangement calme, maintenant. C'est tout juste si la mort de l'indic ne lui paraissait pas logique. L'attitude de Carboni, les reproches de Chris, le regard de Gaby au comptoir du Dog, ses propres déductions lui revenaient en vrac. Voilà, c'était fait.

Dans un deuxième temps, Julien s'efforça de raisonner. Il allait un peu vite... Ce n'était peut-être qu'une coïncidence, après tout. Il n'y avait pas que Gabriel Ubarri. Depuis le temps, des tas de types devaient avoir envie de lui faire la peau, à Carboni...

Julien jeta un coup d'œil à sa montre. Il était près d'une heure trente du matin. Il ne pouvait pas attendre. Il rendit la page au chef de la gravure et sortit de l'atelier.

La grande pièce de « la locale » était vide et plongée dans le noir. Seul, courbé sous sa lampe flexible, le secrétaire de rédaction de nuit épluchait des communiqués qu'il raturait sans cesse d'un coup de crayon blasé. Pour lui, c'était l'heure détestable : celle des pages de banlieue, des rubriques innombrables qu'il fallait faire entrer par petits morceaux, à toute force, n'importe comment...

Julien salua Nicolas d'un signe de la tête. Sans lui serrer la main. Il savait qu'il avait cet usage en horreur...

– Qui est ce S.F. qui a signé le papier sur le crime de l'épicier ? demanda abruptement Julien. Je ne le connais pas.

– Sylvain Favier.

– Ça fait longtemps qu'il est aux faits divers ?

– Trois mois peut-être. Depuis qu'il est entré dans la boîte. Mais pas tous les jours. Il fait des remplacements.

C'était bien ça. Un nouveau. Le suicide d'Hélène, c'était lui aussi, sans doute…

– Tu as son numéro de téléphone ?

Julien savait que le secrétaire de rédaction de nuit disposait des coordonnées de tous les journalistes de la locale. En cas d'urgence.

– Évidemment.

Il le lui transmit. Sans poser de questions. Nicolas n'en posait jamais. « Moins j'en sais, mieux je me porte », disait-il. Et depuis près de vingt ans, il ignorait ainsi à peu près tout de la vie du journal, des grandes options comme des petits accrocs. Il arrivait à l'heure où le gros de la troupe partait, croisait quelques retardataires et communiquait le plus souvent avec les autres rédacteurs et son chef de service par l'intermédiaire soit du téléphone, soit de petits bouts de papier scotchés au mur. C'était un drôle de type, qui épousait parfaitement les mystères de la nuit. Un peu nonchalant, aux attitudes légèrement efféminées. Un excellent secrétaire de rédaction, mais excessivement jaloux de son indépendance. À maintes reprises, il avait refusé d'autres postes professionnellement plus intéressants, pour continuer à bosser dans sa tour d'ivoire nocturne : « Ma vie est ailleurs », disait-il aussi.

Julien s'enferma dans le bureau du chef de service et composa le numéro de Sylvain Favier. Il attendit une demi-douzaine de sonneries, était sur le point de raccrocher lorsqu'il entendit une voix de type jeune mal réveillé.

– Oui ?

Julien se présenta et l'accrocha tout de suite sur l'assassinat de Carboni. Il avait trouvé un prétexte irréprochable. Surtout auprès d'un jeunot.

– Qu'est-ce que cette affaire fout en locale, Favier ? Ça valait au moins la régionale…

Pour toute réponse, il entendit un vacarme, un bruit de chute.

– Favier ?

– Excusez-moi, c'est mon téléphone qui se casse la gueule…

– Alors ? Pourquoi l'avoir gardée en locale ?

– Ce sont les flics qui me l'ont demandé. Ils voulaient même rien, rien du tout. Je leur ai dit que ce n'était pas possible. Alors nous nous sommes mis d'accord ce soir pour un petit truc. Ils doivent me refiler l'affaire ce week-end. Ils me l'ont promis…

– Rien du tout ? Mais pourquoi ?

– Je n'en sais rien. Pour l'enquête, je suppose. Et puis à cette heure-là, vous savez, je n'avais pas le choix. Il était près de onze heures, quand j'ai eu les tuyaux…

Il n'avait pas tout à fait tort…

– Tu as prévenu ton chef de service ?

– Oui. Je l'ai appelé chez lui, il m'a dit qu'on marchait comme ça…

Julien eut une pensée pour Christian. C'était autre chose, Chris… Sur un coup pareil, il n'aurait pas demandé la permission aux flics, il serait descendu dare-dare sur le terrain, aurait remué ciel et terre, fait le maxi, même à vingt-trois heures, même à cinq heures du matin…

– Qui s'occupait de l'affaire ?

– J'ai vu l'inspecteur de permanence, Heudron…

Julien le connaissait vaguement. C'était loin d'être une épée. Il continua la discussion avec Favier, demanda des détails… mais il ne savait rien de plus que les quarante lignes de son papier. Ça ne faisait pas lourd. Le jeune rédacteur sortait progressivement de sa léthargie et Julien décela une inquiétude croissante dans ses propos : il devait encore être à l'essai, et le malheureux commençait à se faire du souci pour la suite de sa carrière. Il entreprit charitablement de le rassurer : non, non, il n'avait pas mal fait. Ça allait…

– Il y a quelque chose d'autre aussi…

Julien devina une hésitation. Il l'encouragea :

– Oui ? Quoi d'autre ?

– Mais là aussi j'ai promis qu'on n'en parlerait pas pour l'instant…

Julien s'impatienta.

– Et alors ? Tu ne crois tout de même pas que je vais arrêter la roto et foutre le journal en retard pour ça ?

Rasséréné, Sylvain Favier lâcha le morceau :

– Avant d'être tué, le type a été salement arrangé.

– Comment ça ?

– Bah, il n'était pas beau à voir. Torturé, si vous voulez. Il avait la gueule en compote…

– C'est l'inspecteur Heudron qui t'a dit ça ? interrogea Julien d'une voix blanche.
– Oui. Pour lui, les tueurs n'ont pas...
– Tu dis « les tueurs »... ils étaient plusieurs ?
– Deux, d'après Heudron..., qui ne sont pas passés par hasard, pour faire un casse. Ils cherchaient quelque chose de précis...
– Et ils l'ont trouvé, d'après les flics ?
– Ça, ils ne me l'ont pas dit. Mais Heudron n'avait pas l'air vraiment étonné : « Ça devait lui arriver un jour », a-t-il dit en parlant du mort. Il était connu, paraît-il... Ça vous dit quelque chose à vous ? continua le jeune Favier qui commençait à prendre de l'assurance...
– Ouais, vaguement, répondit Julien.
Il raccrocha un peu sèchement. Des étoiles dansaient devant ses yeux. Ces quelques précisions ne lui apportaient pas grand-chose et pourtant il n'éprouvait plus aucun doute : Gaby, pensa-t-il, c'est Gaby, ça ne peut être que lui... Sa gorge était devenue subitement aussi rugueuse qu'une toile émeri. Il monta à la cantine se chercher une bière. Julien crevait de soif.

18

Julien traîna encore une bonne heure au journal. Plus pour récupérer que pour travailler. Les boxeurs disposent d'une minute, il s'offrit une heure. Mais cela ne servit à rien. Il était sonné, se sentait vasouillard, dans le brouillard. Julien finit par admettre que seul le sommeil pourrait lui rendre les idées un peu plus claires...
Il enfila son imper en grimaçant. Roulé en boule sur une chaise, le vêtement était détrempé, taché d'humidité. Julien s'approcha de la fenêtre, colla son nez au carreau, mit ses mains en visière. Des milliards de petits traits dorés zébraient la lumière des lampadaires : il pleuvait, il pleuvait encore, il pleuvrait toujours...
– Putain de bled, râla-t-il, dégoûté, il ne s'arrêtera donc jamais de flotter...

Comme chaque nuit, il devait rentrer à pied.

– La mousson, mon pote ! Calcutta, oh ! Calcutta...

Antoine avait la voix fraîche et joyeuse. Comme toujours. Rigolard, il rangeait ses affaires : sa calculette, son typomètre, ses feutres, son manuel des caractères... il fourrait le tout pêle-mêle dans le même tiroir...

– Si tu veux, je te dépose. J'ai ma caisse...

– Dans ta tire pourrie ? Ton cercueil ? Merci, je préfère risquer d'attraper la crève.

– Toujours aimable, se moqua Antoine.

Il souriait. Avec dans le regard la lueur indulgente que les jeunes réservent aux vieux cons inoffensifs. Julien ne se souvenait pas avoir vu une seule fois Antoine de méchante humeur. Il observa le garçon avec rogne : il avait refermé son tiroir, content d'avoir terminé son boulot. Il était jeune, il avait une passion, la musique, il allait retrouver ses copains... Julien lui en voulut subitement, éprouva une furieuse envie de lui rentrer dedans, de lui faire mal, de donner des coups vicelards dans cette insouciance. La vie d'Antoine sentait encore la rosée...

– Salut, connard, se contenta de lancer Julien avant de claquer la porte.

Il s'élança dans la rue au pas de course. Un petit kilomètre, pas plus, le séparait de son domicile. La ville était saturée d'humidité. L'eau sortait de partout, des murs, des trottoirs, du macadam. Elle débordait des sous-sols, inondait les égouts, noyait la nuit. Julien rusait, rasait les façades, s'abritait comme il pouvait, mais se laissait surprendre par les gouttières défaillantes. Les filets d'eau qui dégoulinaient, embusqués dans l'obscurité, le faisaient râler. Mais le cœur n'y était pas. Des tas d'idées, plus sombres les unes que les autres, s'entrechoquaient dans sa tête. Des tas d'images. Des vraies, des fausses, des inventées. Il mettait toute son énergie à ne pas vouloir penser, mais la mort d'Antoine Carboni emportait tout sur son passage. Ce cadavre prenait toute la place. Julien ne voyait plus que lui, il ne pouvait s'en détacher, il le traînait jusqu'ici, sous la pluie...

Essoufflé, le journaliste s'arrêta quelques secondes sous un porche. Il habitait en face, de l'autre côté de l'avenue. Dans une petite rue sombre, pavée comme au siècle dernier.

Il leva la tête pour apercevoir la façade fantomatique d'une demeure trois fois centenaire en pleine rénovation. La ville engloutissait des fortunes pour récurer son histoire. Et c'était plutôt bien. La vieille baraque choisie était alors complètement désossée, des moignons de charpente pendaient comme des membres taillés à vif. Sous d'immenses bâches protectrices, on rebâtissait un squelette tout neuf. Bientôt, dans deux ou trois ans, la ruine afficherait une affriolante jeunesse, maquillée de rose tendre et de bleu pastel...

Julien se résigna à affronter l'averse. Moins d'une minute plus tard, il était devant le portail de son immeuble. Il chercha ses clefs dans la poche de son imper, mais en même temps, et comme d'habitude, il poussa de l'autre main l'un des deux battants, qui céda sous la pression. Comme souvent, malgré les vols dans les caves et les gueulantes du syndic, la porte n'était pas fermée. Julien buta dans une poubelle. Il faisait nuit noire. L'architecte avait voulu préserver l'entrée monumentale du vieil immeuble, ce qui était louable... mais l'électricien, pas finaud, s'était contenté de placer le bouton de minuterie au pied de l'escalier, cinq ou six mètres plus loin. Julien jura contre cet incapable et avança...

Il ne fit pas la moitié du chemin. Un bras se referma sur son cou avec une telle force qu'il se sentit happé vers l'arrière et alla taper violemment avec son agresseur contre la porte. Julien voulut crier, mais la pression du bras contre sa carotide était telle que les mots expirèrent dans sa gorge. L'étau était implacable. Il crut qu'il allait mourir étouffé, se débattit furieusement, mais ses bras, ses pieds ne rencontrèrent que le vide. Un poing lourd, puissant, lancé à toute vitesse, percuta son abdomen. Julien crut que son corps explosait... Ils sont deux, songea-t-il. Et dans le même temps, il ne pensa qu'à lui : ça ne pouvait être que lui...

Julien continua à se démener. L'obscurité le servait, favorisait ses ruades désespérées. Les deux autres, experts de la baston, ne parvenaient pas à se repérer, pilonnaient au hasard dans le noir. Julien crut sentir que l'étau se desserrait. Son assaillant était sec, nerveux, mais peu costaud. Ce constat décupla ses forces, son coude droit se transforma en piston, martela les côtes d'un torse maigre, décharné. Julien tenta de se tourner... « Merde, allume, Fredo ! » entendit-il, et dans le même temps une masse métallique s'abattit sur sa pommette, faisant éclater les chairs... Julien suffoqua ; seule la poigne de l'autre l'empêcha de glisser à terre. Il eut peur de s'évanouir, ne bougea plus. Il haletait, cherchait de l'air, tentait seulement de survivre.

Après quatre ou cinq tentatives, le dénommé Fredo parvint enfin à faire fonctionner la minuterie. Cela faisait des semaines que les locataires déploraient les caprices de l'éclairage... « Elle déconne », se plaignit Fredo...

C'était eux. L'hercule de foire qui faisait face à Julien était le même qui accompagnait Gaby au Dog Green. Gaby, il ne le voyait pas, mais il sentit son revolver qui s'enfonçait dans le gras de sa joue, tout près de sa bouche, il l'entendit aussi chuchoter à son oreille d'une voix doucereuse :

– C'est bien lui, hein, Fredo ? C'est bien notre journaliste, notre fouilleur de merde ? C'est bien le pote de cet enfoiré de Carboni ?

Gaby avait l'accent gras et traînant de la région. Les gens d'ici pesaient sur les *r*, les faisaient grincer, étiraient leurs fins de phrases comme des chewing-gums. Le canon du revolver s'enfonça encore un peu plus dans la joue de Julien. Gaby avait les ongles rongés jusqu'à faire une marque, une mince ligne rouge sur la peau. Julien se souvint des paroles de Chris : « C'est marrant comme on s'accroche à des conneries dans ces moments-là... »

– C'est bien notre journaleux pourri.

Fredo se mit à glousser et à se dandiner avec la grâce d'un plantigrade. Son rire retroussa ses lèvres, découvrit ses petites dents grises. Lui aussi avait une arme. Julien sentit que le sang ruisselait le long de sa joue. C'est avec ce revolver qu'il l'avait frappé...

– Alors, il va tout de suite rejoindre son cop...

Gaby ne put finir sa phrase. Après deux ou trois clignotements successifs, la minuterie rendit brusquement l'âme, et Julien, sans réfléchir, décida de jouer son va-tout. Les ténèbres lui redonnèrent des ailes. D'une ruade de cheval, il entraîna Gaby jusque dans l'amas de poubelles entassées dans le coin du hall et qui attendaient le ramassage de l'aube. Ils tournoyèrent tous deux comme un couple ivre, valdinguèrent dans les boîtes et les cartons, s'écroulèrent dans les ordures. Une détonation s'égara dans le vacarme infernal. Julien entendit son tueur geindre et comprit en une fraction de seconde qu'il s'était blessé en retombant, le bras tordu sous son poids. Il pesa plus fortement encore et sentit que Gaby lâchait prise. Fredo rugissait, se cognait aux murs, boxait des ombres, balançait dans le vide des coups de poing à assommer un bœuf. Le gros était paumé. Il n'avait plus ni repères ni consignes. Son cerveau hésitait entre tenter de remettre la minuterie en marche et venir en aide à son copain qui gueulait quelque part dans le noir.

Julien profita de ces quelques secondes miraculeuses. Il connaissait ce hall par cœur, toutes les nuits il le traversait dans l'obscurité avec la sûreté d'un aveugle. Il se releva, balança un vélo de gosse dans les jambes de Fredo qui continuait à mouliner dans le néant. La main de Gaby le griffa, s'agrippa au bas de son pantalon. Un nouveau coup de feu retentit, se perdit dans le décor. Formidablement stimulé par son instinct de survie, Julien se rua vers la sortie...

Il courut. Comme on doit courir quand il s'agit de sauver sa peau. La rue était déserte, luisait sous la pluie comme un miroir. Mais il semblait à Julien qu'elle s'emplissait tout entière du bruit des pas de ses poursuivants. Car ils n'avaient pas abandonné leur proie. Il entendit encore un coup de feu, puis deux... il se mit à zigzaguer tel un héros de film de guerre, glissa, faillit s'étaler par terre... reprit sa course en ligne droite. Les quelques enseignes allumées dans la grande avenue l'éclaboussèrent de leurs néons multicolores, lui semblèrent comme de formidables signaux d'amitié. Sans s'arrêter, il tourna à gauche et s'engagea à fond dans la légère montée. Encore deux cents mètres, deux cents mètres, pas plus... Ils devaient être là, ils étaient toujours là. Chaque soir, chaque nuit. C'était obligé... Julien déboucha à l'angle de l'avenue et de la principale voie piétonne de la ville, la plus commerçante, la plus riche, la plus tentante, la plus exposée... celle qu'il fallait protéger des pillages de la nuit...

Ils étaient là. Julien s'écroula sur le capot de la voiture noir et blanc, s'accrocha à la carrosserie. Il devina des silhouettes assises, des regards éberlués derrière le pare-brise. Il voulut hurler, mais aucun son ne sortit de sa gorge.

– Veulent me tuer… faut m'aider, chuchota-t-il enfin.

Il était à bout de forces. Dans un effort surhumain, il parvint à tourner sur lui-même, à rouler sur le capot. Ses yeux dévorèrent la rue, fouillèrent les trottoirs, les encoignures de portes, les devantures de magasins. Il n'y avait rien. Plus rien. Ses sauveteurs sortirent de la voiture, l'un d'eux se pencha sur lui… C'est à ce moment-là seulement que Julien ressentit la douleur. Une douleur atroce. Quelqu'un lui sciait lentement le buste en deux…

19

L'interne fit un rapide bilan :

– Pommette éclatée, trois points de suture. Deux côtes fêlées. Ce n'est pas grave, mais douloureux. Il vous faut du repos, pas autre chose. Bouger le moins possible, pas d'efforts violents, évidemment. Un conseil, ne vous enrhumez pas : le plus petit toussotement vous ferait jongler. Et je ne parle pas des éternuements. Déjà, si vous vous marrez un peu trop fort, vous comprendrez votre douleur…

Assis sur le lit à armature métallique, Julien dévisagea le jeune toubib. Me marrer… il se fout de ma gueule… Mais ses traits inexpressifs le persuadèrent du contraire. Ils affichaient l'indifférence blasée d'une nuit de boulot passée aux urgences. La salle aux murs verdâtres, aussi accueillante qu'une chambre froide, avait déjà vu défiler un clodo au visage tailladé par un tesson de bouteille, un jeune loubard zébré de coups de rasoir et un accidenté de la route complètement ivre. La routine. Sous le néon blafard, un client attendait en geignant doucement, son poignet droit démesurément gonflé posé sur sa cuisse. Julien lui avait pris son tour… « Priorité à celui-là », avaient décrété les flics. L'interne n'avait pas protesté. Celui-là ou un autre. S'en foutait. Ce qu'il ne voulait pas, ce qu'il redoutait, c'étaient les gosses. Les gosses et leurs parents…

– Avec eux, avait-il confié tout en colmatant la brèche sanglante qui ouvrait la pommette de Julien, c'est tout ou rien. Ou on se fait chier pour des bricoles, avec des parents qui chialent ou qui s'affolent... Ou bien c'est super-grave, et là, ça fout les boules...

Le torse étroitement serré par une bande, Julien descendit du lit avec d'infinies précautions. Il osait à peine respirer. Remettre son polo fut toute une affaire et l'infirmière dut lui venir en aide pour passer les manches. Julien fit quelques pas sur le carrelage blanc. Ça n'allait pas trop mal. Le gardien de la paix qui était resté à ses côtés hocha la tête d'un air complice. Julien se força à marcher ainsi de long en large, du lit jusqu'au couloir d'entrée. Il n'avait plus qu'à attendre. Vilot n'allait sans doute plus tarder.

Vilot. C'est le premier nom qui lui était venu à l'esprit. La voiture n'avait pas encore démarré qu'il avait soufflé aux flics : « Appelez l'inspecteur principal Vilot... » Ils n'avaient pas entendu, ou fait comme si. Deux minutes plus tard, tandis que la R 19 roulait à fond dans un hurlement de sirène, Julien avait réitéré sa demande : « Appelez Vilot, s'il vous plaît. » L'un des policiers avait simplement répondu : « On va d'abord vous faire soigner, on verra après. » Julien, épuisé, avait abandonné. Jusqu'à l'hôpital.

La troisième fois, tandis que l'interne commençait à poser ses points de suture, avait été la bonne. Entre-temps, le brigadier-chef avait pris connaissance de l'identité de Julien. C'était un brave bonhomme dont la carrière descendait en pente douce vers la retraite et qui tenait avant tout à ne pas avoir d'emmerdements. Il connaissait le journaliste de réputation et avait prudemment admis qu'il n'était pas un client comme les autres.

– Nous, on veut bien appeler l'inspecteur Vilot, s'était-il excusé, mais à cette heure-là, ça paraît difficile. Vous pouvez attendre trois ou quatre heures...

– Sûrement pas, avait répliqué Julien. Pour moi, c'est une question de vie ou de mort.

Ses paroles lui avaient paru un peu ridicules, et pourtant il n'avait pas eu l'impression d'exagérer. Les deux autres fêlés devaient être quelque part en ville, prêts à remettre ça. Peut-être même le guettaient-ils à la sortie de l'hôpital...

– Bon, j'espère que vous savez ce que vous faites...

Le brigadier-chef était de plus en plus ennuyé : alerter l'inspecteur principal parce qu'un type, fût-il journaliste, s'était fait bastonner dans la rue lui semblait un peu léger... Il voyait poindre l'engueulade. Vilot n'était pas un marrant...

Julien repéra l'heure à la pendule murale. Trois heures moins dix du matin. Il tira le gardien de la paix d'embarras :

– Appelez-le au Grizzli. Il y est certainement. Racontez-lui, il rappliquera sans problème...

Le journaliste était à peu près sûr de lui. Le Grizzli était la dernière cantine de Vilot : un établissement un peu bâtard, mi-restaurant, mi-boîte de nuit, niché dans la vieille ville, dans l'une de ces ruelles tortueuses où la vie ne s'éveillait réellement qu'à la tombée du jour. À la sortie du spectacle, les honnêtes gens venaient s'émoustiller au Grizzli. Ils grimpaient sur la mezzanine et grignotaient des plats quelconques, tièdes et hors de prix. Parfois, en bas, sur la piste ronde, une attraction distrayait les dîneurs en goguette. Puis les honnêtes gens rentraient chez eux, conscients qu'une autre journée de travail, débutée tôt, les attendait. C'est à ce moment-là, vers les deux heures du matin, que la clientèle changeait. Arrivaient d'abord les mâles, les chauffeurs de taxi lassés de tourner en ville, d'autres patrons de bistrot qui venaient prendre un dernier verre, et enfin les macs, les petites frappes du trottoir. Suivis de leurs travailleuses. C'est sur ce petit monde trouble que régnait Vilot. C'est du moins l'impression qu'il avait toujours donnée à Julien. Au Grizzli, l'inspecteur était chez lui. Surtout depuis qu'il avait séduit Maïté, la patronne.

Le sifflement stupéfait de Vilot à son entrée dans la salle des urgences agaça Julien. Il n'aimait pas ce flic. C'était une hostilité passive, un peu physique, qui ne reposait sur rien de précis, rien de concret. Sa réputation, les rumeurs malsaines qui couraient sur le compte de Vilot ne le dérangeaient nullement. Moins sans doute que sa manière de se poser en frère d'armes, compréhensif et indulgent, des journalistes locaux. Progressivement, et sans que personne ne vienne à s'en offusquer, Vilot avait abattu toutes les barrières, gommé toutes les distances qui peuvent séparer le flic du journaliste. Il faisait désormais partie de la famille, avait ses entrées à la rédaction, ne frappait plus aux portes, mettait les pieds sur les tables, fouinait dans les notes de service. En contrepartie, le rédacteur en panne d'infos pouvait compter sur Vilot. C'était le donnant, donnant pratiqué un peu partout entre commissariats et salles de rédaction... Mais la personnalité de Vilot faussait les règles du jeu : il avait toujours l'air de tisser sa toile d'araignée ou de stocker des provisions pour l'hiver. C'est ce qui gênait Julien. Il ne trouvait chez ce flic aucune sincérité, aucune spontanéité. Vilot n'agissait que par calcul, même quand il vous serrait la main, et cela lui réussissait apparemment pas trop mal. À deux ou trois reprises, ses débordements avaient carrément tourné au scandale. Il s'en était tiré sans aucun dommage, même quand, ivre mort, il avait saccagé une brasserie du centre-ville et vidé son chargeur dans le bar. L'inspecteur pouvait déconner en toute impunité, il avait ses protecteurs...

– Bah, merde... Qu'est-ce qui vous est arrivé, mon vieux ? Son mari est rentré plus tôt que prévu ?

Le policier sortit une cigarette directement de la poche de son imper. Il la laissa non allumée, pendant au coin des lèvres. Julien regretta de l'avoir appelé. Pourquoi l'avait-il fait, d'ailleurs ? À cause de Chris, sans doute. Depuis une bonne douzaine d'années, ces deux-là travaillaient main dans la main...

– Et alors ? Si vous m'expliquiez ce qui s'est passé ?

Vilot souriait patiemment. Julien se dit que la séance allait être difficilement supportable...

– Ça va être long à expliquer, il faudrait un coin tranquille...

L'inspecteur interpella l'interne qui leur céda son bureau qu'il n'avait de toute façon pas le temps d'occuper. Julien s'assit avec précaution sur une chaise de cuisine en alu et formica et Vilot resta debout. Il était douteux jusque dans ses fringues : son imperméable ouvert laissait entrevoir un veston de tweed grisâtre dont les poches plaquées semblaient pleines à craquer. La chemise bleue avait mal supporté la nuit. L'inspecteur remit en place sa cravate de laine verte qui pendait hors du veston. Il mit ses deux mains dans les poches de son pantalon, s'adossa au mur. Et attendit.

Julien commença mal. Conscient de l'énormité de son

histoire, il chercha à s'expliquer, à se justifier, en même temps qu'il racontait. Son obsession était de stopper ce flic avant même qu'il n'ouvre la bouche, d'aller au-devant de ses questions…

Impassible, Vilot alluma sa cigarette.

– Je ne comprends rien à ce que vous me racontez. De deux choses l'une : ou vous avez pris trop de coups, ou je suis trop fatigué. Mais ce n'est pas la peine de continuer, je suis déjà largué…

Le journaliste ne protesta pas. Il n'était pas de taille. L'autre avait trop d'expérience, trop de vice, et il lui signifiait clairement qu'il ne s'était pas dérangé à trois heures du matin pour se laisser mener en bateau. Julien recommença tout de zéro. D'autres flics lui avaient expliqué comment des murs de silence pouvaient se transformer en moulins à paroles. Comment des types se laissaient subitement aller. Il se sentit comme eux.

Julien parla durant plus d'une demi-heure. Sans rien omettre. À l'exception d'un détail. Il buta sur Alipio, passa rapidement sur sa rencontre avec le père du tueur, sauta l'obstacle. Son désir de l'épargner lui était venu spontanément : la vie n'avait pas été tendre avec papa Ubarri. Il avait essuyé toutes les vacheries et tous les coups durs, en avait pris plein la gueule, mais ne s'était pas découragé. C'est le fils qui avait gardé les marques. Une gangrène de haine avait grignoté l'âme du petit Gaby depuis ses quinze ans, depuis qu'il avait flingué le concierge de l'immeuble… Julien raconta la volée de chevrotines vengeresse. Mais le paternel, lui, n'avait pas mérité ça…

– Voilà, dit Julien.

Sa lassitude était immense et il se sentait en même temps débarrassé d'un fardeau énorme. Il bougea sur sa chaise, et son mouvement trop brusque le fit grimacer. Ses côtes esquintées le faisaient souffrir. Il n'avait pas encore pris les calmants prescrits par l'interne.

– Quel merdier…

Vilot se décolla du mur sans enlever les mains de ses poches et arpenta lentement le bureau. Il n'avait pas ouvert la bouche durant la confession de Julien. L'inspecteur n'était pas un bavard. Sauf quand il avait trop bu et qu'il se lançait dans d'affolants écarts de conduite nocturnes. Ce n'était pas le cas, cette fois. Seule l'évocation de la mort de Carboni lui avait arraché un méprisant « c'est pas une grosse perte ». Pour le reste, il avait écouté. L'inspecteur marcha jusqu'à toucher le mur, se retourna, recommença dans l'autre sens. C'était un type mince, de petite taille, presque fragile, qui se mouvait tout en souplesse. Il avait une manière de bouger, le visage à demi penché, les épaules bloquées, qui le faisait sortir de l'Actor's Studio. Julien lui trouva un vague air de ressemblance avec Montgomery Clift…

Vilot s'arrêta, se tourna vers lui. Il n'avait pas dans les yeux la lueur fiévreuse de « Monty », pas de pépites… Plutôt le regard neutre et terne de ceux qui s'acceptent tels qu'ils sont…

– Et Christian ? Il est prévenu ? Ils vont vouloir lui faire la peau à lui aussi. Vous auriez pu y penser tout de suite… Et merde !

Le policier s'apprêtait à sortir de la pièce.

– Arrêtez ! Il n'est pas chez lui… Il n'y a personne chez lui.

– Vous êtes sûr ?

– Il est au bord de la mer pour le week-end, avec son frère.

– Ils ne peuvent pas le savoir ? Aucun danger ?

– Aucun. À part moi et son frangin, vous savez, Chris ne dit plus grand-chose à personne…

Apaisé, l'inspecteur reprit sa marche de long en large.

– Je savais que depuis son pépin, Christian avait perdu les pédales, et je suppose que la mort d'Hélène n'a rien arrangé… Mais vous ? Ça m'étonne un peu. Vous êtes plutôt du genre raisonnable : il fallait l'empêcher, l'arrêter. Qu'est-ce qui vous a pris de vous mettre dans un foutoir pareil ?

Julien esquissa de la main un geste fataliste. Il n'avait pas le courage de remettre ça, de disserter sur l'amitié, de disséquer ses états d'âme…

– Je vais vous ramener chez vous, dit Vilot.

Il semblait réfléchir à voix haute.

– Chez moi ? Mais les deux autres…

– Ils sont peut-être dingues, mais pas cons à ce point-là. Ce serait trop beau…

Vilot était-il réellement un bon flic ? Aussi bon que tout le monde le prétendait ? La question vint subitement tarauder l'esprit de Julien. Théoriquement, il n'avait rien à faire sur ce genre d'affaire. Il était aux mœurs, pas à la criminelle. Tout le monde connaissait l'étrange autonomie dont jouissait Vilot au sein du commissariat, son peu de souci de la hiérarchie, mais sur une affaire pareille il ne pouvait pas se mouiller tout seul...

– Qu'allez-vous faire ? interrogea Julien presque malgré lui.

– Je n'en sais encore trop rien, répondit le policier d'un ton évasif. Par contre, ce qui est sûr, c'est que vous allez arrêter vos conneries !

Il écrasa son mégot dans le cendrier.

– Allez chercher vos fringues, passez voir l'interne... J'ai quelques coups de fil à donner.

Julien obéit docilement. Il ne croyait pas Vilot. Contrairement à ce qu'il prétendait, le flic était déjà en chasse, et cette certitude l'apaisa un peu plus. Tout rentrait dans l'ordre...

L'interne plâtrait le poignet du blessé de tout à l'heure. Sans trop de ménagements, à voir la tête du malheureux. L'infirmière fit prendre à Julien sa première dose de médicaments. Il signa deux ou trois papiers administratifs et nota au passage que le gardien de la paix n'était plus de faction. À son retour dans le bureau, Vilot raccrochait le téléphone.

– Voilà, c'est calé, dit-il en fermant son imper. On attend un peu, le temps de griller une sèche. Vous en voulez une ?

Vilot sortit deux cigarettes de sa poche. Deux blondes à bout filtre. Julien refusa.

L'attente dura une vingtaine de minutes. Sans la moindre parole échangée. La sonnerie du téléphone fit sursauter Julien, qui somnolait doucement. Vilot regarda sa montre et saisit le combiné.

– D'accord, dit-il simplement avant de raccrocher.

Il jeta sa blonde sur le carrelage, l'écrasa sous son pied. Avant de la ramasser d'un air navré et de la remettre dans le cendrier.

– C'est bon, maintenant, on peut y aller...

Les deux hommes sortirent lentement. Chaque pas faisait souffrir Julien. Au moment de pousser la grande porte vitrée, ils durent s'écarter pour laisser passer un couple. La mère marchait devant, le père suivait, portant dans ses bras une gosse d'à peu près trois ans en robe de chambre décorée de Babar.

– T'es sûre qu'elle l'a, cette perle, t'es certaine ?

– Mais oui, j'te dis, elle se l'est mise dans le nez...

Ils s'engueulaient.

Malgré sa douleur, Julien ne put s'empêcher de sourire : l'interne n'échapperait pas à son cauchemar de la nuit...

20

Vilot gara sa BMW à une trentaine de mètres du porche d'entrée. Devant une sortie de garage. Il éteignit le moteur, mais laissa le contact. Pour les essuie-glaces.

– Vous m'attendez là, ordonna-t-il.

À travers le ballet des essuie-glaces, Julien s'efforça de ne pas perdre l'inspecteur de vue. Il y a moins de deux heures, dans cette rue, il avait failli perdre la vie, et il avait beau se raisonner, l'angoisse lui retombait dessus...

Vilot était maintenant penché vers une autre voiture, garée à cheval sur le trottoir d'en face, portière avant gauche entrouverte. Le journaliste jeta des regards anxieux de chaque côté de la BMW, pensa régler le rétroviseur intérieur. Mais c'était inutile, le flic revenait en courant, courbé sous la pluie battante...

– Allez, grouillez... tout est OK.

Julien s'extirpa péniblement de la BMW. L'un des inspecteurs de l'autre voiture les avait devancés dans le couloir, avait allumé la minuterie qui continuait à clignoter. La vision des poubelles renversées, des ordures éparpillées sur le pavé, du vélo de gosse culbuté dans un coin provoqua en lui une curieuse sensation : c'était donc là, tout à l'heure... Il avait du mal à y croire.

– On va téléphoner à Christian.

Vilot était resté debout dans l'appartement, n'avait pas enlevé son imper. Avachi dans un fauteuil, Julien tentait de se retrouver complètement, de faire réintégrer son double, celui qui s'était fait tabasser. La proposition du policier l'assomma...

– Quoi ? À cette heure-ci ? À cinq heures du matin ?

– Justement, il n'y a pas de temps à perdre. Vous avez son numéro, j'espère.

– Bien entendu.

C'est Guillaume, le frère de Chris, qui décrocha. D'une voix engourdie par le sommeil, il chercha à comprendre ce qui se passait. Mais Julien ne voulait pas d'intermédiaire. Le frangin céda.

– Attends, il faut que je branche le téléphone dans sa chambre, c'est tout un bordel. J'y vais, et tu rappelles dans cinq minutes.

– D'accord, mais vite !

– Cinq minutes, je te dis...

Julien connaissait mal Guillaume. Il le trouvait lymphatique, le soupçonnait de masquer d'authentiques faiblesses derrière une apparente et perpétuelle décontraction. Depuis quelque temps pourtant, il avait dû corriger son point de vue : Guillaume s'occupait à merveille de son frangin...

Il recomposa le numéro.

– Passez-le-moi, commanda Vilot d'un ton impérieux.

Julien refusa. Il préférait présenter la situation à sa manière.

Il n'en eut pas le temps. Chris l'écouta à peine et commença à débiter ses reproches : Julien avait mis Vilot dans le coup, il l'avait trahi...

– Mais il a bousillé Carboni, et j'ai failli y passer aussi ! Tu ne comprends donc pas ? se mit à hurler Julien, excédé d'avoir à se justifier.

– Passez-le-moi donc, insista le policier en avançant une main autoritaire.

Cette fois, le journaliste ne se fit pas prier.

– On a fini de rigoler, commença Vilot.

Sa voix était douce et compréhensive, mais la patience lui allait comme un string à un bébé phoque. Julien devina que Chris continuait à ergoter...

– Ta gueule, Christian ! Vos conneries, c'est terminé ! Je

l'ai déjà dit à ton pote. Et c'est valable pour toi aussi. Et maintenant, tu vas m'écouter...

Le tutoiement ne surprit pas Julien. À une certaine époque. Chris avait été très proche de Vilot et l'avait fréquemment suivi dans ses chevauchées nocturnes. Il était arrivé à Julien de se mêler à eux et les contours d'une nuit mémorable se dessinèrent dans sa mémoire : c'était il y a quelques années déjà, et au Grizzli justement. Une douzaine de mannequins au rabais, après avoir présenté leurs dessous affriolants dans un hypermarché de banlieue, avaient échoué dans la boîte à l'heure des habitués de mauvaise vie. La fête avait été loin, très loin : les mannequins avaient fini par défiler pratiquement nus sur la mezzanine, les putes les avaient rejoints, et les macs ne savaient plus qui était qui. Tout le monde était défoncé...

– Attends une minute, je pense à quelque chose...

Julien se raccrocha à la conversation. Vilot donnait l'impression de réfléchir tout en parlant...

– Dis-moi, Chris, en dehors de nous, personne ne sait où tu te trouves actuellement ? C'est sûr ? Au poil, reprit l'inspecteur.

Il s'était tourné vers Julien, le regardait droit dans les yeux, un mince sourire sur les lèvres. Le premier depuis son entrée dans la salle des urgences...

– Alors, voilà ce qu'on va faire. Tu restes où tu es... Écoute-moi, bordel !

Chris devait protester. Vilot prit une profonde aspiration, martela ses mots :

– Qu'est-ce que tu crois ? Ce n'est pas un rigolo, ton Gaby ! S'il ne t'a eu qu'à moitié, Carboni, il ne l'a pas raté. Quant à ton copain, c'est un miracle. Alors, continuez comme ça, et on va vous ramasser à la petite cuillère. Si c'est ce que tu veux, dis-le tout de suite !

Il est capable de dire oui, songea Julien...

– Bon, continua Vilot, tu restes où tu es, et ton copain vient te rejoindre. Jusqu'à quand ? Le temps qu'il faudra. Ce que je veux, c'est ne pas vous avoir dans les pattes et vous savoir en sécurité... Il va roupiller un peu et il part. On te rappellera avant. Salut.

Il s'adressa à Julien :

– Qu'est-ce qu'il y a ? Vous vouliez lui parler ?

– Non, non…, se reprit le journaliste.

La violence du ton l'avait complètement pris au dépourvu. Il devait avoir l'air ahuri…

– Vous n'êtes pas d'accord ? C'est la bonne solution pourtant : vos deux tueurs sont dans la nature, encore plus dangereux qu'auparavant. Croyez-moi, ça ne va pas être facile de leur mettre la main dessus en douceur…

– Sûrement.

Julien se sentait devenir vaseux…

– Bien. Maintenant, au pieu ! Vous avez une tête à faire peur…

– Il faut que je prenne mes médicaments, soupira le journaliste en cherchant des yeux son imper.

– Oui, bien sûr, concéda Vilot.

Son regard apitoyé irrita Julien.

– Mais allez vous coucher vite fait. À midi, je suis là, et on reparle de tout ça.

L'inspecteur ouvrit la porte.

– Refermez à clé derrière moi. Mais n'ayez aucune crainte. Mes deux gars sont en bas. Ils ne bougent pas.

– Qu'est-ce que vous allez faire ? interrogea de nouveau Julien.

Le policier leva la main droite en signe d'apaisement, mais ne répondit pas. Il sortit.

Julien fixa la porte. Ce que Vilot allait faire ? Pour lui, c'était l'occasion rêvée. Il le voyait monter au dernier étage du commissariat central, là-haut, dans les bureaux soft et cuir, où ne traînent jamais les paumés menottés, les clodos avinés, où le nom de Vilot n'est prononcé qu'avec répugnance. Du bout des lèvres. Il allait fouler la tendre moquette des privilégiés du sommet, des diplômés à carrière programmée, frapper à la porte de son patron, futur préfet, futur chef de cabinet. Peut-être même le trouverait-il en tenue d'apparat galonnée, au sortir d'une réception officielle, d'un cocktail ministériel. Et il lui dirait : « Voilà : moi je me salis les mains, moi je ne fouille pas la merde en gants blancs, je plonge dedans, je vis dedans. Peut-être même que ça me plaît, peut-être même que je suis pourri. Mais pas seulement pour la fantaisie. Et voilà ce que je ramène… »

Je délire complètement, se lamenta Julien. La nuit désertait l'appartement par petites secousses. Encore allumée, l'enseigne projetait en cadence des taches de moins en moins vives, de moins en moins bleutées. De la rue, montaient les clameurs pressées, les haleines fraîches du petit matin. Bientôt, les bruits, les odeurs du réveil s'épanouiraient. Cela n'avait rien à voir avec la lassitude des laborieux, l'assoupissement du soir, lorsque le quartier étouffait ses dernières forces, se repliait derrière ses rideaux, ses volets et ses grilles.

Il se leva doucement, comme un petit vieux enkylosé, les deux mains appuyées sur les accoudoirs du fauteuil : il allait se rendre dans la salle de bains, prendre une douche, manger un petit quelque chose aussi... Il ne fit rien de tout cela. Traînant son imper, il tituba jusqu'à son lit, avala ses gélules sans verre d'eau, ôta ses vêtements avec une minutie de dentellière, souffrit le martyre pour délacer ses chaussures. Sur le dos. Il ne serait bien que sur le dos...

Julien ferma les yeux avec volupté. La séquence d'un film qu'il avait adoré dans sa jeunesse trottait dans sa tête. Il revoyait Humphrey Bogart, journaliste inflexible, salement tabassé par une bande de truands dans une ruelle sombre : « Il ne faut jamais frapper un flic ou un journaliste », prévenait Bogie en essuyant ses lèvres ensanglantées.

– *Bas les masques*, murmura Julien, de Richard Brooks.

Ni Gaby ni Fredo n'avaient dû voir le film.

Une dernière fois, il ouvrit les yeux. Derrière les carreaux, entre les rigoles de pluie, l'aube s'enhardissait. Plus sale, plus grise, plus coupable encore que la nuit. Julien songea à Lydia. Comme l'éboueur, entre deux poubelles, songe à Tahiti...

21

Le réveil fut douloureux. En bas, dans la rue, un livreur bloquait la circulation et déclenchait un concert d'avertisseurs. C'était le cas à longueur d'année, et chaque jour de la semaine : bourrée de commerçants en façade et d'artisans en arrière-cour, la vieille ville s'embouteillait quotidiennement au rythme des déchargements de quartiers de viande, de meubles ou de cageots de salades. Le vacarme s'étalait au ras du pavé, puis montait en force le long des façades à pans de bois, s'engorgeait dans les encorbellements avant de s'évanouir enfin au-dessus des toits d'ardoises. Chaque matin, la clameur venait secouer Julien sous ses fenêtres, sur son perchoir, là-haut, au dernier étage. Et chaque matin Julien s'éveillait ainsi, la tête farcie des bruits et des exaspérations de la ville…

Il était près de onze heures trente. Dans une demi-heure maintenant, Vilot frapperait à sa porte. Julien eut la tentation de rester pelotonné sous sa couette. Il appréhendait de bouger, conscient qu'un calvaire l'attendait…

Il prévoyait le pire. Ce fut pire encore… Sa boîte de médicaments à la main, Julien mit le cap sur la salle de bains. Il glissait comme un automate, sans lever les pieds, le buste raide, serré dans son bandage comme dans un corset de fer. Ce qu'il vit dans la glace acheva de le consterner. L'interne avait posé un pansement minimal sur la ligne des points de suture. Tout autour, la peau s'était enflée, boursouflée, et un halo noirâtre s'étendait de l'œil jusqu'au coin des lèvres. Il se débarrassa du bandage, eut tout de suite la sensation de mieux respirer et se glissa sous la douche en prenant soin de ne pas se mouiller le visage. Maintenant, il avait faim : il lui semblait qu'il n'avait rien avalé depuis des jours et des jours et rêva d'un petit déjeuner à l'anglaise, d'un breakfast monstrueux avec œufs brouillés, toasts et vrai bacon. Il dut déchanter dès l'ouverture du frigo : un œuf se gelait en solitaire dans la contre-porte et le placard de la cuisine livra à l'affamé des biscottes centenaires, craquantes comme des éponges. Julien rafla ces vestiges et se vengea sur le café. Il commença à manger comme s'il avait des mâchoires de porcelaine. Sous le peignoir, ses côtes fêlées se rappelaient à son bon souvenir. Il prit ses calmants entre deux gorgées de café. C'était vraiment une belle journée…

Vilot franchit la porte de l'appartement avec une heure de retard. La mine sombre. De toute évidence, l'affaire ne tournait pas comme prévu. Julien l'interrogea.

– On cherche, on cherche..., répondit évasivement le policier.

– Autrement dit, rien de neuf ?

Julien enfonçait le clou.

– C'est ça. Vous êtes prêt ?

– Je donne un coup de fil au canard, je prends quelques affaires, et on y va. Vous buvez un café ?

– Non merci, je ne fais que ça depuis des heures.

Le journaliste prévint son rédacteur en chef. Il ne pouvait disparaître comme ça dans la nature...

– Merci pour le week-end, ironisa-t-il. Je pars à la campagne ce matin de bonne heure, je discute avec les fleurs et les petits oiseaux. Et crac ! Ma voiture n'a pas aimé. Dans le fossé.

– Pas trop de bobos ? s'inquiéta le réd-chef.

– Rien de grave : une pommette ouverte, deux côtes pétées et des gnons un peu partout, précisa Julien.

Il était sincère, ce n'était déjà presque plus un mensonge...

– Et la voiture ?

– Ah ! elle, c'est autre chose...

– Avais-tu ta ceinture ?

– Euh... Oui.

– Heureusement, vieux, parce que sans ta ceinture tu aurais salement dérouillé... Encore que, l'autre jour, il y a un mec qui n'a pas pu sortir pendant que sa bagnole cramait, et il a grillé avec. Mais quand même, les statistiques prouvent...

Julien écarta le combiné de son oreille, soupira en regardant Vilot. Il avait oublié que le rédacteur en chef était un fondu de la voiture, un allumé de la caisse. De ses vingt-cinq ans de métier, il semblait n'avoir retenu que ses trois mois de stage à *L'Auto-Journal*. D'avoir, dans sa jeunesse, frôlé le Walhalla du moteur à explosion l'avait marqué pour le restant de ses jours. Il ne s'en était jamais remis. Depuis, il marchait sur quatre roues. S'il n'abrégeait pas, il en avait pour une heure...

– Excuse-moi, mais je suis encore un peu secoué. Je viens de voir le toubib, il faut que je me repose...

Compatissant, le rédacteur en chef rengaina son savoir.

– Il t'en a donné pour combien de temps ?

– Je n'en sais trop rien, moi. Une semaine...

Julien regarda l'inspecteur qui haussa les épaules en signe d'ignorance.

– Peut-être moins, ça va dépendre de mon état.

Ils se mirent d'accord pour la semaine. Avec un coup de fil jeudi. Pour confirmer.

Julien fourra ses affaires en vrac dans un grand sac noir style marin tandis que Vilot, un petit calepin sous les yeux, l'interrogeait. Le flic tournait ses feuilles sans lever les yeux. La plupart des questions recoupaient les réponses que Julien avait déjà fournies à l'hôpital. Les autres ne concernaient que des détails sans importance qui lui revenaient à l'esprit et que Vilot s'empressait de noter sur son carnet.

– Mais je vous ai déjà dit tout ça ! s'impatienta Julien. C'est Carboni qui avait le contact. Pas nous. Moi, je l'ai vu au Dog Green, je l'ai aperçu, plutôt. Chris, lui, il ne sait même pas à quoi il ressemble... enfin, presque !

Julien pensa à sa description du hold-up... En fait, quelque chose le tracassait depuis que Vilot avait commencé à l'interroger : il était persuadé d'avoir oublié un élément dans son récit. Important ou pas, il n'en savait rien. Mais il y avait un blanc quelque part. Ce qui ne serait pas étonnant, pensa-t-il, compte tenu du bordel de cette nuit... Il traînait cette absence comme un boulet. Il avait beau chercher, il ne voyait pas...

– Ne vous plaignez pas, riposta Vilot, sarcastique. Vous devriez être au commissariat central. Et Christian avec vous ! C'est là qu'on devrait vous interroger. D'ailleurs, il n'est pas certain que ça ne se termine pas ainsi...

Ce matin pas plus qu'hier soir le policier n'avait l'intention de se laisser marcher sur les pieds. Dompté, Julien se rendit dans sa salle de bains, enfourna brosse à dents, dentifrice, rasoir et déodorant dans sa trousse de toilette. Il écoutait toujours Vilot. L'inspecteur était obsédé par Carboni :

– Votre copain Carboni, raillait-il, c'est à lui que vous devez tout ça. Il vous a balancés... Remarquez, il faut lui pardonner. Je suis allé ce matin à la morgue, je peux vous dire qu'il n'a pas bonne mine, ils l'ont salement arrangé...

Julien se garda bien de lui dire qu'il le savait.

– C'est dire à quel point ils sont fondus, ces deux-là, surenchérissait le flic, car quand on connaît l'oiseau, ils n'avaient pas besoin d'aller si loin. C'était tout, sauf un héros. À moins, à moins...

– À moins ? s'enquit le journaliste.

– Rien...

Julien s'observa dans la glace, traqua quelques améliorations sur ses traits tuméfiés. Il fallait vraiment chercher. Sous l'œil, le noir virait au jaune sale... Il entendait Vilot qui se livrait maintenant un peu, qui racontait son boulot du matin. Papa Alipio avait reçu sa visite, mais il n'avait pas trouvé la jeune sœur de Gaby. Envolée. Le père prétendait ne pas l'avoir vue depuis deux ans. Julien se souvint des paroles de Juan : « C'est pas le bonheur avec ses enfants. »

Avec le patron du Dog, par contre, cela s'était plutôt mal passé, il avait fallu jouer les gros bras. Mais pour rien. Actuellement, d'autres policiers ratissaient plus large, chatouillaient un peu les potes d'Ubarri, fouinaient dans la banlieue crasseuse, mais Vilot ne se faisait guère d'illusions... Julien le vit surgir dans son miroir. Il rangeait son Bic et son calepin dans la poche de son imper.

– Il va falloir être patient, jouer serré, concéda l'inspecteur. Planquer, attendre, et ne pas le louper. Ce n'est pas le genre à rester peinard, il finira par faire une connerie, et on sera là. Pendant ce temps, vous pêcherez la crevette...

– Et ça peut durer combien de temps, cet exil ?

– Ne vous énervez pas. Pensez plutôt au coup de bol que vous avez eu. Normalement, je devrais être en train de lire votre nécro dans le canard...

Vilot balançait son épaule en rythme contre le chambranle de la porte. Plus encore que la veille, Julien lui trouva un teint de mauvaise vie. Il portait la même chemise, la même cravate pendante, et la même veste de tweed. Pensif, Julien laissa traîner un doigt sur sa lèvre hideusement enflée... Il avait raison, Vilot, il avait eu du pot.

C'est à ce moment-là que la mémoire lui revint. Ce fut si brusque qu'il se fit mal, qu'il appuya trop fort sur sa lèvre boursouflée : voilà ce qu'il avait oublié !

Il était à la fois ennuyé et soulagé, décida de ne pas

informer tout de suite Vilot. Par commodité. Ici, dans l'appartement, l'autre allait mal le prendre. Là-bas, sur place, il gueulerait peut-être, mais il aurait du concret sous les yeux. Julien passa devant Vilot, sortit de la salle de bains, enfonça sa trousse dans le sac et serra la grosse corde blanche pour en fermer l'extrémité.

– Avant de partir, on va aller quelque part, dit-il d'un air distrait.

L'inspecteur le dévisagea, interloqué :

– Quelque part... Où ça ?

– J'ai quelque chose à vous montrer. On va prendre les deux bagnoles, je partirai directement de là-bas.

Un voile de lassitude couvrit les traits du policier.

– Attendez. Vous n'avez peut-être pas encore compris, mais on ne joue plus. C'est terminé. Vous faites ce que je vous dis, un point, c'est marre...

– J'ai bien compris ça, faites-moi confiance. Mais c'est important. Important pour vous...

Julien voulut saisir son sac. Il grimaça. Dans l'escalier, cela allait être coton. Impatienté, Vilot le lui prit des mains :

– Donnez-le-moi.

Julien accepta sans se faire prier.

Les deux inspecteurs en faction devant l'entrée n'étaient évidemment plus les mêmes. La relève avait eu lieu. Vilot alla jusqu'à eux, leur donna les clés de l'appartement, accompagna le journaliste jusqu'à sa 405. Les deux inspecteurs suivaient à une dizaine de mètres derrière, chacun sur un trottoir. La rue grouillait d'une foule impatiente. C'était la trêve de midi, écourtée par la pratique assidue de la journée continue. Il y avait de tout : des hommes d'affaires qui descendaient vers les restaurants cossus de la Grande-Place, les auberges prestigieuses à couverts d'argent... des dactylos, des vendeuses, qui avalaient leur salade ou leur croq' dans des fast-foods vitrés comme des aquariums... Et puis des jeunes, qui n'avaient rien à foutre, qui erraient en bande avant d'échouer devant leurs flippers...

Conscients que leur temps de liberté était compté, les gens se frôlaient, se heurtaient sans s'excuser, jouaient des coudes et des épaules. Julien entra peureusement dans la cohue pressée, le bras replié sur ses côtes blessées. Malgré lui il détaillait les visages qu'il croisait, épiait les silhouettes qui le suivaient ou le dépassaient. On le dévisageait... Des regards indulgents, presque apitoyés. Ce n'était guère étonnant : avec la gueule qu'il avait...

Un jeune type en jean délavé et baskets surgit brusquement à ses côtés et resta deux ou trois secondes à sa hauteur. Il avait une drôle de tête, longue et osseuse, avec des sortes de rouflaquettes qui lui bouffaient les joues. Il portait une boucle à l'oreille. Sobre, sans fioriture. N'empêche. Julien frissonna. Il se mit à haïr les boucles d'oreilles... il se mit à haïr les jeunes cons qui portaient des boucles d'oreilles. D'où il sortait, celui-là ? Il ne l'avait même pas vu arriver... Qui pouvait empêcher le tueur de faire comme lui, de déboucher d'un couloir, d'une ruelle, et de lui coller une balle dans la tête ? Il s'en voulut d'avoir si peur, de sentir ses mains devenir moites. Il regarda Vilot. Lui aussi était aux aguets : il fouillait des yeux un espace déterminé, délimité par les deux autres inspecteurs. Au-delà, rien ne l'intéressait. Une dernière fois, le flic voulut savoir où ils allaient.

– Vous verrez sur place, répondit Julien, ce sera plus facile.

– Vous commencez réellement à me faire chier, vous savez...

– Je ne peux rien vous dire avant, je ne suis pas sûr de moi, mentit Julien.

Dans un geste de mauvaise humeur, Vilot balança le sac marin dans le coffre de la 405 et repartit sans un mot vers sa voiture. Julien ferma ses portières de l'intérieur, attendit de voir Vilot derrière son volant et démarra doucement. Parvenu au bout de la rue, juste avant de tourner sur l'avenue, il s'arrêta à nouveau. La place qu'il venait de quitter faisait déjà un heureux. Aux prises avec un créneau délicat, il empêchait l'inspecteur d'avancer. Un nouveau chantier pour le métro venait de s'ouvrir aux abords de la gare. À cette heure-ci, la circulation devait être impossible là-haut. Julien décida de reprendre les quais et de remonter sur le plateau, plus loin, à la sortie est de la ville. Il attendit, palpa son torse douloureux : il s'était vêtu confortable, avait retrouvé un vieux pantalon de velours noir à grosse côtes, un peu trop grand. Il s'y sentait à l'aise. Comme dans son pull grande taille, noir également. Un Lacoste. Julien était fana des Lacoste : « La seule marque, disait-il, qui te fait oublier ton poids... » Le visage fermé, renfrogné, de Vilot se mit à grossir dans le rétroviseur. Il ne tenait pas à le perdre...

22

Effectivement, l'inspecteur principal Vilot le prit mal. Il parut soudainement préoccupé par le bout de ses chaussures qui brillaient étrangement, trempées par l'herbe humide. Sans lever les yeux, il piqua une nouvelle cigarette blonde dans la poche de son imper, l'alluma avec son briquet jetable à trois sous, et dit simplement :

– Vous en avez encore, des comme ça ?

Le flic était à cran. Il vibrait de l'intérieur, cadenassait sa colère. Julien s'y attendait, s'y était préparé...

– C'est vrai, j'aurais dû m'en rappeler avant...

– Plutôt, oui...

– Mais dans ce que Carboni nous racontait, ça venait en plus. J'en avais rien à faire de son village espagnol...

– Quel flair...

C'est le journaliste qui explosa :

– J'ai oublié, merde ! Qu'est-ce que vous voulez que je vous dise ! Après la séance de la nuit dernière, c'est compréhensible, non ? J'en avais pris plein la gueule ! Excusez-moi, mais mes idées aussi étaient en bouillie !

– Ce n'est plus le cas maintenant ? rétorqua Vilot, impassible.

– C'est malin.

Julien était mal à l'aise. Il n'avait pas eu la volonté d'oublier, encore moins de mentir, mais il avait gommé tout ce qui concernait le vieil Alipio. Comme ce décor...

– Et vous me dites qu'ils sont là.

– C'est Carboni qui dit... qui disait ça.

Julien tentait désespérément de se souvenir des propos de l'indic. Cela lui paraissait tellement loin maintenant...

– Il disait que parfois, et surtout pour se planquer, il dormait dans ces baraquements. Ça date de l'après-guerre, ces trucs-là. Le fameux provisoire qui dure. Ce sont des émigrés espagnols, comme le père Ubarri, qui les ont construits. Et puis on les a oubliés. Mais ils sont toujours là... Enfin, ceux qui restent. Ou leurs descendants...

Julien revoyait défiler les visages d'Alipio, de Juan, José et Antonio : Vilot allait bientôt leur tomber dessus. Vilot et tous les flics de la ville...

Julien avait trouvé moins facilement que prévu. Il n'avait pas mis les pieds dans le cimetière Saint-Baptiste depuis une bonne quinzaine d'années. Son chef de service, un fanatique de l'histoire locale, l'avait envoyé là pour une histoire de bombardes médiévales exhumées de sous un mur d'enceinte. Il avait gardé le souvenir d'un cimetière embroussaillé et loqueteux, qui s'étageait à flanc de colline, qui serrait ses tombes autour des ruines de l'abbaye. Depuis, tout avait été chamboulé, nettoyé, brossé par les amoureux de la vieille pierre. Il avait failli ne pas reconnaître le site : les terrasses, jadis interdites au public, avaient été transformées en jardins à la française... les sentiers impraticables, obstrués d'éboulis, étaient devenus des chemins de ronde impeccablement pavés à l'ancienne... Julien s'était un peu perdu, avec sur ses talons un Vilot hargneux qui, toutes les trente secondes, lui signifiait qu'il avait autre chose à faire que supporter ses caprices. Ce n'est qu'aux abords immédiats de l'abbaye fortifiée, sous le mur d'enceinte, qu'il s'était repéré. Il avait retrouvé le chemin qui serpentait plus haut, qui s'enfonçait comme une presqu'île jusqu'au bord du coteau. Là, rien n'avait changé : il n'y avait plus un souffle de vent, pas la moindre brise. Pas une goutte de pluie ne perçait le dôme des arbres gigantesques. Là était le cimetière des oubliés : des dizaines de tombes agonisaient lentement sous la mousse verdâtre, des dizaines de monuments funéraires tombaient en ruine, fissurés par le temps, dévorés par le lierre. Il y régnait un parfum d'abandon, une odeur tiède et douce de nature qui se décompose. À partir de cet instant, Vilot s'était tu... Il avait suivi Julien sur le chemin tapissé d'aiguilles de pin, l'avait suivi encore dans les ronces, les orties et les arbustes morts. Jusqu'au bord de la colline...

– Voilà, c'est là, avait annoncé Julien.

Et il avait aussitôt expliqué. Tous deux avaient longuement observé la quinzaine de maisonnettes regroupées dans les taillis, légèrement en contrebas. Ce n'était pas un bidonville pour clodos, une cité de manants, crasseuse et boueuse, rapiécée avec planches et cartons. De loin – à vol d'oiseau, ils se trouvaient à une centaine de mètres –, les baraques étaient plutôt pimpantes et bien entretenues, repeintes quand il le fallait. Il y avait des rideaux accrochés aux fenêtres, des géraniums dans les jardinières et même quelques jardinets cernés de barrières blanches. Pas mal de voitures aussi... Mine de rien, les sinistrés du franquisme avaient dû trimer dur, s'esquinter au boulot pour se reconstruire une vie et bâtir leurs cabanes...

– Comment font-ils pour grimper là-haut? avait demandé Vilot.

Bras tendu, Julien lui avait indiqué un chemin défoncé à peine visible, masqué par les arbres et la végétation. Il partait d'un cul-de-sac, de l'ancienne rue de l'Abbaye barrée depuis bien des années maintenant.

Ils étaient là depuis près d'une demi-heure maintenant. L'inspecteur alluma une nouvelle cigarette. Immobile, il semblait vouloir s'installer là pour l'éternité. Julien comprit qu'il fouillait le paysage du regard, qu'il entrait dans les détails, dans les maisons, qu'il évaluait les distances comme un géomètre...

– C'est beau, hein? dit Vilot au bout d'un moment.

Ses yeux portaient plus loin cette fois, jusqu'à la ville qui s'offrait à leurs pieds. C'est vrai qu'elle était belle ainsi, vue de haut... Julien suivit le fleuve dont les méandres s'étiraient paresseusement jusqu'à l'horizon. Malgré le ciel couleur plomb, malgré la brume et le crachin, les eaux scintillaient en une multitude de pépites dorées. Il laissa son esprit vagabonder sur les toits d'ardoises pointus, rebondir de clocher en clocher, errer autour des places biscornues, des tours et des murailles médiévales. Il s'évada, songea à l'orgueil statufié, momifié de la cité. En bas, au ras du sol, l'élite locale se déchirait en de mesquines querelles, bataillait pour de sordides intérêts. La ville officielle était une mégère vieillissante, formidablement hautaine et dédaigneuse, qui se consumait à petit feu dans des convenances d'un autre temps. C'était une vraie ville de province, pleine de préjugés, enfermée dans ses traditions. Dans les grandes maisons bourgeoises, on mettait la soupière fumante sur la table comme un siècle auparavant, on glissait sur le parquet patins aux pieds, on faisait le signe de croix avec son couteau avant de trancher le pain et on pleurait sur les films et les chansons d'antan en regardant la télé. On ignorait la vie qui grouillait à l'étage au-dessous. On refusait d'avancer, on brisait les impatiences, on ligotait l'avenir. Toute une jeunesse étouffait entre les murs de la cité. Pour combien de temps? s'interrogea Julien. Personne mieux que lui, journaliste de terrain, ou que Vilot, flic des bas-fonds, ne pouvait exprimer ce formidable décalage entre un underground culturel formidablement imaginatif et une élite qui s'empiffrait de petits fours et préparait le prochain concours des villes fleuries. Mais eux aussi avaient choisi. Ils s'étaient enchaînés au râtelier des notables. Ils grignotaient en bout de table, ramassaient les miettes, vidaient les assiettes. Ils étaient comme les autres, pires que les autres peut-être. Ils ne bougeaient pas.

Les deux hommes redescendirent lentement. Vilot traîna autour des tombes déglinguées, s'arrêta près d'un mausolée monumental qui surgissait des broussailles. La grille était ouverte, les dalles éclatées laissaient une ouverture béante dans le sol. À travers les ronces et le lierre qui s'agrippaient à la pierre vermoulue, on pouvait apercevoir l'escalier qui menait au caveau souterrain. Julien déchiffra avec difficulté le nom qui s'inscrivait au fronton. Il s'agissait d'une famille locale illustre dont les ancêtres avaient prospéré dans le textile. On avait, par reconnaissance, donné leurs noms à deux rues de la ville. Le paradoxe l'amusa : il se baissa, ramassa un rectangle de papier plastifié, bordé d'un liséré noir et coincé sous une pierre : « Concession expirée, lut-il, pour renouvellement ou abandon, prière de s'adresser au conservateur. »

– Est-ce qu'il reste du monde ?

Le gardien était posté devant la grille d'entrée. Il les saluait comme à la campagne, en soulevant légèrement la visière de son képi. Vilot lança un coup d'œil interloqué à Julien...

– Non… Enfin, on n'en sait rien, on n'a pas fait attention…

– Parce que je ferme à cinq heures, moi…

Julien regarda sa montre : il n'était pas encore quatre heures et demie…

– J'ai beau les prévenir… (Il montrait de la main une grosse cloche scellée dans le mur.) Il y en a toujours qui n'entendent pas. C'est arrivé que des gens soient enfermés. Alors je dois galoper partout dans le cimetière, jusqu'à l'autre bout. Vous comprenez, ce n'est plus de mon âge…

Le bonhomme avait surtout envie de parler. Ça le changeait des morts. Peut-être même que leur présence l'intriguait. Deux hommes dans un cimetière, ce n'était pas si fréquent. Des couples si, des petits vieux solitaires aussi, des femmes surtout… Tout en parlant, le gardien triturait nerveusement le haut de sa vareuse bleu marine. Il avait les pires difficultés à refermer son col sur un gros bouton de métal doré. Son regard bleu délavé, sa silhouette cassée le faisaient ressembler aux retraités de la marine que l'on retrouvait assis sur les bancs de la digue.

– Merci quand même…

Le vieux sortit une montre à gousset de sa poche et, tandis qu'ils s'éloignaient, les deux hommes entendirent qu'il continuait à parler tout haut.

– Encore un quart d'heure, et je sonne…

Vilot accompagna Julien jusqu'à sa voiture. Attendit près de la portière que celui-ci ait mis le contact. Le journaliste baissa sa vitre. Il retardait le moment du départ. Était-ce le cadre paisible ou la présence de Vilot à ses côtés ? Ou les deux à la fois ? Julien avait envie de faire une pause, de sortir du tourbillon, ne serait-ce que quelques instants. Le temps de comprendre, de réfléchir… Il sentait bien que le flic n'était pas d'humeur, mais tenta quand même sa chance :

– Quelque chose m'échappe, avoua-t-il.

– Quoi donc ?

– Comment en sommes-nous arrivés là, comment ils ont…

– Vous en avez de bonnes, coupa Vilot, sarcastique, vous foutez le bordel, et puis maintenant vous pleurez après votre mère…

– Ce n'est pas ça, reprit Julien découragé. Mais comment ont-ils su, pour Christian ? En dehors de Carboni ou de moi-même, personne ne…

– Carboni, vous avez mis le doigt dessus. C'est la clé du mystère. Manque de pot, il n'est plus là pour nous raconter. Mais il vous a balancés, c'est sûr. Je ne vois pas d'autre explication à tout ce cirque…

– Pour quelle raison ? C'est lui qui nous a mis sur le coup, qui nous a donné le nom de Gabriel Ubarri. Et puis ça s'est arrêté là, on n'est pas allés plus loin. Qu'est-ce qui a pu se passer ?

– Je n'en sais encore rien, mais je vais trouver…

– … De là à vouloir ma peau, continua Julien, ce n'est pas logique…

Le mot parut électriser Vilot. Il se pencha, mit son visage à hauteur de celui de Julien.

– Logique… Vous me faites marrer. Qu'est-ce que vous pouvez comprendre à ces mecs-là ? C'est votre truc, à vous les journalistes : vous n'y connaissez rien, vous enquêtez avec vos gros sabots, vous sonnez aux portes comme si vous vendiez des aspirateurs, et vous voulez tout expliquer. Après vous repartez, vous passez à autre chose…

– Je ne vois pas le rapport…

– Le rapport, c'est que les réactions de Gaby vous dépassent. Vous raisonnez en type ordinaire, mais lui, en face, il n'a rien à voir avec ça. Il n'est pas de votre monde…

– Tandis que vous, bien sûr…, protesta Julien avec agacement.

– Justement ! Les Gaby, les Carboni, je les connais par cœur. Je vis avec. On ne marche pas sur le même trottoir, mais on vit dans la même rue…

Vilot se redressa, donna une tape sur la carrosserie.

– Tirez-vous, je ne veux plus vous voir.

– Qu'est-ce que vous allez faire maintenant ?

– Ça ne vous regarde plus. Tirez-vous, je vous dis. Je préviens Christian de votre arrivée. Dans moins de deux heures, vous y êtes.

Julien n'insista pas. Il remonta sa vitre et manœuvra pour faire demi-tour. Il retrouva les trois bombardes d'il y avait quinze ans posées à la verticale contre le mur d'enceinte. Elles étaient comme neuves, repeintes d'un goudron noir et brillant. Il démarra. Dans le lointain, la cloche du cimetière se mit à tinter. Le vieux n'avait pas attendu quinze minutes...

23

Julien trouva Chris amaigri. Dangereusement, estima-t-il. Sorti de son fauteuil roulant, le corps de l'infirme perdait beaucoup de son volume, il s'effilochait dans l'espace, flottait dans un univers qui n'était plus à sa mesure, trop vaste pour lui... Mais ce n'est pas ce qui frappait Julien aujourd'hui. Chris fondait aux mauvais endroits et de mauvaise grâce. Comme les malades ou les vieillards qui dégringolent doucement la pente. Le pull noir au col avachi et distendu n'arrangeait rien. Christian gardait pourtant ses traits poupins, cette amorce de double menton qu'Hélène aimait à taquiner d'un pincement affectueux... Mais la peau du visage se creusait étrangement, comme aspirée de l'intérieur. Il y avait dans toute cette rondeur des cavités naissantes, des plis et des rides qui n'étaient pas venus invités par le temps qui passait, mais avec les épreuves. Et la souffrance.

Il le trouva à demi allongé sur un vieux canapé de velours vert, aux accoudoirs râpés jusqu'à laisser voir la toile. Toute la maison était comme ça, peuplée de meubles usés, encombrée de ces bibelots qui ont fait leur temps, dont on ne veut plus dans sa vie quotidienne et dont on dit qu'ils seront toujours assez bons pour une bicoque de week-end : la grand-mère avait ainsi bazardé son buffet de bois verni et sa table de salle à manger aux lourds pieds sculptés, il y avait deux fauteuils en bois blanc recouverts de tissu écossais, et le lampadaire de fer forgé supportait un abat-jour de carton aux reflets dorés. Quant à la télévision qui trônait sur une table à roulettes, en inox et formica, elle avait vu entrer Zitrone dans la profession. L'ensemble donnait un décor de brocante, terne et décourageant...

– Ils t'ont bien arrangé...

– Je t'expliquerai.

Julien retardait le moment. Il avait roulé vers la mer avec un sentiment d'éloignement jamais éprouvé. Sur la route, chaque kilomètre supplémentaire le mettait un peu plus hors de portée des heures pénibles qu'il venait de vivre. Chaque borne, chaque pancarte, chaque village était une porte qui se refermait derrière lui. Dans l'obscurité naissante, il avait vu le ciel se métamorphoser. C'était un ciel vivant, chahuteur, qui roulait et déroulait les nuages. Pas le ciel de la ville qui pesait comme un carcan.

– Tu prends la petite chambre du fond, dit Christian.

Julien fut surpris. Il avait craint que Chris ne lui tombe dessus dès son arrivée. Dans sa voiture, il s'en était fait tout un monde, persuadé qu'il allait devoir affronter une tempête de questions... Et il le retrouvait, étendu sur un canapé défoncé, posé dans la lumière comme une ombre chinoise, qui lui disait : « Tu prends la petite chambre du fond... »

De saisissement, Julien faillit se laisser aller.

– Je ne sais pas si tu te rends compte dans quelle merde nous sommes, lança-t-il.

– On en parlera un peu plus tard, si tu veux bien...

C'est lui qui inversait les rôles. Qui exigeait de surseoir. Mortifié de s'être ainsi trompé, Julien se jura de ne plus l'ouvrir. Il attendrait le bon plaisir de Chris. Il alla poser son sac dans la chambre du fond.

Guillaume respecta cette étrange loi du silence. Sans trop se forcer. À moins que son frère ne le lui ait demandé. C'était un obstiné du bonheur, un infatigable chercheur d'optimisme. Julien le trouvait incroyablement différent de son aîné. Guillaume baladait sa grande carcasse d'adolescent attardé en refusant obstinément de se fixer. Il avait été marié, était même père d'un garçonnet d'une dizaine d'années qu'il voyait au hasard de ses escales. Il travaillait dans des boîtes d'intérim pour gagner sa vie, et parfois des chantiers l'entraînaient à l'étranger pour plusieurs mois. Ces déplacements l'enchantaient. Quand il revenait, il se reposait, claquait jusqu'à son dernier billet, et repartait. Aujourd'hui, Julien le soupçonnait de prolonger son séjour plus longtemps que prévu pour soutenir son frère...

Guillaume n'avait pas caché son bonheur de voir débarquer Julien. Même s'il persistait à penser que tout devait fatalement finir par s'arranger, il était visible que son frère lui donnait du fil à retordre. Qu'il s'inquiétait. Pourtant, celui qui serait entré dans la maison sans rien savoir aurait pu croire à une soirée de vacances entre copains. Pour quelques secondes seulement... Car ni la bouteille de Jack Daniel's ni les trois plateaux de fruits de mer commandés chez le mareyeur n'allégèrent l'atmosphère. À deux ou trois reprises, Chris s'énerva même assez violemment parce qu'il ne parvenait pas à manger correctement, s'en prit même à Guillaume, l'accusa de ne pas avoir pensé à lui en achetant des huîtres et des crustacés. Guillaume plaisantait et l'aidait...

La conversation roula sur le journal et les hommes politiques du cru, mais c'étaient des phrases en toc, balancées à la va-vite pour combler le silence. Cette soirée se déroulait comme un malentendu...

– Demain, il fera beau et sec. C'est la météo qui le dit. Un petit tour en bateau, les gars ?

La question de Guillaume était idiote. Ils étaient venus ici pour ça. Mais Chris joua le jeu :

– Ça nous fera du bien, hein, Julien ?

Julien acquiesça avec répugnance. Il connaissait l'engin, un petit chalutier de pêche côtière que Chris et Guillaume avaient acheté en commun. Il les avait déjà accompagnés lors d'un dimanche d'été. Après une heure de joyeuse rigolade, les relents de mazout et le clapot avaient eu raison de lui. Il avait été malade comme une bête. Demain, ce serait pire : il ferait froid et l'ambiance ne serait plus la même...

Il jeta un coup d'œil à la pendule murale dont les aiguilles s'ornaient de petites boules fluorescentes : il était à peine plus de vingt-trois heures...

– Je vais me coucher. Je suis crevé. Et si je veux être en forme demain matin...

– OK, Julien, dit Chris, compréhensif. Moi, je regarde la télé en m'envoyant un dernier Jack.

– Avec moi, annonça Guillaume.

Ils se levèrent tous les trois en même temps. Tandis que Julien et Guillaume commençaient à débarrasser la table, Christian avança cahin-caha, meuble après meuble, son bras mort faisant balancier, sa jambe droite traînant sur le pavé comme un morceau de bois flexible. Son lourd brodequin d'infirme s'accrocha dans le tapis. Irrité, Chris voulut le dégager à l'aide de son bras valide. Privé de son appui, il trébucha. Julien esquissa un geste pour le secourir, mais son copain parvint à se rétablir de justesse. Il prit place dans le fauteuil...

Julien rejoignit Guillaume dans la cuisine, posa les assiettes dans l'évier. La vision de son copain l'avait subitement abattu. Ces derniers temps, il avait oublié...

– Ça ne va pas très fort, hein ? chuchota-t-il.

– Pas très, non, répondit Guillaume.

Julien avala ses calmants, revint dans la salle pour un rapide bonsoir. Chris répondit par un signe de la main, sans tourner la tête, les yeux sur l'écran noir et blanc. Mais Julien en était sûr : il ne regardait rien.

Il s'apprêtait à quitter la pièce, s'avançait vers le couloir quand il entendit :

– Ça te fait mal ?

– Un peu, oui. Mes côtes cassées surtout, et dans le bide aussi...

– C'est bien fait. Si tu avais des abdominaux corrects...

Il y avait de l'amitié dans sa voix. La boutade le décida à revenir sur ses pas. Guillaume ne cessait d'aller et venir, rangeait, s'occupait. Julien prit place près de Chris, dans l'autre fauteuil bois blanc-tissu écossais.

– On en parle maintenant ?

– Si tu veux.

Julien raconta. Il avait encore en tête tout ce qu'il avait dit à Vilot, mais ce n'était pas réellement la même histoire. Il n'avait rien à prouver à Chris. Il se rendit compte également que la mort d'Antoine Carboni ne l'intéressait pas vraiment, pas plus que les reproches du flic ou ses propres interrogations. Une seule chose le passionnait, lui faisait poser des questions, provoquait ses commentaires : son agression. Il devenait clair qu'à travers le récit de Julien, Christian revivait son drame, qu'il s'enrichissait des réactions de l'autre, qu'il s'en abreuvait, qu'il jetait des passerelles entre leurs deux expériences de victimes... C'était si visible, si spectaculaire, que Julien en tira une conclusion réconfortante : Chris se sentait moins seul. Il avait quelqu'un à qui parler. Quelqu'un qui, comme lui, savait ce que c'était...

– Sans le savoir, dit Julien emporté dans son élan, cet imbécile nous a encore rapprochés…

– À la différence près qu'il t'a raté.

La réplique fit l'effet d'une douche glacée sur Julien. Plus jamais, songea-t-il, plus jamais nous ne serons comme avant… Cette constatation le rendit amer, presque hargneux. Il n'eut plus le souci de ménager Christian, de le laisser divaguer à sa guise. Julien chaussa les bottes de Vilot, prit les constatations du policier à son propre compte : ils avaient assez déconné comme ça, il était grand temps de s'arrêter. D'ailleurs, ils n'avaient plus le choix. Les flics prenaient l'affaire en main. C'était réglé.

– Ce n'est pas aussi simple, Julien…

– Mais qu'est-ce que tu veux de plus, bon Dieu ! Ils vont le coincer et ce sera grâce à nous. En dehors de te faire descendre, qu'est-ce que tu espérais ? C'est absurde. Absurde depuis le début…

– Il y a Hélène, il y a moi. C'est normal que tu ne comprennes pas.

C'était exceptionnel que Chris évoque le souvenir d'Hélène. Julien capitula. Ce soir, Chris lui faisait l'effet d'une lampe à huile à court de carburant qui s'éteint doucement, progressivement. Une pensée traversa son esprit : c'était Gaby qui l'alimentait, qui nourrissait son obsession, qui le faisait vivre…

– Excuse-moi, Chris, mais je n'en peux plus, il faut que j'aille dormir. On rediscutera de ça demain…

– Il n'y a plus grand-chose à dire, de toute façon…

Julien prit la fuite. La chambre à coucher n'améliora pas son moral. Elle était glaciale et miteuse, tapissée d'un papier à fleurs hideux tirant sur le jaune tournesol. Comme le lui avait conseillé Guillaume, il alluma le chauffage d'appoint qui se mit en marche avec un bruit de diesel et se déshabilla sous la clarté jaunâtre d'un lustre orné d'une demi-douzaine de coiffes en verre opaque. Une gigantesque armoire occupait tout un pan de mur. Il évita de se regarder dans la glace et rangea grossièrement ses affaires sur une étagère. Il y avait une table de chevet, recouverte d'une plaque de marbre ébréchée. Il en ouvrit machinalement la porte, s'attendant à y trouver la Bible, un exemplaire du *Pèlerin* ou quelque chose dans le genre. Il y découvrit un trésor : de vieilles Série noire, à couverture cartonnée, casaque jaune et noir. Tous signés James Hadley Chase et Peter Cheney. Julien choisit Cheney : *Les Femmes s'en balancent*. Cela faisait des années qu'il n'avait plus de nouvelles de Lemmy Caution…

Il n'alla pas au-delà du troisième chapitre. Julien referma le bouquin avec quelque remords. Lemmy avait beaucoup vieilli. Ou bien c'était lui. Il éteignit la lumière. La question qui vadrouillait depuis quelques minutes dans sa tête se mit à le hanter avec plus d'insistance. D'ailleurs, était-ce vraiment une question ? Chris devenait dingue…

24

Guillaume avait raison. La journée promettait d'être belle. Julien se leva sans peine. Malgré une mauvaise nuit, et pas seulement à cause d'un matelas bosselé comme une piste du Paris-Dakar. Pendant des heures, le soupçon n'avait cessé de le poursuivre, de le tourmenter : Christian sombrait-il dans la folie ? Cent fois il avait tenté d'y répondre. Tour à tour avocat et procureur, il avait puisé dans sa mémoire, aligné les preuves, procédé à des reconstitutions. Un moment, épuisé de se tourner et de se retourner sans cesse dans le lit bancal, il s'était levé. Depuis la fenêtre, le front posé sur l'avant-bras, il avait guetté le silence de la nuit avec une sorte de superstition craintive. Mais aucun indice n'était venu l'éclairer. Ce n'est que vers quatre heures, en pleine confusion, qu'il avait enfin sombré…

Et pourtant, ce matin, il se sentait bien. Face à la glace de l'armoire, sa pommette lui parut même un peu moins hideuse. Il se souvint que l'interne de l'hôpital lui avait demandé de repasser dès lundi : il allait devoir se mettre en quête d'un toubib dans le bled.

Julien sortit de la chambre en slip et tee-shirt. Frigorifié mais heureux comme un gosse à son premier jour de vacances. Par la porte d'entrée laissée ouverte, il vit que

Guillaume chargeait déjà sa Cherookee : lignes, épuisettes, cirés, caisses... Sur la table, le petit déjeuner était prêt... il avait dû se lever à l'aube. C'était un type formidable, ce Guillaume.

Julien se versa du café, mordit dans son croissant et attendit debout que Guillaume soit de retour.

– Tu n'as pas un jogging ou quelque chose d'autre à me filer ? demanda Julien.

Il se souvenait vaguement que la douche se situait hors de la maison, qu'il fallait traverser une petite cour pour s'y rendre. Guillaume ouvrit une porte, décrocha de la patère un survêtement rouge et gris qu'il lança au journaliste.

– On décolle à dix heures, prévint Guillaume.

Julien jeta un coup d'œil à la pendule murale aux petites boules fluorescentes : il disposait d'une bonne heure.

– Et Chris ? interrogea-t-il en entamant son second croissant.

– Il se prépare. Tu chausses du combien ?

– 43.

– Au poil, je te mets une paire de bottes dans la bagnole.

Moins d'une demi-heure plus tard, les oreilles réchauffées par un bonnet de laine, les deux mains enfoncées dans un caban bleu marine un peu trop large pour lui, Julien arpentait d'un pas de sportif le boulevard du bord de mer.

– Le temps d'aller chercher le journal et des cigares, avait-il prétexté.

– Pas la peine, s'était récrié Guillaume, on va y passer en bagnole tout à l'heure...

– Non, non, j'y vais à pied. Ça va me faire du bien...

Ça lui faisait du bien. D'ordinaire, Julien détestait ces journées de froid vif faussement parées des couleurs de l'été. Le temps prétendu sain le glaçait jusqu'aux os. Mais l'horizon blanc bleuté se tendait au loin comme un décor de théâtre, trois ou quatre chiens couraient sur la plage de galets, s'étourdissaient de leur liberté, la mer elle-même paraissait figée par l'hiver, elle ne clapotait pas plus qu'un vulgaire lac...

La plupart des maisons qui longeaient le boulevard étaient vides. Volets clos et barrières verrouillées. À trois exceptions près – Julien les avait comptées –, il s'agissait de pavillons à gros moellons construits de plain-pied ou sur un étage tout au plus, qui serraient les rangs face à la mer. Elles n'étaient ni modestes ni somptueuses. Grises, sans attrait et sans fantaisie. Uniformes.

Curieusement, les grandes maisons, les propriétés à piscine, tennis et parc de verdure, se situaient en retrait, au flanc des collines. C'est là-haut, dans les bois, que les grandes familles, établies depuis cinq ou six générations, s'ébattaient à huis clos. On y trouvait de grandes baraques baroques et prétentieuses, surmontées de tourelles dentelées ou coiffées de toits de chaume. Mais leurs propriétaires, généralement des notaires, avocats ou médecins, avaient le souci d'en montrer le moins possible. Les puissants faisaient retraite dans leurs résidences d'été, ne se mêlaient jamais aux foules prolétaires. Depuis l'époque des premiers bains de mer, « les vieilles cabanes », comme on les appelait ici, étaient les vrais maîtres de la station : ils noyautaient la mairie et l'office de tourisme, jouaient de leur influence à la préfecture et dans les ministères, avec une seule préoccupation, un seul mot d'ordre : que rien ne change. Et rien ne changeait.

Julien remonta la rue piétonne. Perpendiculaire à la mer, elle fendait le village en deux, comme une rigole rectiligne. L'été, la rigole était pleine à ras bord, débordait pour quelques semaines d'une vie en espadrilles et sandalettes, d'une vie à fanfreluches et parasols, nourrie de moules et de crustacés... Hors saison, elle offrait l'aspect désolé d'une ville vidée par la peur nucléaire. Seuls quelques rescapés, des retraités sans saison, trottinaient dans la rue bordée de rideaux de fer baissés, de vitrines vides et grillagées. Accrochés aux balcons ou collés derrière les vitres, une multitude de panneaux « À vendre » ou « À louer » offraient la cité désertée à qui la voulait...

Il y avait un semblant de vie à l'angle de la rue piétonne et du boulevard qui conduisait à la route nationale : le café-tabac tenait bon douze mois de l'année. C'était l'oasis des journées glaciales, où se regroupaient les isolés de l'hiver : on passait chez le boucher-charcutier, chez le boulanger et à la supérette. On s'arrêtait au café. Julien se faufila entre les rires du dimanche matin. Bruyants et hilares, les précoces de l'apéro étaient déjà au comptoir. Austères et silencieux, les mordus du PMU pointaient déjà leurs canassons...

Outre *Le Journal du dimanche*, Julien acheta la gazette dominicale locale. Maintenant, dans la rue, il feuilletait les deux canards en professionnel de l'information, ne retenant que les titres, parcourant la page en un coup d'œil, veillant à ne pas oublier les colonnes de brèves ou les rubriques d'échos. Il ne se faisait toutefois guère d'illusions : Vilot n'avait pas pu agir si vite, et l'aurait-il fait qu'on n'en trouverait nulle trace dans le journal. *Presse-Dimanche* avait de sérieux problèmes techniques et devait boucler tôt le samedi soir. Julien alla tout de même jusqu'au bout de sa revue de presse. Rassuré, il replia les journaux, les cala sous son bras, remit ses mains refroidies dans les poches du caban...

Julien traversa le parking de la plage où seuls deux camping-cars allemands stationnaient, toitures déployées. Il alla s'asseoir sur le petit muret de ciment, près de la guérite du poste de secours. Sur le tableau vert, on pouvait encore lire, inscrites à la craie, les prévisions du dernier bain de l'année : « Mer belle. Vent : force 3. Température de l'eau : 19°. Température de l'air : 23°. » Julien ne put déchiffrer la date, elle était aux trois quarts effacée...

Tout était si clair, si net autour de lui, que Julien éprouva la sensation de traverser une carte postale. Son esprit s'aéra, céda à l'euphorie : toute cette histoire finirait forcément par se tasser. N'était-elle pas déjà terminée, en fait ? Ils allaient rester là, peinards, pendant une semaine, peut-être deux... Après tout, qu'est-ce que ça pouvait foutre ? C'était l'idéal pour se refaire une santé. Et pendant ce temps, Vilot réglerait le sort des deux malades. C'est comme ça que s'achèverait le cauchemar. Évidemment, Chris n'en sortirait sûrement pas intact. Mais Chris, il le connaissait comme personne, il l'aiderait...

D'ailleurs, il lui parlerait dès cet après-midi. Il lui confierait ses errances de la nuit, qui lui faisaient honte maintenant, et ils en rigoleraient tous les deux. La nuit, quand on ne dort pas, ça vous fait déraper. C'est bien connu. Il dirait à Chris : « Tu ne trouves pas que c'est des conneries, tout ça ? »... et il lui répondrait : « T'as raison, c'est des conneries... »

Julien mit sa main en visière sur son front. L'air se teintait d'un blanc léger et lumineux. Toutes les choses perdaient leurs vraies couleurs, se recouvraient d'un voile diaphane : la mer n'était plus si verte, les galets n'étaient plus si gris… le soleil lui-même surgissait de l'onde comme un fantôme blafard. Julien plissa les yeux. Un instant il songea à Lydia. L'histoire de la nana sublime qui surgissait dans l'existence-poubelle du mec sans intérêt l'avait toujours fait marrer. Il y en avait plein les films et plein les romans. Le type ne voulait généralement pas de son étoile, et elle, miraculeusement, s'accrochait à lui comme à un Einstein du sexe. C'est un peu ce qui lui arrivait. Pourquoi lui ? Et pourquoi se poser la question ? Il n'avait qu'à en profiter sans chercher plus loin. C'était déjà assez formidable comme ça. Qu'avait-il à noircir obstinément les petits coins d'azur qui se présentaient à lui ? Il n'avait même pas répondu à son coup de fil…

Un voilier sortit du port. On aurait cru un jouet lancé dans un bassin d'enfant. La journée promettait d'être belle…

Il pressa le pas. Il venait d'apercevoir là-bas, au bout du boulevard, la haute silhouette de Guillaume qui le guettait avec impatience, les mains sur les hanches :

– Alors, toujours à la bourre, hein ? On tient à sa réputation !

Julien regarda Guillaume étonné : comment, il savait ça, lui ?

– C'est Chris. Il dit que ton cas relève de la psychanalyse, que sans raison valable tu te débrouilles toujours pour être en retard. C'est ton inconscient, paraît-il, qui te met des bâtons dans les roues…

Julien haussa les épaules et monta à l'arrière de la Cherookee. Guillaume se mit au volant. Il était souriant, désinvolte, et la casquette bleu marine de marin fécampois portée en arrière sur ses mèches blondes le rajeunissait avec élégance. À ses côtés, engoncé dans sa veste de peau de mouton retournée, Christian paraissait vingt ans de plus.

– Remarque, c'est mieux que lui, ironisa Guillaume en montrant son frère d'un mouvement de menton. Il ne voulait plus venir, figure-toi !

Lugubre, la voix de Christian sortit du col relevé :

– Rigole, rigole. On va se les cailler comme pas permis. À huit cents mètres du bord, vous allez voir, les gars, c'est l'Antarctique…

– Et après ? On va respirer, au moins…

Ici, Guillaume était seul maître à bord. Maître de la bicoque de vacances… Maître aussi de la grosse barque ventrue et poussive. Le coup de foudre de Chris n'avait guère duré plus d'une saison. Le temps de se rendre compte que, pour goûter l'ivresse d'une évasion en mer, il fallait d'abord être mécano, peintre et bricoleur à terre. Chris avait laissé tomber. Il n'était plus sur *La Gamine* que l'invité de son frère…

Guillaume était heureux. Il avait tout préparé, n'avait rien oublié : les lignes, les équipements… jusqu'au casse-croûte, jusqu'à la bouteille Thermos remplie de café brûlant. En sifflotant, il abaissa le pare-soleil sur le pare-brise et mit le contact. Le moteur démarra. La radio s'alluma.

C'était « France Infos » : les dernières tendances de la Bourse avant le flash de onze heures. Le port de plaisance était à trois, quatre kilomètres. Machinalement, Julien se dit qu'il aurait le temps d'écouter les gros titres du journal.

Il n'entendit que le premier. Le titre d'ouverture. Puis Chris qui murmurait :

– C'est eux.

Il répéta derrière lui :

– C'est eux.

Le présentateur donnait maintenant quelques détails : les deux hommes avaient échappé aux policiers. Il y avait eu fusillade, et l'un des flics avait été grièvement blessé. Réfugiés dans une grotte, aux abords d'un cimetière qui dominait la ville, les gangsters étaient assiégés. D'autres coups de feu avaient été entendus…

Le présentateur avait le correspondant régional en ligne. Il était sur place, il livrait les dernières informations. Chris tendit le bras et monta le son.

– Arrête-toi, commanda-t-il à Guillaume.

– Pourquoi ? On entend aussi bien comme…

– Arrête-toi, merde !

Guillaume obéit. Il n'était plus maître à bord.

Le correspondant de « France Infos » faisait son boulot comme il pouvait. Il ne savait pas grand-chose, disposait de peu d'éléments, et n'était pas à la fête : les deux gangsters, recherchés depuis des mois, soupçonnés d'avoir commis plusieurs hold-up sanglants dans l'agglomération ainsi qu'un meurtre, tout dernièrement, avaient été cernés dans un bidonville... Julien secoua silencieusement la tête : ce n'était pas un bidonville... mais le piège ne s'était pas complètement refermé sur les deux hommes qui, alertés on ne savait trop comment, avaient tiré sur les policiers et s'étaient enfuis à travers bois et champs pour rejoindre un cimetière tout proche. De là, ils s'étaient réfugiés dans une grotte dont les enquêteurs pensaient qu'elle pouvait être leur planque habituelle... Julien eut un mouvement d'humeur : qu'est-ce qu'il déconnait avec cette grotte ? D'abord, il n'y en avait pas une, mais trois, creusées dans la falaise qui surplombait le cimetière, côté nord... Le journaliste s'exprimait désormais au conditionnel. Il raclait les fonds de tiroirs. Ça devait encore être la pagaille là-bas, les tuyaux devaient tomber au compte-gouttes :

– Il semblerait, annonça-t-il, que les deux gangsters, des hommes très dangereux, prêts à tout selon les forces de l'ordre, se soient emparés d'un gardien du cimetière...

Julien eut une pensée pour le vieux bonhomme au regard bleu délavé et à la silhouette cassée. Pourvu que ce ne soit pas lui, se dit-il. Le correspondant concluait : à l'heure actuelle, des renforts prenaient place dans le cimetière, tout autour de la grotte, et les tireurs d'élite de la brigade spéciale étaient attendus. Les gangsters n'avaient aucune chance de pouvoir s'échapper et l'on ignorait tout du sort de l'otage.

– En Irak, la situation reste...

D'une pression de l'index, Chris ferma la radio. Julien se pencha en avant, les deux coudes posés à plat sur le dossier de Christian.

– Tu vois, Vilot n'a pas traîné...

– Oui, mais il a foiré...

– Ne charrie pas ! Ils sont coincés quand même...

– Tu as entendu ? Ils ont un otage. J'aime autant te dire qu'ils ne vont pas le laisser tomber. Il va en chier, le pauvre type.

– Bienvenue au club..., ironisa Julien.

Guillaume voulut être rassurant, apaisant :

– Qu'est-ce que vous voulez qu'ils fassent, maintenant ? Ils sont baisés ! Ce n'est plus qu'une question de temps...

– Ce qu'ils vont faire… (Chris fixait son frère, les yeux exorbités.) Ce qu'ils vont faire ? Mais tu n'as pas encore compris ? Demande à Julien ! Ce sont des fêlés, des dingues. Ils sont capables de tout, de flinguer à tout va, de faire un carnage et de se faire sauter la caisse. Ils n'en ont rien à foutre ! Qu'est-ce que tu crois ?

Guillaume se tourna vers Julien, cherchant un appui. Il en fut pour ses frais. La mimique de Julien était assez expressive : il ne pouvait qu'approuver…

– Et alors qu'est-ce qu'on fait ? On ne va pas rester là toute la journée à attendre les nouvelles à la radio, il y a un transistor dans le bateau…

Chris s'était placé de travers, moitié sur le siège, moitié contre la portière, afin de bien distinguer Guillaume et Julien.

– On y va, décida-t-il d'une voix sourde.

– Hein, t'es malade ! Qu'est-ce que ça va te donner ?

Guillaume ne comprenait pas. Comment aurait-il pu en être autrement ? Il ne savait pas, Guillaume, pas vraiment. Le drame de son frère était pour lui quelque chose de clair, de concret, un malheur qu'il essayait de réparer coûte que coûte, une dure bataille qu'il fallait gagner contre deux handicaps, un corps récalcitrant, un moral défaillant… Une nouvelle fois, il chercha de l'aide du côté de Julien. Mais Julien fuit son regard, baissa les yeux.

– On y va, répéta Chris.

– Mais pour quoi faire, bon Dieu ?

– Nous sommes journalistes, hein ? Et c'est chez nous. Alors, la question ne se pose même pas…

Guillaume ne goûta pas la plaisanterie. Il s'énerva :

– C'est ça, déconne…

– Je ne déconne pas. Il y a des choses que tu ne pourras jamais comprendre. Tu auras beau faire…

Guillaume frappa rageusement le volant avec le plat des deux mains…

– Seulement, je vais te dire quand même ce que je pense : ce type-là, il te colle à la peau. Tu as son image, là… (Guillaume se plaqua la paume contre le front)… elle te bouffe, elle t'empêche de vivre, tu ne vois qu'elle… elle t'écrase. Et tant que tu te laisseras faire, ce sera comme ça. Tu ne t'en tireras pas, tu resteras plaqué au sol…

Julien était impressionné. Il n'était pas si aveugle, le petit Guillaume. À force de traîner dans les parages de la souffrance, de ramasser des bribes de conversations et de confidences, il avait fait sa petite analyse. Et il n'était pas si loin de la vérité...

– J'y vais, l'interrompit Chris avec une fausse douceur, je veux y aller.

– Bordel de merde ! Laisse tomber une bonne fois pour toutes. Tu crois que ça n'a pas fait assez de dégâts... que tu n'as pas assez fait de dégâts ! Hein ?

Il se retourna d'un bloc vers Julien. Il avait dans les yeux une lueur d'impuissance désespérée.

– Et toi, tu ne dis rien, bien sûr ! Tu es d'accord, toi ! D'ailleurs, tu es toujours d'accord ! Hélène me l'avait dit...

L'interdiction de Chris tomba, tranchante comme un couperet :

– Laisse tomber Hélène, veux-tu !

Guillaume se remit face à son tableau de bord. Il tapa rageusement sur son volant.

– Et merde ! Et merde ! Et merde !

Julien s'était reculé, tassé au fond de la banquette arrière. Il essayait de réfléchir à toute vitesse, il voulait penser, soupeser, doser. Mais la machine était bloquée...

– Tu es sûr de savoir ce que tu veux ? demanda-t-il sans espoir.

– Tu ne pourras pas m'empêcher, Julien. Pas ce coup-ci. Tu ne pourras pas. Je ne demande pas grand-chose. Je veux être là, seulement être là. Tu sais combien ça compte pour moi...

Julien se pencha à nouveau, mit une main sur l'épaule de Guillaume. Et si c'était la solution, la seule ? Le chasseur était devenu gibier. Il était sûr de lui, maintenant, de son raisonnement. C'est ce qu'il voulait, Chris : voir le bourreau devenir victime. Le voir traqué, pris au piège. Le voir à sa place. À la leur. Le voir de ses yeux, sentir sa sueur, sa peur...

Sa main serra l'épaule de Guillaume, fripa le cuir de son blouson.

– Je crois qu'il a raison, dit Julien.

La journée promettait d'être belle...

25

Ils arrivèrent sur place à treize heures trente. En plein cirque. Julien dut se garer assez loin, dans la côte, à l'écart des voitures de police qui encombraient l'esplanade du cimetière. Mais à voir la tête du gardien de la paix qui s'approchait au pas de course, ça ne suffisait pas encore. Julien sortit sa carte de presse. Le type eut l'air dépité :

– D'accord, concéda-t-il à regret, mais serrez au plus près, garez-vous à cheval sur le trottoir.

Julien obtempéra et termina sa manœuvre au moment où la Cherookee de Guillaume se rangeait à son tour. Ils avaient pris les deux voitures, et Julien n'avait pas été mécontent de se retrouver seul, au calme. De demi-heure en demi-heure, il avait écouté les flashes de « France Infos », quelque peu exaspéré d'entendre toujours les mêmes nouvelles. La situation était figée. Le journaliste se répétait toutes les trente minutes. Rien qu'à entendre le son de sa voix, Julien le voyait ramer comme un malade entre chaque bulletin pour obtenir quelques informations nouvelles. Seule confirmation : les gangsters détenaient bien un otage…

Guillaume avait sorti et déplié le fauteuil roulant. Il aida Chris à descendre. Le 4 × 4 était trop haut sur pattes pour l'infirme, il ne pouvait en sortir tout seul. Son frère le soutint, finit par le prendre dans ses bras et, avant que Julien, embarrassé, ne vienne l'aider, le déposa sur son fauteuil.

En temps ordinaire, Chris aurait sans doute subi cette assistance comme une humiliation. Mais là il ne fit preuve d'aucune réticence, bien au contraire…

– À l'attaque, dit-il, presque joyeux.

Guillaume le poussa.

Ils ne s'étaient pas changés. Et ils avaient bien fait. Aux amorces de la cuvette urbaine, ils avaient retrouvé le ciel lourd et visqueux qui casquait la ville depuis des jours et des jours. Il pleuvait. Il pleuvait sans pleuvoir. Les gouttes d'eau semblaient en suspension, s'incrustaient dans l'air en un brouillard ténu qu'on était presque tenté d'écarter avec la main. En un songe lointain, Julien revit la plage de tout à l'heure, les galets et le ciel blanc bleuté. Il ne regretta pas son caban et son bonnet.

Peu de monde stationnait devant la grille fermée, gardée par deux policiers en uniforme. Une vingtaine de curieux tout au plus, qui, rejetés à cinq cents mètres du lieu de l'événement, ne voyaient rien, n'entendaient rien, et s'entêtaient malgré tout à piétiner sur place. L'un des deux gardiens de la paix était penché au-dessus d'une petite vieille ratatinée dans un manteau d'astrakan à peine moins âgé que sa propriétaire. Elle tenait à la main un grand sac de toile noire rectangulaire, l'un de ces cabas triste à anse courte que les femmes traînaient jadis pour faire leurs courses.

– Je sais, je sais, madame, disait patiemment le flic, mais ce n'est pas possible. C'est interdit, madame...

La vieille ouvrit son sac et en sortit un bouquet de fleurs minuscule, aux couleurs mièvres : c'était dimanche aujourd'hui et, comme tous les dimanches, elle venait sur la tombe de son mari. Il l'avait quittée l'année dernière, après cinquante-sept ans de mariage.

– Vous comprenez, monsieur l'agent. Je suis sûr qu'il m'attend, et si je n'y vais pas il sera triste...

– Je suis désolé, madame. Revenez dimanche prochain... Pour une fois, je suis sûr qu'il comprendra.

Il ne tentait même pas de lui expliquer les raisons de cette interdiction. Il s'adressait à elle doucement, affectueusement. En se redressant, il vit surgir le fauteuil roulant de Chris qui se frayait un passage dans le petit groupe. Julien saisit au vol l'expression de son visage qui changeait. Avec abattement, il voyait rouler vers lui un nouvel emmerdement...

– C'est fermé, messieurs...

Chris brandit sa carte de presse. Julien avait encore la sienne dans la main.

– Oui. Ben, euh...

Le flic était éberlué. Qu'est-ce que c'était que cet équipage ? Julien compatissait, se mettait à sa place : Chris dans son fauteuil, et lui-même avec son pansement sale et sa tronche abîmée : deux figurants dans un film de Mocky...

– Christian ! Alors ça y est, tu reprends du service ?

L'autre gardien de la paix accourait. Un petit gros dont l'uniforme supportait mal les kilos superflus. Vingt ans de carrefour et des cheveux gris sous la casquette...

– En rodage, répondit Chris.

– Je suis content pour toi, vieux... Tu peux ouvrir, ajouta-t-il en s'adressant à son compagnon de garde.

Mais pour le frère de Christian il n'y eut rien à faire. Seulement les journalistes. Telle était la consigne.

– Attendez un moment, cria Guillaume tandis que la grille se refermait, je reviens tout de suite.

Il courut vers les voitures et revint, trente secondes plus tard, les bras chargés des victuailles préparées pour la sortie en mer. Il passa les sandwichs et la Thermos de café à travers les barreaux.

– Je vous attends chez toi, Chris.

Julien se plaça derrière le fauteuil roulant. C'était à son tour de pousser.

– C'est de quel côté ? interrogea Christian. Tu sais, toi ?

– Oui. Dans le fond. Au bout de l'allée centrale, on tourne à droite. C'est en haut de la petite côte.

Ils avaient parcouru une bonne centaine de mètres. En dehors de quelques policiers en civil ou en uniforme qui couraient entre les tombes, qui dérapaient sur le gravier, rien de ce qui était la vie sacrilège, de ce qui était pressé et bruyant, ne hantait cette partie du cimetière. Ce n'est qu'une fois parvenus au fond de l'allée qu'ils humèrent les relents de l'indécente kermesse, de la bacchanale tumultueuse : les bruits, les claquements et les cris leur tombèrent dessus sous la forme d'un bourdonnement spongieux. L'humidité rongeait jusqu'aux sons, jusqu'à l'écho.

Ils gravirent la côte.

– Messieurs, qu'est-ce que vous faites là ?

Blasé, Julien présenta à nouveau sa carte de presse au flic qui faisait barrage. Les yeux levés, il fixait l'énorme masse grisâtre qui s'était brusquement dressée devant lui, comme surgie du néant. Il avait dans ses souvenirs la vision d'un gros pain de sucre un peu ridicule, pas cette falaise abrupte d'où tombait en cascade une jungle de lierre, de lianes et de branchages...

– Oui… C'est ici. Les journalistes ont été placés sur le côté. Vous voyez ? Ils sont là-bas.

Ils furent accueillis dans une ambiance de foire. Avec des débordements d'enthousiasme et de fraternité. Pour tous ses confrères, Christian était professionnellement mort. Ils n'en parlaient plus qu'au passé. Le voir surgir ainsi, sur le terrain de chasse, était tout bonnement inouï. Cette sincérité toucha Julien. Il ne décelait aucune arrière-pensée dans ces retrouvailles, aucune pitié, aucune compassion. Personne ne prêtait attention à son handicap, aucun regard ne s'attardait sur les brodequins infâmes ou sur la main morte. C'était Chris qui revenait, tout simplement Chris…

On se poussa, on lui fit de la place. Les photographes eux-mêmes, à qui revenaient toujours les premiers rangs, et qui, en de telles circonstances, étaient prêts à assommer le premier qui mordait sur leur territoire, se tassèrent, déplacèrent leurs appareils, leurs trépieds, leurs tabourets et leurs escabeaux pour laisser passer l'encombrant fauteuil de Chris… Et puis, aux effusions et aux grandes tapes dans le dos succéda très vite la traditionnelle litanie des incompréhensions feintes et des gémissements sadomaso : ils étaient là à se geler depuis des heures, ruisselants sous la flotte, sans rien avoir à se mettre sous la dent, pas la moindre info, pas la moindre photo. Ils pleurnichaient sur leur sort si peu enviable, engrangeaient des tonnes de sarcasmes, de griefs et de reproches qu'ils lâchaient ensuite en de soudaines gueulantes collectives : contre les flics, contre ces deux connards qui se prenaient pour Dillinger, contre leurs patrons, la profession, contre eux-mêmes. Mais voir le copain retrouvé à leurs côtés pimentait encore l'habituelle comédie du sacrifice, renouvelait la source d'inspiration : « Qu'est-ce que tu fous là, Chris ?… Ça te manquait tant que ça ?… T'es malade, Chris ? Tu pourrais être au chaud, devant ta télé, et tu préfères te cailler les miches… C'est si bon que ça d'avoir le cul trempé ? »

Christian se laissait aller, blaguait avec eux, retrouvait en quelques minutes ce qu'il avait abandonné depuis des mois. Entre deux conversations – tout le monde l'interrogeait sur son accident de voiture, sa blessure au visage –, Julien le surveillait du coin de l'œil : son copain était sous tension, mais en même temps il le voyait tranquille, serein. Comme quelqu'un qui touche au but après une longue quête, une longue recherche. Julien s'approcha, se pencha vers le fauteuil.

– Ça va ?

– On ne voit pas grand-chose, regretta Chris.

C'était vrai. Les journalistes étaient loin. À une soixantaine de mètres peut-être... Plus gênant encore, ils avaient été parqués sur le côté droit, un peu en contrebas. Ils n'avaient de la situation qu'une vision parcellaire et au ras du sol. Julien tenta de comprendre : les forces de l'ordre s'étaient disposées en éventail autour de l'entrée de la grotte. Mais celle-ci n'était pas visible depuis l'endroit où ils se trouvaient. Elle disparaissait derrière une espèce de grande visière de béton, une avancée étayée de grosses poutrelles d'acier, construite pour renforcer la pierre qui s'éboulait. Julien repéra un tireur d'élite, accroupi au flanc de la falaise. Puis il en aperçut un second un peu plus haut... Et un troisième, de l'autre côté, planqué dans un arbuste. Il en compta bientôt une bonne dizaine et se rendit compte qu'il y avait de nombreuses autres formes noires, disséminées dans le cimetière, allongées sur le granit et le marbre des tombes luisantes de pluie. Quelques silhouettes coiffées d'un chapeau mou ou d'une casquette s'agitaient en terrain découvert, se rejoignaient, se séparaient ou se regroupaient sans cesse autour de trois voitures. C'est de là que les chefs téléphonaient à leurs chefs. On se déplaçait beaucoup, on courait, le dos un peu courbé, mais sans se presser. De petits groupes de policiers en uniforme changeaient de place, se divisaient, prenaient position. Partout, il y avait les signes d'une fébrilité rentrée, patiemment contrôlée...

– Qu'est-ce qu'ils foutent ? murmura Julien.

– Ils merdent.

Le radio-reporter de la station régionale se trouvait sur les lieux depuis la première demi-heure. On pouvait lui faire confiance, il avait du métier. Selon lui, les autorités devaient faire face à un inconvénient majeur : ils n'avaient aucun moyen de communiquer réellement avec les gangsters réfugiés dans la grotte. Impossible de mener la classique stratégie psychologique par téléphone. Les spécialistes de la conversation apaisante et de la solution raisonnable étaient désarmés. Ils ne disposaient d'aucun repère, ne pouvaient s'engager à tracer un portrait des deux voyous au travers de négociations. Ils étaient incapables de mettre un chiffre quelconque sur l'échelle des dangers et, à partir de là, hésitaient sur l'action à entreprendre. Restaient les gueulantes au porte-voix, comme dans les manifs, qui manquaient un peu d'intimité. À plusieurs reprises déjà, le commissaire principal puis le procureur de la République avaient tenté d'engager des pourparlers par haut-parleur. C'était plus ridicule que pathétique. On avait entendu des mots comme : « Rendez-vous... Ça ne sert à rien... vous n'avez aucune chance... vous êtes cernés... soyez raisonnables... »

– On sait de qui il s'agit ? demanda Julien à tout hasard.

– Pas vraiment. Deux fêlés, d'après ce qu'on dit, deux dingues qui tirent sur tout ce qui bouge. D'ailleurs, tout à l'heure, on a entendu un coup de feu. Mais je ne suis pas certain que les flics eux-mêmes sachent vraiment à qui ils ont affaire. Tiens, regarde, ils y retournent...

Julien aperçut une demi-douzaine d'hommes qui se glissaient le long de la falaise, se rapprochaient le plus près possible de l'entrée. Trois d'entre eux étaient armés. Un autre, de forte corpulence, tenait un porte-voix à la main.

– Ce coup-ci, je crois bien que c'est le préfet, pronostiqua le radio-reporter.

Julien entendit autour de lui le brouhaha caractéristique des photographes qui se mettaient en position, se bousculaient, s'invectivaient, râlaient après la pluie, la mauvaise lumière et le grain qui, à coup sûr, transformerait les clichés en une bouillie indigne de leur talent. Julien ne put s'empêcher de sourire : il n'avait jamais vu de vrai photographe satisfait...

Le préfet avait du coffre. C'était la voix de l'autorité. Mais il employait les mêmes mots, les mêmes arguments que ses prédécesseurs. Avec le même insuccès. De l'endroit où ils se trouvaient, les journalistes ne saisirent de la réponse que quelques bribes décourageantes : « Enculés... otage... flingué... »

– Ben mon vieux, soupira le radio-reporter avant d'aller déposer son Nagra un peu plus au sec, on n'est pas sortis de l'auberge.

Mais Julien ne l'écoutait plus. Il s'était écarté de quelques mètres, avait joué des coudes pour mieux voir. Là-bas, près d'une des voitures, un gros homme à casquette, les mains enfoncées dans les poches de son blouson de toile, ne tenait pas en place. De temps à autre on venait lui parler. Puis, dès qu'il se retrouvait seul, il recommençait à marcher, à tourner autour de la voiture. Julien ne put distinguer les traits de son visage, mais il le reconnut tout de suite : Alipio Ubarri, le père de Gaby…

La journée s'avança. S'étira interminablement. De plus en plus grise, de plus en plus cafouilleuse. Quatre cars de gardes mobiles entrèrent dans le cimetière, s'arrêtèrent en file indienne dans la côte. D'autres renforts d'élite se déployèrent. On les voyait qui choisissaient avec soin les meilleurs emplacements, les monuments plats ou légèrement inclinés, les tombes les plus sobres, débarrassées des ornements funèbres tarabiscotés et surchargés qui leur encombraient la vue. Ils essayaient plusieurs positions. À genoux, à plat ventre. Avec leurs armes. La relève. Il fallait des hommes neufs, maîtres de leurs nerfs et de leurs réflexes. Les journalistes, eux, continuaient de s'embourber dans leur territoire autorisé. Plus l'heure avançait, plus ils hésitaient à s'absenter, le temps d'aller donner un coup de fil ou de dévorer un sandwich au troquet le plus proche. Le risque du ratage les hantait. La pénurie de cigarettes aussi. D'autres confrères surgissaient, des « spéciaux », photographes et rédacteurs, envoyés *in extremis* par la presse matinale. Bientôt les télés installèrent leur armada. Cette affaire, banale au départ, prenait peu à peu une autre dimension. Elle durait, et la durée augmentait les risques. Il y avait du drame dans l'air… « Et ça, affirmaient tous les rédacteurs en chef dignes de ce nom dans toutes les rédactions, c'est bon pour nous, coco !… »

Julien, fatigué de piétiner sur place, laissa une nouvelle fois Chris et sa bouteille Thermos pour quelques instants. Une dizaine de mètres plus loin, le radio-reporter de tout à l'heure discutait avec un groupe de confrères fraîchement arrivés et qui cherchaient à prendre leurs marques : pendant la guerre, révéla-t-il, ces grottes servaient d'abris. Des centaines de civils s'y entassaient pour échapper aux bombardements alliés qui dévastaient la ville.

– En septembre 1944, ce fut terrible. J'y étais... Remarquez, j'avais six mois, ajouta-t-il en éclatant de rire. Mais ma mère m'a raconté cette histoire plus de cinquante fois peut-être. C'est presque féerique, magique...

Il s'arrêta à regret, assez lucide pour se rendre compte qu'il sortait du sujet.

– Eh bien, raconte-la, ton histoire.

– Ça n'a rien à voir...

– On s'en fout. Raconte toujours.

C'était un vieux de la vieille qui insistait. Julien le connaissait de réputation. Il travaillait pour l'un de ces magazines qui vous transforment une banale histoire de fesses en un conte de fées pailleté jusque dans les virgules. Julien suivait son raisonnement : il ne savait pas du tout ce qu'allait donner cette prise d'otage. Au pire, elle pouvait bien se terminer. Et en prévision du pire, il devait se couvrir. Il sortit un calepin et un stylo de la poche de son duffle-coat.

– Vas-y, vieux...

– C'était le 4 septembre 1944, commença le radio-reporter local. Ma mère m'a toujours dit qu'il faisait chaud, très chaud, ce jour-là. Toute la ville était dehors. Le soleil était le seul luxe, les seules vacances. Il y eut d'abord un grondement énorme, un grondement de tonnerre qui ne s'arrêtait pas. Et puis le ciel est devenu obscur, presque noir. Ils ont levé les yeux et ont compris pourquoi le soleil se cachait : aile contre aile, vague après vague, des milliers d'avions s'apprêtaient à déclencher l'apocalypse. Mon père m'a fourré dans un grand sac, un sac à pommes de terre, il l'a mis sur son épaule et avec ma mère, tandis que tombaient les premières bombes, ils ont foncé jusqu'aux grottes. Ils sont restés là pendant des heures. Ce n'était pas la première fois, mais jamais ils n'avaient eu à subir un tel déluge : la terre tremblait, les parois s'effritaient, des morceaux énormes se détachaient de la roche. Quand enfin ils ont pu sortir, à moitié morts de peur, à moitié asphyxiés, ils avaient l'air de spectres, d'excursionnistes de l'au-delà. Or, l'au-delà était à leurs pieds. Les bombes avaient massacré le cimetière, fouillé ses entrailles, exhumé le royaume des ombres. Partout, il y avait des tombes défoncées, des cercueils éventrés, des cadavres, des squelettes, des ossements... Partout, des linceuls flottaient dans l'air comme des voiles blanches, gonflées par la brise – le souffle des bombes qui ne s'était pas encore apaisé...

Le radio-reporter ménageait ses effets. Cette histoire faisait manifestement partie de son patrimoine personnel. Il la racontait comme un conte de Noël.

– Ce n'était pas horrible, c'était irréel... Les rescapés se sont alors mis à rire, mais à rire comme des fous : les bombes avaient tué les morts, et eux, les vivants, ils étaient sauvés.

– C'est une belle histoire, commenta sobrement le journaliste parisien en fourrant son calepin dans la poche de son duffle-coat.

Julien l'observa attentivement. Curieux de savoir ce qu'il pourrait en faire...

26

La tension montait graduellement. Julien pensa d'abord à une lassitude générale, au simple écœurement d'avoir à attendre là, dans le froid et sous la flotte, tassés comme des bestiaux dans un enclos, qu'il se passe quelque chose. Or il ne se passait rien. De temps à autre un flic s'approchait du groupe et se faisait interpeller. Il ne s'arrêtait même pas, haussait les épaules ou écartait les mains en signe d'impuissance, et continuait...

L'inspecteur Vilot, lui, s'était arrêté. La vue de Chris et de son fauteuil roulant l'avait tétanisé : « Qu'est-ce que tu branles là ? » avait-il grondé à voix basse, mais avec autant de force et de hargne que s'il avait hurlé. La présence de Julien, deux mètres derrière, l'avait achevé. Vilot avait alors hoché la tête et, dans un sourire découragé, avait soufflé : « Putain, vous n'êtes pas vrais, tous les deux... »

Ils s'étaient dit quelques mots. Chris brûlait d'en savoir plus sur les événements du matin. Mais le flic éluda la plupart des questions. Une douzaine de journalistes se bousculaient autour d'eux, tendaient l'oreille ou le micro pour ne pas perdre une miette de la conversation. Vilot n'avait rien d'essentiel à raconter, surtout pas à la volée, devant les autres.

– Vous avez amené le père ? interrogea Julien pour vérifier.

– Oui.

– Et alors ?

– Ça ne donne rien, répondit Vilot sans plus de détails. On ne sait pas quoi en foutre...

Le journaliste le vit s'éloigner, toujours aussi malingre et fragile dans son imper, et songea à lui avec une sympathie apitoyée. C'était lui qui avait amené l'affaire, qui avait monté l'opération, sans doute... Mais elle ne lui appartenait plus. Il était rentré dans le rang, petit artisan solitaire volé, doublé par le consortium...

L'obscurité dégoulina sur la fin de journée avec une douceur trompeuse. Elle gommait les formes et les reliefs, donnait du mystère aux choses les plus ordinaires.

Vilot repassa devant les photographes.

– Ça avance ? lança Julien.

– Rien à faire avec ces mecs-là, rétorqua l'inspecteur avec une moue pessimiste.

– Les enfoirés ! jura une voix au-dessus de la mêlée. C'est au moment où l'on ne verra plus rien qu'ils vont se décider...

Julien leva la tête. Comme d'habitude, Charly avait fait fort. Il avait traîné une échelle double jusqu'ici. Et maintenant il se tenait là-haut, à cheval sur les échelons comme au sommet d'un donjon. Dans la profession, ce type-là était un cas, une caricature. C'était un free-lance de boutique, qui ne sortait jamais de sa province. Mais à l'intérieur de ses frontières, il fouillait l'actualité comme un fox-terrier. À l'entendre, il dénichait sa demi-douzaine de scoops par semaine ; en réalité, il gagnait tout juste de quoi bouffer. Son camping-car était rempli à ras bord d'un fatras invraisemblable. On y trouvait un parachute, un gilet de sauvetage, des piolets d'alpiniste. Aujourd'hui, l'échelle avait fait l'affaire. Un fou. Un fou de la profession. Plus personne n'écoutait ses divagations depuis longtemps, mais avec son Nikon, c'était un as...

Julien était d'accord avec Charly. C'était le moment

idéal, l'heure où toutes les couleurs se diluent en un gris douteux, où le décor s'estompe derrière une vitre sale. Il crut percevoir des mouvements parmi les forces de l'ordre, des déplacements plus importants, plus ordonnés. Un frémissement parcourut le groupe des journalistes. Le dénouement était proche…

Donné à dix-sept heures quarante-cinq, l'assaut dura moins d'une minute. Massivement lancées, les grenades lacrymogènes enveloppèrent la falaise et l'entrée de la grotte d'une épaisse fumée âcre. Des hommes se jetèrent dans le brouillard, des coups de feu claquèrent. Quelques secondes de chaos remplies de cris et de vociférations… Et puis un silence brutal. Annonciateur de mauvaises nouvelles.

– Y a eu de la casse, murmura Charly sur son échelle.

C'était un maigre sec et nerveux, perpétuellement agité. Julien le vit sortir une clope de sa poche d'anorak et se la caler au coin de la bouche. Sans l'allumer. Charly avait toujours une cigarette entre les lèvres. Il ne fumait plus depuis dix ans.

Le ronronnement des moteurs électriques et des appareils photo s'estompa. Les gyrophares de deux ambulances scintillèrent dans la côte, au-dessus des tombes…

– Y a de la casse, répéta Charly.

L'enclos des journalistes se mit soudain à bouger massivement. Ce fut d'abord lent, hésitant. Puis les photographes, toujours les premiers, se mirent bientôt à courir, leurs mains appuyées sur la poitrine pour empêcher les appareils de trop ballotter…

Bientôt, Christian et Julien se retrouvèrent seuls dans l'enclos, avec le gros du matériel abandonné.

– Julien, cria Chris, qu'est-ce que tu fous ? On ne va pas rester là !

Sans réfléchir, Julien empoigna le fauteuil, rejoignit les confrères au pas de course…

Un cordon de policiers stoppa tout le monde à moins d'une dizaine de mètres de l'entrée de la grotte. Avec plus ou moins de peine, dans une ambiance de bousculade et d'engueulade. On était à deux doigts de la débandade. Bon enfant, un commissaire s'avança vers les journalistes, bras écartés.

– Du calme, messieurs. Ce n'est pas la foire, tout de même. Un peu de discipline, s'il vous plaît...

Un grognement rageur lui répondit. Les photographes se tenaient au coude à coude, serrés, massés comme un pack de rugby prêt à enfoncer la mêlée adverse.

– Et les photos ? C'est toi qui vas les donner ? lança une voix mi-hostile, mi-goguenarde.

– Laissez-nous bosser plutôt que nous faire chier ! reprit une autre.

Le visage du commissaire se ferma avec mépris. Il appela du renfort.

La première civière sortit au bout de cinq interminables minutes. À ses côtés trottinait un infirmier en blouse blanche tenant d'une main le tube et de l'autre le bocal du liquide à perfusion. Le type qui reposait sur le brancard était corpulent. Son visage rougeaud était tout autant marqué par l'incompréhension que par la souffrance. Le gardien du cimetière...

Ce n'est pas le mien, se dit Julien, stupidement soulagé.

L'apparition de la seconde civière mit un bémol à l'excitation des journalistes. Un corps y était entièrement recouvert d'un linceul de tissu caoutchouté verdâtre, étroitement maintenu par trois larges sangles noires. Les brancardiers prirent leur temps, attendirent patiemment que les portes de la première ambulance se referment. Gaby ? Fredo ? Julien paria pour Fredo. Vu le paquet, l'hercule de foire était là-dessous. Il sentit le fauteuil roulant bouger sous ses doigts. Il s'inquiéta, baissa les yeux : Christian s'était raidi, écartant sans ménagement de son bras valide tous ceux qui se pressaient autour de lui...

Il y eut un long temps mort. Plus personne ne sortit de la caverne. Mais aucun journaliste, aucun photographe ne relâcha son attention. Ce n'était pas fini. Ils le savaient sans le savoir, le sentaient à cette tension maximale qui régnait maintenant autour d'eux.

– Bon débarras, hein ?

Julien reconnut la silhouette mince et flexible de l'inspecteur Vilot qui se voûtait sous la pluie.

– Et lui ? interrogea Julien sans autre précision.

– Il arrive...

Le flic observa Julien avec un sourire navré.

– Vivant…

L'attente se prolongeait. Vilot sortit une blonde de la poche de son imper.

– Ce bordel, c'était obligé ? interrogea le journaliste.

– Y avait rien à en tirer…, répondit Vilot, laconique.

Il passait perpétuellement la main dans ses cheveux noirs, tentant vainement d'aplatir un épi rebelle qui frétillait, émoustillé par l'humidité.

– Et le gardien ?

– Une balle dans le buffet. Il devrait s'en tirer sans problème…

Un troisième groupe sortit. Avec, au milieu, un homme que les autres maintenaient solidement, jusqu'à le soulever de terre… On ne voyait pas, on ne voyait rien…

– Oh ! Oh… Ici ! crièrent les photographes comme pour une star du show-biz.

Magnanime, un flic en civil arrêta le groupe et écarta les policiers superflus. Chris jaillit de son fauteuil avec une vivacité incroyable. Comme mû par un ressort, il envoya valdinguer sa ferraille chromée derrière lui, dans les jambes de Julien. Menottes aux poignets, Gaby leur faisait face. Son blouson de cuir avait été descendu sous les épaules pour mieux entraver les bras, et Julien voyait la marinière flotter sur le torse décharné. Il était salement amoché, le front barré d'une balafre sanglante, la base du nez tuméfiée par les coups. La pénombre, violée par l'éclat des projecteurs, accentuait encore le creux des joues, maquillait son visage d'ombres dures, inquiétantes. C'était un vrai maigre, juste la peau sur les os. Gabriel Ubarri avait l'air de ce qu'il était : un zonard mal nourri par la vie…

Hypnotisé, Julien fixa le huit torsadé noir et or qui, sous les cheveux blonds collés par la pluie, tressautait à son oreille. Il crut sentir le regard de serpent glisser sur lui. Julien se détourna, s'écarta prudemment, essuya son visage mouillé d'un revers de main. Chris était toujours debout. Julien s'inquiéta. Jamais il ne lui avait paru aussi vulnérable, aussi esquinté, avec ce corps désarticulé, asymétrique, qui tanguait dans la bousculade. Julien écarta brutalement deux forcenés de la pellicule, ignorant les récriminations. Dans un geste de protection, il posa la main sur l'épaule de Christian. Elle tremblait…

Julien fut seul à le voir. Seul à voir l'objet métallique noir que Christian brandissait à bout de bras. Autour de lui, autour d'eux, il n'y avait que des regards rivés à l'objectif...

– Chris ! hurla Julien.

Il plongea.

Toute sa volonté était tendue vers l'arme, vers le bras, vers cette main qui tenait l'arme. Julien heurta durement le métal de la chaise roulante, sentit un éclair de souffrance lui cisailler les côtes. Il ceintura Chris au niveau de la taille. Ils vacillèrent tous deux, tombèrent, roulèrent au sol. Sur eux, c'était maintenant la mêlée. Julien se débattit. Et en même temps il se battit. Tout était flou, tout était désordre. Sous ses yeux, des gueules déformées par la rage se mirent à hurler des ordres et des obscénités. Il tenta vaguement de protéger Chris, prit un coup qui le projeta contre le fauteuil renversé, tenta de se relever, mais se retrouva solidement maintenu à terre par trois paires de bras. On l'empoigna, on le remit sur pied. Julien vit que des flics avaient dégainé leur arme, qu'ils la pointaient. Autour de lui, autour d'eux, le vide s'était fait. Tout le monde s'était regroupé au-delà d'une ligne imaginaire. Quelques coups de flash aveuglèrent Julien. Les photographes reprenaient leur sang-froid.

– Arrêtez vos conneries, vous voyez bien qu'il ne peut pas tenir debout !

C'est Vilot qui intervenait. Des policiers traînaient Chris, le tiraient dans tous les sens, lui tordaient les bras, le malmenaient comme on malmène tout criminel arrêté. Les palabres durèrent encore près d'une minute, puis la pagaille se calma. On remit enfin Christian sur son fauteuil. Et on l'emporta à l'écart. Julien voulut aussitôt suivre le groupe, mais un colosse en uniforme le saisit par l'épaule, le retint sans ménagement et lui intima rudement de fermer sa gueule et de se tenir peinard. D'attendre là où il se trouvait.

– Fais-nous confiance, on va s'occuper de ton cas, grogna-t-il avec zèle.

On fit sortir Gaby de l'arrière d'une voiture dans laquelle ses gardes du corps l'avaient jeté pour le protéger. On le dirigeait maintenant vers un fourgon distant d'une vingtaine de mètres. Les journalistes s'étaient égaillés dans la nature. Ils fonçaient, se démenaient pour obtenir tuyaux et interviews, comme si leur vie ne dépendait plus que du papier à écrire ou de la photo à développer. Tout à l'heure ce serait la course, plus âpre encore : les horaires, le coup de fil à donner, le cliché à béliner...

De loin, Julien aperçut la lourde silhouette d'Alipio Ubarri qui s'approchait de son fils. Après ces minutes de pagaille extrême, la tension était retombée. Les flics n'avaient plus qu'une idée en tête : plier bagage, quitter les lieux et se mettre à l'abri. L'inspecteur Vilot se démenait dans un groupe, s'occupait de Christian. Julien lui sut gré de ne pas le laisser tomber. Le cimetière se vidait, la plupart des responsables, des têtes pensantes, se préparaient à partir. Des voitures démarraient en trombe, dans un carnaval de sirènes hurlantes et de gyrophares allumés.

– Gaby ! hurla Alipio.

Il était à moins de trois mètres de son fils. Personne n'avait fait attention au gros homme à casquette et personne ne s'émut de sa présence. Cela faisait des heures qu'il était autorisé à se tenir dans le périmètre interdit. Il avait accompagné les autorités. Le préfet, le procureur et les commissaires étaient venus le consulter. Les gradés, les sous-fifres qui terminaient le travail l'avaient oublié.

Gaby était sur le point de monter dans le fourgon. Les deux premiers gardiens se trouvaient déjà à l'intérieur. Le troisième s'était légèrement écarté, prêt à rabattre les deux battants de la porte arrière. Gaby tourna la tête. Alipio Ubarri avait ouvert son anorak, sorti le fusil de chasse à canon scié qu'il tenait à hauteur de la hanche. Les injures du vieil Espagnol se perdirent dans le fracas de la détonation...

27

Le commissariat de la ville était cette nuit-là le théâtre d'une foire d'empoigne peu commune. Les huiles de la police et de la justice ruminaient la satisfaction d'un travail proprement effectué, pensaient à rédiger leurs communiqués de bonne conduite et à fixer l'heure de la conférence de presse pour le lendemain... quand elles apprirent que Gaby, déjà soustrait de justesse à la vengeance d'une de ses anciennes victimes, venait d'être foudroyé par une double décharge de chevrotines pour gros gibier. L'identité du meurtrier acheva de semer la confusion dans les esprits : passer de la prise d'otage maîtrisée à un règlement de comptes familial, mortel de surcroît, c'était beaucoup pour une seule journée...

Au cimetière, Julien avait été raflé avec Chris et Alipio. Dans la folie du moment, les flics surexcités avaient conclu au coup monté, au traquenard organisé, et embarquaient tous ceux qui, de près ou de loin, pouvaient s'y rattacher. Julien avait bien tenté de protester : c'est lui qui avait empêché Christian de tirer. Pour toute réponse, il s'était retrouvé menotté, évitant de justesse un coup de matraque rancunier.

L'ambiance, dans les locaux de la police, fut du même niveau. Harcelé par trois enquêteurs particulièrement en rogne, Julien comprit qu'ils les tenaient pour responsables, lui et les deux autres, de tous leurs emmerdements. Pour eux, cette journée tuante s'achevait sur un fiasco. Il devina aussi, à leurs mines sombres et à leurs conciliabules, que des blâmes descendaient déjà depuis les bureaux capitonnés. Pour faire bon poids, l'annonce de la mort du gardien de la paix, grièvement blessé le matin lors de la première fusillade, tomba en plein milieu des interrogatoires. Ce qui accentua considérablement la nervosité ambiante...

La séance fut épuisante. Les policiers s'accrochèrent longuement à la thèse du complot. Ils passaient de bureau en bureau, s'absentaient, se relayaient, revenaient sans cesse avec de nouvelles questions pièges. Julien comprit qu'ils recoupaient son témoignage avec ceux de Chris et d'Alipio. La présence épisodique de l'inspecteur Vilot, réapparu comme par miracle, se révéla décisive, aussi précieuse qu'un alibi. À contrecœur, les flics finirent par admettre l'incroyable coïncidence. Ce qui ne les arrangeait guère : un père qui tue son fils, ce n'est jamais un crime ordinaire. Qu'il ait été commis sous leurs yeux les enfonçait un peu plus vis-à-vis des autorités.

Vers deux heures du matin, une fois sa déposition enregistrée et signée, Julien fut autorisé à partir. Il demanda des nouvelles de Chris, exigea de le voir et obtint le résultat contraire : il se fit virer comme un malpropre. Devenu témoin subalterne, il encombrait la procédure…

Le journaliste erra dans un long couloir tamisé d'une lumière jaunâtre. C'était la première fois qu'il mettait les pieds dans le nouvel hôtel de police transféré sur la rive gauche du fleuve, au sein de la population laborieuse. Il avait été inauguré en grande pompe moins de deux mois auparavant. Le bâtiment, sorte de minitour à grandes baies vitrées, sentait encore le neuf, respirait le plâtre et la peinture. Il y avait des plantes vertes, de la moquette et des cendriers sur pied. Étonné de se retrouver dans l'ambiance soft d'une agence de marketing, Julien chercha la sortie. Et, par là même, l'ascenseur. Il devait être au cinquième ou au sixième étage. Il n'avait plus qu'une hâte, rentrer et prendre ses calmants. Ses blessures se réveillaient, le faisaient souffrir. Les cabrioles du cimetière n'avaient rien arrangé…

C'est l'inspecteur Vilot qui, parti à sa recherche vingt secondes après son départ, le récupéra et le guida. Il lui donna également des nouvelles de Chris, se fit rassurant : à l'entendre, son affaire n'irait pas trop loin. Il serait bientôt chez lui, peut-être même dans une heure ou deux. Évidemment, il n'était pas au bout de ses ennuis. Il les avait bien cherchés, aussi…

– Comment est-il ? interrogea Julien.

– Calme. Un peu absent. Il a l'air de se foutre de tout, répond sagement aux questions, caresse sans arrêt sa main paralysée. On dirait un gosse avec sa peluche. Mais bon… Chris, maintenant, tout le monde s'en cogne un peu, c'est le père Ubarri qui compte…

Julien songea à Alipio. Il entendait ses éclats de rire dans le bistrot, revit sa tête de bon vivant.

– Et lui ?

– Lui ?

– Ubarri…

– Ah… avec le paternel, c'est du gâteau. Il nous facilite la tâche, on ne peut plus l'arrêter. En fait, il répète toujours la même chose : son fils l'a déshonoré, a détruit sa vie d'honnête homme. Apparemment, ses griefs ne datent pas d'aujourd'hui, ça fait des années que ça ne collait plus entre le père et le fils. Mais cette prise d'otage était de trop. C'était plus qu'il ne pouvait supporter…

– Il ne regrette rien ?

– Rien. Il n'a pas agi sur un coup de folie. Il s'est amené au cimetière avec l'idée de tuer Gaby. D'ailleurs, il avait le flingue sur lui. Il avait tout prémédité. Sans doute même y pensait-il depuis un bon moment. Il savait que son fils était une crapule, il était au courant de tout, ou presque. Et on en a appris un paquet…

– Pourquoi ne pas l'avoir dénoncé…

– Vous rigolez. Comme il dit : « Ce sont nos affaires. Elles ne regardent personne d'autre que nous, se règlent en famille. » C'est l'Espagnol de choc, vous savez, souple comme une barre de fer…

– Il a bonne mine, maintenant…

– Ouais… et ça nous emmerde un peu, concéda Vilot. C'est un brave type qui touche le fond. Et pourtant, il en a vu. Sa vie, c'est un vrai roman noir…

– Je sais.

– Il ne mérite pas ce qui lui arrive, poursuivit le flic, subitement compatissant. Enfin, avec de bons jurés, il prendra le minimum…

La porte de l'ascenseur se referma derrière eux. Ils se trouvaient maintenant dans l'entrée du commissariat, vaste comme un hall de gare et pavé de grandes dalles ocre. C'était décoré style funérarium moderne avec couleurs d'ambiance. Ne manquait plus que la musique douce. Une demi-douzaine de gardiens de la paix s'activaient mollement derrière un comptoir. Le téléphone sonnait, les demandes de renseignements affluaient, les consignes pleuvaient. L'équipe de permanence vivait une nuit troublée…

Un homme jeune attendait, prostré sur l'un des sièges en plastique orangé qui s'alignaient, scellés dans le mur. Il était penché en avant, le visage enfoui entre ses mains. Julien mit quelques secondes avant de réaliser qu'il s'agissait de Guillaume. Il s'approcha. Le frangin n'avait plus sa belle santé du matin. Julien prit place à côté de lui, répéta ce que lui avait confié Vilot : ce n'était pas si grave pour Chris, il n'allait pas tarder à sortir…

– Si tu veux, je l'attends avec toi, lui dit-il en posant une main sur son épaule.

L'indifférence de Guillaume le surprenait.
– Tu veux me rendre un service, Julien ?
– Bien sûr, qu'est-ce que...
– Tu rentres, tu t'éloignes, tu disparais. Tous les deux, ça va comme ça avec mon frangin... Fais-lui un peu d'air, s'il te plaît.
Le frère de Christian avait parlé sans colère. Stupéfait, Julien comprit qu'il lui reprochait une influence néfaste, qu'il n'était pas loin de le tenir pour responsable de tout ce cirque.
– Oh ! Attends un peu, Guillaume ! Ce n'est pas moi qui...
Vilot l'interrompit, le prit par le bras.
– Ça ne sert à rien. Laissez-le... Je vais m'occuper de lui, de tous les deux...
Le flic l'entraînait vers la sortie avec autorité. Écœuré, Julien se laissa faire.
– Votre bagnole est restée là-haut, je suppose ? Je vous y amène...
Ils se retrouvèrent sur le parking, croisèrent une jeune femme qu'encadraient deux policiers en civil. Ils marchaient tous trois d'un pas pressé, se dirigeaient vers la porte du commissariat. Dans la lueur d'un lampadaire, Julien capta un mouvement de cheveux noirs, le dessin d'un joli visage. La fille était magnifique...
– La jeune Ubarri, la sœur de Gaby, dit Vilot à voix basse. Alipio nous a montré sa photo...
Julien se retourna. Elle portait un ciré noir, brillant, étroitement serré à la taille.
– D'où sort-elle ?
– On n'en sait rien. Elle a appelé, a demandé à venir. J'espère que c'est bon pour le vieux, soupira le flic.
Ils s'installèrent dans la BMW. Vilot démarra. Julien abaissa le protège-soleil, s'observa dans la petite glace incrustée dans le skaï. Une balafre sanglante, aussi fine qu'un trait de stylo-bille, lui barrait la joue, de l'autre côté de sa pommette éclatée. Il avait une gueule épouvantable. Julien sortit son bonnet de laine de sa poche et se l'enfonça profondément sur la tête.
– Vous avez raison, railla Vilot, moins on en voit...
Julien ne se formalisa pas. Il était étonné de la sollicitude

du policier. Presque touché. Sans lui, tout aurait été plus compliqué. Devant la grille du cimetière, au moment de descendre de la BMW pour rejoindre sa voiture, il chercha à le remercier. Grâce à lui, il éprouvait enfin le sentiment d'en avoir terminé avec cette foutue histoire...

– Mmm, mmm, fit Vilot.

Il semblait hésiter.

– Quelque chose ne colle pas ?

– Non. Enfin si... Je ne comptais pas vous le dire maintenant. Ça suffisait pour la journée. Mais après tout...

– Que se passe-t-il ?

– Ce n'était pas votre type.

Julien ne voulut pas comprendre...

– Quel type ?

– Gaby... Ce n'était sûrement pas lui. On a vérifié, ce n'est pas possible.

– Qu'est-ce que vous racontez ! Carboni était sûr de lui !

– Eh oui, Carboni... Il vous a bien baisés, l'Antoine, et dans les grandes largeurs. C'était une belle ordure. Je vous l'avais dit, mais vous ne m'avez pas cru. Pas plus que Christian, d'ailleurs...

La suite du récit assomma Julien : Antoine Carboni était en affaires avec Gaby depuis plusieurs mois. Au début, l'association, à laquelle venaient se joindre quelques occasionnels, fonctionna à merveille. Carboni montait les coups et réceptionnait la marchandise. Il était à la fois le fourgue et le cerveau. Gaby exécutait.

– Mais Antoine a pris peur, expliqua Vilot. Il avait cru racoler un petit loubard sans envergure dont il pouvait profiter au maximum et qu'il pouvait mener à sa guise. Et il s'est retrouvé avec un fou dangereux, qui prenait de plus en plus de risques et qui flinguait à tout va...

Julien se souvint du portrait qu'avait tracé Carboni.

– Il a voulu tout plaquer, persuadé que ce jeune connard l'entraînait à la catastrophe. Il n'avait pas envie de retomber, Antoine... Mais Gaby l'a très mal pris. Au point de lui filer carrément son pétard sur le ventre. Il a menacé de le descendre tout de suite s'il continuait à lui saper le moral. À partir de ce moment-là il est devenu le patron, et l'indic était en danger mortel, pris dans un engrenage infernal : ou Gaby lui faisait la peau, ou il se faisait piquer avec lui. De toute façon, il était cuit. C'est alors que Chris est arrivé...

– Comment avez-vous appris tout ça ? demanda Julien d'une voix mourante.

– J'ai ramassé trois gus qui ont fait quelques coups avec eux. Et puis Alipio, en se déboutonnant, m'a forcément donné un coup de main. J'ai mes indics aussi. À partir de là, je recoupe tout ce que je sais. Depuis vingt-quatre heures, je n'arrête pas...

– Mais Carboni risquait gros.

– La preuve, c'est qu'il en est mort ! Mais il était à bout. Il ne s'en sortait plus, Gaby devenait son cauchemar. Et puis, c'était un malin, Antoine, qui s'était sorti de bien des coups tordus. Il a cru que ce serait le cas encore cette fois : autant qu'on le sache, il a pris sa décision après le casse du hangar 38. Un pillage de containers qui a mal tourné, il y a deux mois. Deux gardiens de nuit flingués. Un est mort et l'autre ne vaut guère mieux. Il est toujours à l'hôpital. Dans le coma.

– Mais comment Gaby s'est-il douté du coup fourré de Carboni ?

– Je n'en sais encore trop rien. Ce qui est sûr, d'après ses potes, c'est qu'il se méfiait terriblement d'Antoine. Mais il était enchaîné à lui aussi. Pour Gaby, se séparer de Carboni, ne plus pouvoir le contrôler, c'était pire que de laisser ses empreintes dans la nature. Alors, quand il l'a vu avec Chris, quand il vous a vus, il s'est renseigné. Deux journalistes. Ça ne lui a pas plu. Il a flairé l'embrouille. Vous voulez la suite ?

Julien restait silencieux. Il se sentait immensément las.

– Je vais vous la dire en deux mots. Quand Gaby et Fredo se sont amenés chez lui et l'ont cuisiné, votre copain Carboni n'a pas dû trop se faire prier. Pour sauver sa peau, il a retourné sa veste et vous a balancés. C'était un spécialiste, il a dû en rajouter des tonnes : tel que je le connais, je le vois très bien raconter que vous le faisiez chanter, qu'il était obligé. Il vous a chargés à bloc, il a soutenu que Chris et vous vouliez la peau de Gaby. Il a même dû mettre les flics dans le coup, histoire de corser l'histoire. Il n'avait pas l'air comme ça, Antoine, mais c'était un orgueilleux et un haineux. Il en voulait au monde entier, mais surtout à des mecs comme Chris, comme vous ou moi. Il a cru pouvoir manœuvrer Gaby comme il vous avait manipulés. Son erreur a été de croire qu'il serait épargné. Carboni y est passé. Après, c'était votre tour...

– Vous êtes sûr de tout ça ?

– Pas à cent pour cent, admit Vilot. Pas encore. Mais disons que j'en suis pas loin...

– Carboni..., murmura Julien avec dégoût.

– Voilà ce que c'est que de vouloir jouer les justiciers. Je vous l'ai déjà dit : ce n'est pas votre monde...

– Chris est au courant ?

– Je lui en ai touché un mot.

– Et comment a-t-il réagi ?

– Sainement, commenta Vilot avec un mince sourire. Il a dit : « Je suis un vrai con. »

Julien s'extirpa péniblement de la BMW.

– On est deux, prononça-t-il avant de claquer la portière.

Julien descendit en ville à trente à l'heure, conduisant comme un vieillard. Il gara sa 405 sur l'avenue, dans un espace réservé aux livraisons, et continua à pied. Toutes ses douleurs se réveillaient. Il tourna le coin de sa rue. Plus qu'une petite centaine de mètres à parcourir. Il s'y prépara comme pour un marathon. Le trottoir se mit à danser sous ses yeux, les lampadaires, bas, trapus, refaits à l'ancienne, clignotèrent comme des étoiles. La rue s'offrait en un boyau étroit, encaissé entre façades à pans de bois et colombages. Tout était de travers, de guingois. Les murs avaient de bizarres renflements, semblaient se rétrécir, se rejoindre là-haut, sous les toits. Il y avait là, tout près, perdu dans la brume, un château hanté, comme un décor de bande dessinée ou de conte de fées...

Étonné, Julien se dit que rien n'avait bougé ici. N'était-il pas parti pourtant depuis une éternité ? La rue bruissait des frôlements de la nuit. À chaque étage, la vie s'était claquemurée derrière les volets. Chez Mimile, au troquet, les derniers paumés faisaient tabouret. Julien croisa un passant pressé qui fonçait, tête baissée. Il dépassa l'étroite vitrine faiblement éclairée du petit imprimeur qui, comme d'habitude, bossait jusqu'à l'aube. La galerie de peinture où jamais personne ne s'arrêtait était elle aussi en veilleuse derrière sa grille baissée. Habitué aux coups, un chien famélique qui fouillait dans les poubelles s'écarta prudemment à son approche. Julien eut la tentation de le caresser. Il se sentait des affinités. Il s'adossa lourdement au mur. Une plaque de plâtre s'effrita sous la secousse, tomba en miettes sur le pavé. Il chercha ses clefs. En même temps, s'aidant de l'épaule, il poussa le portail. Julien soupira. Comme d'habitude, il n'était pas fermé.

Tout de même, il y avait quelque chose de changé. La pluie s'était arrêtée.

Le Livre de Poche / Thrillers

Extrait du catalogue

Adler *Warren*
La Guerre des Rose

Benchley *Peter*
Les Dents de la mer

Breton *Thierry*
Vatican III

Breton *Thierry* et **Beneich** *Denis*
Softwar « La Guerre douce »

Camp *Jonathan*
Trajectoire de fou

Carré *John le*
Comme un collégien
La Petite Fille au tambour

Clancy *Tom*
Octobre rouge
Tempête rouge
Jeux de guerre
Le Cardinal du Kremlin
Danger immédiat
La Somme de toutes les peurs

Coatmeur *Jean-François*
Yesterday
Narcose
La Danse des masques

Cook *Robin*
Vertiges
Fièvre
Manipulations
Virus
Danger mortel
Syncopes
Sphinx
Avec intention de nuire
Naissances sur ordonnance
Vengeance aveugle

Cooney *Caroline B.*
Une femme traquée

Coonts *Stephen*
Le Vol de l'Intruder
Dernier Vol
Le Minotaure
État de siège

Corbin *Hubert*
Week-end sauvage

Cornwell *Patricia*
Mémoires mortes
Et il ne restera que poussière...
Une peine d'exception
Postmortem
La séquence des corps

Crichton *Michael*
Sphère

Cruz Smith *Martin*
Gorky Park
L'Étoile Polaire

Cussler *Clive*
L'Incroyable Secret
Panique à la Maison Blanche
Cyclope
Trésor
Dragon
Sahara

Daley *Robert*
La Nuit tombe sur Manhattan
L'Homme au revolver
Le Prince de New York
Le Piège de Bogota

Deighton *Len*
Prélude pour un espion
Fantaisie pour un espion
Fugue pour un espion

Dibdin *Michael*
Coups tordus
Cabale

Dickinson *William*
Mrs. Clark et les enfants du diable
De l'autre côté de la nuit
(Mrs. Clark à Las Vegas)

Dorner *Marjorie*
Plan fixe

Dunne *Dominick*
Une femme encombrante

Easterman *Daniel*
Le Septième sanctuaire

Fast *Howard*
La Confession de Joe Cullen

Feinmann *José Pablo*
Les Derniers Jours de la victime

Fielding *Joy*
Qu'est-ce qui fait courir Jane ?
Ne me racontez pas d'histoires

Follett *Ken*
L'Arme à l'œil

Triangle
Le Code Rebecca
Les Lions du Panshir
L'Homme de Saint-Pétersbourg

Folsom *Alan*
L'Empire du mal

Forsyth *Frederick*
Le Quatrième Protocole
Le Négociateur
Le Manipulateur
L'Alternative du diable

Gernicon *Christian*
Le Sommeil de l'ours

Giovanni *José* et **Schmitt** *Jean*
Les Loups entre eux

Graham *Caroline*
Meurtres à Badger's Drift

Granger *Bill*
Un nommé Novembre

Hayes *Joseph*
La Maison des otages

Heywood *Joseph*
L'Aigle de Sibérie

Hiaasen *Carl*
Cousu main

Higgins *Jack*
Solo
Exocet
L'Irlandais
La Nuit des loups
Saison en enfer
Opération Cornouailles
L'Aigle a disparu
L'Œil du typhon
L'Aigle s'est envolé
Confessionnal

Higgins Clark *Carol*
Par-dessus bord

Higgins Clark *Mary*
La Nuit du renard
La Clinique du docteur H.
Un cri dans la nuit
La Maison du guet
Le Démon du passé
Ne pleure pas ma belle
Dors ma jolie
Le Fantôme de Lady Margaret
Recherche jeune femme aimant danser
Nous n'irons plus au bois
Un jour tu verras

Highsmith *Patricia*
L'Homme qui racontait des histoires

Huet *Philippe*
Quai de l'oubli

Hunter *Stephen*
Target

Kakonis *Tom*
Chicane au Michigan

Katz *William*
Fête fatale

Kerlan *Richard*
Vol sur Moscou

King *Stephen*
Dead Zone

Klotz *Claude*
Kobar

Kœnig *Laird*
La Petite Fille au bout du chemin

Koontz *Dean R.*
La Nuit des cafards

Lenteric *Bernard*
La Gagne
La Guerre des cerveaux
Substance B
Voyante

Le Roux *Gérard* - **Buchard** *Robert*
Fumée verte
Fumée rouge

Loriot *Noëlle*
L'Inculpé
Prière d'insérer

Ludlum *Robert*
La Mémoire dans la peau
Le Cercle bleu des Matarèse
Osterman week-end
L'Héritage Scarlatti
Le Pacte Holcroft
La Mosaïque Parsifal, *t. 1 et 2*
La Progression Aquitaine
La Mort dans la peau
Une invitation pour Matlock
Sur la route de Gandolfo
L'Agenda Icare
L'Echange Rhinemann
La Vengeance dans la peau

MacDonald *Patricia J.*
Un étranger dans la maison
Sans retour
La Double Mort de Linda
Petite sœur

Mason *David*
Tempête sur Babylone

Meigs *Henry*
La Porte des tigres

Melnik *Constantin*
Des services « très » secrets

Morrell *David*
La Fraternité de la Rose
Le Jeu des ombres
Les Conjurés de la pierre
La Cinquième Profession
Les Conjurés de la flamme

Oriol *Laurence*
Le Domaine du Prince

Patterson *James*
Le Masque de l'araignée

Perez-Reverte *Arturo*
Le Tableau du maître flamand
Club Dumas

Puzo *Mario*
Le Quatrième K

Raynal *Patrick*
Arrêt d'urgence

Ryck *Francis*
Le Nuage et la Foudre

Ryck *Francis et* **Edo** *Marina*
La Toile d'araignée dans le rétroviseur

Sanders *Lawrence*
Les Jeux de Timothy
Chevaliers d'orgueil
Manhattan Trafic

Schneider *Joyce Anne*
Baignade interdite

Simmel *Johannès Mario*
Le Protocole de l'ombre
Et voici les clowns...

Smith *Rosamond*
Le Département de musique

Spillane *Mickey*
L'Homme qui tue

Stuart-Nathan *R.*
Le Tigre blanc

Topol *Edward*
La Substitution

Topol *Edward* et **Neznansky** *Fridrich*
Une place vraiment rouge

Uhnak *Dorothy*
La Mort est un jeu d'enfants

Wambaugh *Joseph*
Le Mort et le Survivant

Wiltse *David*
Le Baiser du serpent

Cet ouvrage a été composé dans les ateliers
d'INFOPRINT à l'île Maurice.

IMPRIMÉ EN FRANCE PAR BRODARD ET TAUPIN
Usine de La Flèche (Sarthe).
LIBRAIRIE GÉNÉRALE FRANÇAISE - 43, quai de Grenelle - 75015 Paris.

ISBN : 2 - 253 - 07668 - 6 30/7668/4